岩 波 文 庫

32-223-2

シェイクスピア物語

(上)

チャールズ・ラム
メアリー・ラム 作
安 藤 貞 雄 訳

Charles & Mary Lamb

TALES FROM SHAKESPEARE

1807

目次

まえがき　7
あらし　13
真夏の夜の夢　43
冬物語　73
から騒ぎ　99
お気に召すまま　133
ベローナの二紳士　169

ベニスの商人　201
シンベリーン　235
リア王　265
マクベス　299
解説（安藤貞雄）　327

下巻目次

終わりよければすべてよし
じゃじゃ馬ならし
まちがいの喜劇
しっぺい返し
十二夜
アテネのタイモン
ロメオとジュリエット
ハムレット
オセロー
ペリクリーズ

まえがき

以下の物語は、若い読者にシェイクスピアを学ぶための入門書を提供するつもりで書いたものです。そのために、シェイクスピアのことばをそのまま取り込めそうなときには、いつでも原文をそのまま利用しています。また、シェイクスピアのことばを一貫した物語の定まった形式にするために、何かをつけ加えた場合も、シェイクスピアが書いた美しい英語の効果をもっとも損なわないような用語を選ぶように苦心しました。ですから、シェイクスピアの生きた時代以降に英語にはいってきた用語は、できるだけ避けるようにしました。

悲劇から選んだ物語の中には、若い読者のみなさんが、これらの物語がとられた原作を読むようになったときに、シェイクスピア自身のことばがほとんど変更しないままに、対話の中でも、地の文の中でも、たびたび使用されていることに気づかれることでしょう。

しかし、喜劇から改作した物語の中では、シェイクスピアのことばを地の文の形式に変えることはほとんど不可能でした。ですから、喜劇の中では、対話の形式をあまりにも多く使いすぎたため、劇形式の書き方に慣れていない若いひとたちは困惑するのではないかと危惧《きぐ》しています。

でも、この欠点は――もしそれが欠点であるとすれば――シェイクスピア自身のことばをなるべく沢山使いたいという、わたしの切なる願いによるものです。もし「かれが言った」とか、「彼女が答えた」とかの問いと答えのような形式が、ときに若いひとたちの耳には退屈に聞こえるとするなら、お赦しを請わなければなりません。なぜなら、若いひとたちが大人になったとき、かれらを待ち受けている大きな愉悦を多少におわし、前もって味わわせる方法は、わたしの知っているかぎり、これしかないからです。

若いひとたちが大人になって接する豊かな宝物のような原文と比べれば、この物語は、ちっぽけな、価値のない硬貨《コイン》のごときもので、シェイクスピアの比類のない、鮮やかなイメージの、かすかで不完全な写し以上の価値があるとは自負していません。「かすかで不完全な写し」と呼ばざるをえないのは、シェイクスピアのことばを散文のように読めるようにするためには、かれのすばらしい用語の多くを、かれの真の意味を不十分にしか表せないような用語に変える必要があるため、シェイクスピアの言語の美しさが壊されることが、あまりにもしばしば起こるからです。シェイクスピアの無韻詩《ブランクヴァース》を引用したのは、若い読者が、そのわかりやすい簡素さに欺かれて、散文を読んでいるのだ、と信じることを願ったからでしたが、その無韻詩をそのまま引用しているごくわずかな箇所でさえ、なおも、シェイクスピアの言語は、それ自身の自然の土壌と野生の詩的庭園から移植される結果、本来の美しさを多分に失わざるをえないのです。

わたしは、これらの物語を幼い子どもたちにも容易に読めるものにしたいと思ってきました。力の及ぶかぎり、わたしは絶えずこのことを心に刻みこんできました。でも、作品の主題の大半の性質上、これは非常にむずかしい仕事となりました。幼い子どもの心にも理解しやすいことばで男女の歴史を描くということは、決して簡単な業《わざ》ではありませんでした。

若い女性向けに書くということも、わたしの主要な目的でありました。なぜなら、少年たちは、通例、少女たちよりもずっと早い年齢で父親の蔵書を利用することを許されているので、妹たちがこの男性的な本を見ることを許されるよりもまえに、シェイクスピアの名場面をそらんじていることが、ままあるからです。ですから、原作で読むことがずっとうまくできる若い紳士がたには、この物語の精読をお薦めするよりも、むしろ、妹たちが理解するのにもっとも困難を感じるような部分を説明する際に、親切な援助を期待したいのです。

少女たちを援助して困難を乗り越えさせたあとで、なんなら、これらの物語のひとつの中で妹たちの気に入ったくだりを(幼い妹の耳に適切なものを慎重に選んで)、その情景を描いた原作のことばそのものを読んで聞かせたらいいでしょう。そうすれば、このようにして妹たちに紹介するために選んだ美しい抜粋やより抜きの一節が、この不完全な、簡約した物語のひとつを読んで、妹たちがそのあらすじを知っているおかげで、はるかによく楽しまれ、理解されることでしょう。

若い読者のみなさん、もしさいわいにも、この要約した物語があなたがたのだれかを楽しませるほどの出来映えであれば、この本は、あなたがたがもう少し大人になって、シェイクスピアの戯曲を詳細に読むことを許されるようになりたいな、と願わせる以上の悪い影響は及ぼさないだろう、とわたしは思っています(このような願いは、ひねくれたものでも、不合理なものでもないでしょう)。

時期が到来し、思慮深い先輩の許可を得て、シェイクスピアの戯曲を読者のみなさんが手にするとき、ここに要約してある戯曲の中に(手をつけないでおいた、ほぼ同数の戯曲は言うまでもありませんが)、驚くべきできごとや運命の浮き沈みの数々を発見することでしょう。それらは無限に多様ですから、この小さな本の中には収まりきれませんでした。そのうえ、男女をとわず、活発で明るい登場人物がわんさと現れます。そういう人物を取り入れなかったのは、戯曲の長さを縮めようとすると、その連中の気分が失われることを懼《おそ》れたからでした。

あなたがたが幼年時代にこれらの物語から得たもの、そういうものと、さらに多くのものを、シェイクスピアの本物の戯曲が、大人になってからあなたがたに示してくれることを願っています——すなわち、想像力を豊かにするもの、美徳を強化するもの、あらゆる私利私欲を捨てさせるもの、あらゆる優しく高潔な思考や行為によって、あなたがたに礼儀正しさ、優しさ、寛大さ、慈悲深さを教えてくれるものです。これらの美徳を教えてくれる事例は、シェイクスピアの作品には、たっぷりと詰まっているのです。

あらし

海の中に、島がひとつ浮かんでいました。その島に住んでいるのは、プロスペローという老人と、その娘のミランダという、非常に見目麗しいお嬢さんの二人きりでした。そのお嬢さんは、物心のつかないうちに、この島へやって来たので、自分の父親の顔のほかに、人間の顔を見たことがありませんでした。

二人は、大きな岩を刳《く》りぬいた洞穴《ほらあな》あるいは岩屋で暮らしていました。岩屋は、いくつかの部屋に仕切ってあって、そのひとつを、プロスペローは、自分の書斎と呼んで、そこに本を置いていました。その本は、おもに魔術に関するもので、魔術は、当時のすべての学者たちにたいへん親しまれていた学問でした。

プロスペローは、魔術の知識が自分にとって非常に役立つことを覚《さと》りました。というのは、不思議なめぐり合わせからこの島に打ち上げられたとき、この島は、シコラックスという魔女によって魔法をかけられていました。シコラックスは、プロスペローがこの島に着く少しまえに死んでいましたが、プロスペローは、シコラックスが自分のよこしまな命令に従わないというので、大きな木の幹の中に閉じこめていた、大勢のよい妖精たちを自分の魔術を使って解放してやったのでした。それからというもの、そういうおとなしい妖精たちは、忠実にプロスペローの言いつけに従うようになりました。こういう妖精たちの頭《かしら》は、エアリエルでした。

エアリエルは、快活な、小さな妖精で、決して根っからのいたずら好きではないのですが、ただ、キャリバンという、醜い怪物をむやみにいじめて、愉快がっているところがありました。それというのも、キャリバンは、エアリエルの旧敵、シコラックスの息子なので、恨みがあったからです。

このキャリバンは、プロスペローが森の中で見つけたのですが、奇妙なでき損ないの姿をしており、人間というよりも、はるかにサルに似ていました。プロスペローは、キャリバンを自分の岩屋に連れ帰り、ことばを教えました。プロスペローは、キャリバンにいろいろ親切にしてやろうとしたのですが、母親のシコラックス譲りのひねくれ根性のため、どうしても、よいことや役に立つことを、何ひとつ覚えることができませんでした。そこで、キャリバンは、薪《たきぎ》を拾ってきたり、いちばん骨の折れる仕事をしたりするために、奴隷《どれい》のように使われていました。エアリエルは、キャリバンの尻をたたいて、こういう仕事をさせる役目をまかされていました。

キャリバンが怠けて、仕事をさぼっていると、エアリエルは(その姿は、プロスペローのほか、だれの目にも見えませんでした)、こっそりと忍び寄って、つねったり、ときには、どろ沼につき転がしたりする。こんどは、サルの姿になって、キャリバンに向かって、歯をむき出したり、顔をしかめたりする。かと思うと、素早くハリネズミに姿を変えて、キャリバンの行く先にゴロンゴロンと転がるのでした。それというのも、キャリバンは、裸足《はだし》なので、ハリネズミの尖った針に刺されはしないか、と怖がったからです。こんなふうに、エアリエルは、いろいろな嫌がらせの手管を使って、キャリバンが、プロスペローに命じられた仕事を怠けるたびごとに、いじめていました。

このような強力な妖精たちを意のままに動かせるようになっていたので、プロスペローは、かれらの力を使って、風や、海の波を操ることができました。いまも、プロスペローに命じられて、妖精たちは、凄《すさ》まじい暴風雨を巻き起こしたところでした。プロスペローは、その大あらしのまっただ中で、いまにも呑みこまれそうになりながらも、荒れ狂う波と戦っている一艘の立派な大きな船を、娘のミランダに見せました。そして、あの船には、自分たちと同じような人間がいっぱい乗っているのだよ、と言って聞かせました。

「ああ、おとうさま。もしも、おとうさまの魔法でこの恐ろしいあらしを起こしたのでしたら、あのかたたちの悲しい災難に同情してあげてください。ほら！　あの船は粉々に砕けてしまいますわ。お気の毒なかたたち！　きっと、みんな死んでしまうでしょう。もしあたしに力があったら、あの立派な船が貴重な人命を乗せたまま沈んでしまうくらいなら、いっそ、海を地面の下に沈めてしまうのだけれど――」

「ミランダ、そう心を乱すことはない。何も危害は加えてはいない。わしは、船に乗っている者はだれ一人けがをさせてはならぬ、とそう命じておいたのだから。わしのしたことは、おまえのためを思ってのことなのだよ、大事な子よ。おまえは自分がだれだか、また、自分がどこからきたのかも知らないし、わしのことも、ただおまえの父親で、この貧しい岩屋に住んでいるということのほかは、何も知らない。おまえは、この岩屋に来るまえのことを覚えているかね？　いや、覚えているはずがない。なにしろ、あのときおまえは、満三歳にもなっていなかったのだからね」

「いいえ、覚えております」

「どんなことで？　ここことはべつの家とか、ひととかかね？　どんなことを覚えているか、話してごらん、わが子よ」

「遠い思い出で、まるで夢のように思われます。でも、あたしはもと、四、五人の女のひとに傅《かしず》かれていたのではないでしょうか？」

「そうだよ、そして、もっと大勢だよ。どうしてなんだろうね、こんなことがまだおまえの心に残っているというのは？　では、どのようにしてこの島へ来たか、覚えているかね」

「いいえ、おとうさま。ほかのことは何ひとつ覚えておりません」

「十二年むかしのことだ、ミランダ。わしはミラノ*公国の君主だった。そして、おまえは王女で、わしのただ一人の世継ぎだった。わしには弟が一人いた。アントニオといってな。わしは、この弟にすべてをまかせていた。わしは、引きこもって、学問に打ちこむのが好きだったので、国の政治は、通例、おまえの叔父、わしの不実の弟（これはあとでわかったのだが）にまかせっきりで、世俗的なことはすべてゆるがせにし、書物の中に埋《う》もれて、自分の時間をすべて精神修養に捧げていた。

*　ロンバルディア州の州都。イタリアの金融・商工業の中心地で著名な建築物に富む。

弟のアントニオは、こうして、わしの権力をわがものにしたので、自分が本当に君主になったような気がしはじめたのだな。わしが家来たちの信望を集める機会を作ってやったことが、かえって災いして、弟のよこしまな心に、わしの公国を奪おうという、途方もない野望を目覚めさせてしまった。やがて弟めは、わしの敵で、勢力あるナポリ国*王の援助を得て、この野望を遂げたのだよ」

＊　イタリア南西部の都市、風光明媚なナポリ湾で有名。

「どうしてそのひとたちは、そのとき、あたしたちを殺さなかったのでしょう？」

「わが子よ、やつらも手が出せなかったのだよ。国民たちが心からわしを慕っていたからね。アントニオは、わしらを船に乗せて、はるか沖合いに連れ出したとき、わしたちを、索具も、帆も、帆柱もない小舟にむりやり押しこみ、そこでわしらを置き去りにしたのだ。わしらは死ぬだろう、と弟めは思ったのだ。

ところが、わしの廷臣にゴンザーロという心優しい者がいて、わしを慕っていたので、ひと知れずその小舟に、水や、食料や、衣服や、わしが自分の公国よりも大切に思っている何冊かの書物を、積み込んでおいてくれたのだ」

「ああ、おとうさま、そんなときに、どんなにか、あたしは、おとうさまの足手まといになったことでしょう！」

「いや、可愛い子よ、おまえこそ、わしを救ってくれた小さな天使だった。おまえが無心にニコニコしているのを見ると、不運にめげない勇気がわいてきたものだ。わしらの食料は、さいわい、この無人島に上陸するまでもってくれた。そのとき以来、わしのおもな喜びは、おまえを教育することだったのだよ、ミランダ。そして、おまえは、わしの教えを受けて、十分な教養を身につけた」

「おとうさま、本当にありがとうございました。それで、おとうさま、この海のあらしをお起こしになったわけを、教えてくださいませんか？」

「では、聞くがよい。このあらしによって、わしの敵《かたき》どもがこの島の岸辺へ打ち上げられたのだ、ナポリ王と、残忍なわしの弟だ」

プロスペローは、こう言いおわると、魔法の杖で娘のからだにそっとさわりました。すると、ミランダは、ぐっすりと寝入ってしまいました。なぜそうしたかと言えば、ちょうどこのとき、妖精のエアリエルが、ご主人のプロスペローのまえに姿を現し、あらしの模様や、船の乗組員をどう始末したかを報告しはじめたからです。妖精たちの姿は、ミランダにはいつも見えないのですが、プロスペローは、だれもいない虚空《こくう》に向かって話しかけている(としかミランダには見えないでしょう)ところを、娘に聞かれたくなかったのでした。

「さて、あっぱれなエアリエル、どんなふうに仕事をしたのかね？」

エアリエルは、あらしの様子を生き生きと語りました。そして、水夫らが怖がった様子、ナポリ王の王子、フェルディナンドがまっさきに海に飛びこんだこと、国王は、可愛い息子が波にのまれるのを見たと思いこんでいることなどを、話しました。

「でも、王子は助かりました。島の隅っこにしゃがみこみ、悲しげに腕をこまぬいて、てっきり父王がおぼれ死んだものと思いこんで、嘆き悲しんでいます。王子は、髪の毛一本も傷ついてはいませんし、王子らしい立派な衣服も、海の水でびしょ濡れになってはいるものの、まえよりも色鮮やかに見えるくらいです」

「それでこそ、わしの頼もしいエアリエルだ。王子をここへ連れてきてくれ。この若い王子をわしの娘に会わせなくちゃならん。ナポリ王とわしの弟は、どこにおる？」

「別れたとき、王子を捜しておりました。おぼれ死ぬのを見たのだから、とても見つかるまい、とあきらめているようです。船の乗組員で行方不明の者は一人もいませんが、それぞれ、自分だけが助かったのだ、と思いこんでいます。それから船は、やつらの目には見えはしませんが、無事に港に舫《もや》ってあります」

「エアリエル、言いつけたことを忠実にやってのけてくれたな。だが、まだひと仕事残っておる」

「まだ仕事があるんですか。思い出してください、ご主人さま。おいらを自由の身にしてやると、お約束なさったじゃありませんか。どうぞお忘れにならないでください。おいらは、大切なお役にも立ちましたし、一度も嘘はつかなかったし、へまをやらかしたこともありません。不平不満も言わずに、ひたすらお仕えしてきたじゃありませんか」

「おやおや！　わしが、どんな苦しみからおまえを救い出してやったか、おまえはもう忘れたのだな。あの邪悪な魔女のシコラックスのことを忘れたのか？　よる年波と悪意のために、二重《ふたえ》になるほど腰が曲がっていたあいつのことを？　やつはどこの生まれだか、さあ言ってみろ」

「はい、アルジェ*でございます」

＊　アフリカ北部の旧バーバリ諸国のひとつアルジェリアの首都。海港で、もと海賊の基地。

「おや、そうかい。おまえがどういう目に遭っていたか話してやらねばならんな。おまえは忘れておるようだから。この忌まわしい魔女のシコラックスは、恐ろしくて聞くに耐えないような妖術を使った罰として、アルジェから追放され、水夫らにこの島まで連れてこられ、捨てられたのだ。おまえは、あまりにも華奢な妖精だから、あの妖婆の邪悪な命令を実行することができなかった。そこで、あいつはおまえを木を裂いた中に閉じこめてしまった。そこでおまえはわめきちらしておった。いいかね、わしがその苦しみから、おまえを救い出してやったのだぞ」

「お赦しください、ご主人さま。お言いつけどおりにいたします」

と、エアリエルは言いました。恩知らずのように見えるのが恥ずかしくなったからです。

「そうするがいい。そうすれば、自由の身にしてやるぞ」

それから、プロスペローは、次にしてほしい仕事をエアリエルに命じました。そこで、エアリエルは、まず、フェルディナンドを残してきたところへすっ飛んでいきました。王子は、さっきと同じように悲しげな様子で、まだ草の上にすわりこんでいました。

「やあ、お若い王子さん」

エアリエルは、フェルディナンドを見つけると、こう言いました。

「すぐあんたを動かしてあげるよ。ミランダお嬢さまに、あんたのきれいな姿をお見せするために、連れていかなくちゃならないからね。さあ、おいらに従《つ》いておいでなさい」

それから、エアリエルは、歌いだしました。

父上は五尋《ひろ》の海の底
　お骨は珊瑚にうち変わり
ふたつの眼《まなこ》はいまは真珠
　からだはどこも朽ち果てず
海の力ですべて変えられて
豊かな、奇《くす》しきものとなっている
海の乙女《ニンフ》らが、毎時鳴らす弔《とむら》いの鐘
ほら、いまも聞こえる鐘の音――カラン、コロン、カラーン

フェルディナンド王子は、いままでぼうっと惚《ほう》けたようになっていましたが、死んだはずの父王の、この不思議な知らせを耳にして、ハッとわれに返りました。王子は、戸惑いながらも、エアリエルの歌声に釣られていくうちに、プロスペローとミランダが大

きな木の陰にすわっているところまでやって来ました。

ところで、ミランダは、自分の父親以外の男を見たことがありませんでした。

「ミランダ、あそこに何が見えるか言ってごらん」

「ああ、おとうさま」

ミランダは、驚き、怪しみながら言いました。

「あれはきっと妖精ですわ。まあ、あたりをきょろきょろ見まわしている！　たしかに、おとうさま、美しいかたですわ。あれは妖精ではありませんの？」

「いや、娘よ、あれは、物を食べもするし、眠りもするし、わしたちと同じような感覚ももっておる。おまえが見ているあの青年は、さっきの船に乗っていたのだ。悲しみのために、いくらか普段と違っておるが、いつもはなかなかの美男子だよ。仲間とはぐれてしまったので、いま、あちらこちら捜しまわっておるのだ」

ミランダは、いままで、男はみな、父親のように、いかめしい顔をして、灰色のあごひげをはやしているのだと思っていたので、この美しく若い王子の様子を見て、非常に喜びました。

一方、フェルディナンドは、この無人島にこんなに美しい女性がいるのを見たうえに、

さっき聞こえていた不思議な音楽のこともあって、これから起こることは何もかも不思議ずくめにちがいない、と覚悟していた矢先なので、ここは、てっきり魔法をかけられた島で、ミランダが島の女神なのだ、と思いこんでしまいました。そこで、

「女神さま」

と、ミランダに呼びかけました。

ミランダは、おずおずと、

「あたしは、女神ではありません、ただの娘です」

と、答えて、自分の身の上話をはじめようとしたとき、プロスペローがそれを遮りました。

プロスペローは、二人が、たがいに心を奪われているのを見て、たいへん喜びました。しかし、二人が、いわゆるひと目惚れしてしまったのが、はっきりとわかったからです。フェルディナンドの気持ちがうわついたものでないかどうかを試すために、二人の恋路をちょっぴり邪魔してやろう、と肚を決めました。そこで、プロスペローは、前へ進み出て、厳しい態度で王子に話しかけました。

「おまえは、スパイとしてこの島にやってきて、島のあるじであるわしから、この島

を奪い取ろうとしておるのだな。わしについて来い。首と両足を枷《かせ》でつなぎ合わせてやろう。おまえの飲みものは塩水、食いものは貝と、しなびた草の根と、どんぐりの殻にしてやるぞ」

「ぼくよりも強い敵が現れないかぎり、そんなもてなしはお断わりです」

フェルディナンドは、そう言って剣を抜きました。ところが、プロスペローは、魔法の杖を振って、フェルディナンドをその場に釘づけにしてしまったので、フェルディナンドは、動く力がなくなってしまいました。

ミランダは、父にとりすがって、頼みました。

「なぜ、そのようにひどいことをなさいますの？　おとうさま、かわいそうじゃありませんか。あたしが保証人になります。このかたは、あたしの会った二番目の男のかたです。あたしには、まじめなおかたに思えますわ」

「お黙り。もうひとこと言うと、おまえをしからねばならん、娘よ！　なんだ、ぺてん師を弁護するのか！　この男とキャリバンしか見たことがないものだから、こんな立派なひとはほかにはいない、と思いこんでおるのだな。愚かな娘だ。この男がキャリバンよりすぐれているのと同じくらい、たいていの男は、こいつなどよりはるかに立派なんだぞ」

プロスペローがこんなことを言ったのは、ミランダの心が変わらぬものであるかどうかを試すためでした。すると、ミランダはこう答えました。

「あたしの愛情は、ほんとに慎ましやかなものですわ。あたしは、このかたより立派なかたを見たいとは思いません」

「さあ、来い、若いの」

と、プロスペローは、王子に言いました。

「おまえには、わしの命令にそむく力はないぞ」

「たしかに、そのとおりです」

と、フェルディナンドは、答えました。そして、戦う力を奪ったのは魔法によってだということを知らないので、なぜ、こんなにプロスペローのあとに従《つ》いていかないではいられないのか、不思議でたまりませんでした。プロスペローに従って岩穴へはいって行く途中、ミランダの姿が見えなくなるまで振りかえり振りかえりしながら、王子は、こう言いました。

「まるで夢の中にいるように、ぼくの心はすっかり縛られてしまった。でも、この男の脅かしも、力のぬけたこの感じも、どうってことはないような気がする、あの見目麗しい乙女を一日に一度でも牢屋から見ることができるのなら」

プロスペローは、フェルディナンドを岩屋の中に長く閉じこめてはおかずに、すぐに虜《とりこ》を外へ引き出して、厳しい労働を命じました。王子に重労働を課していることを、娘にちゃんと知れるように気を配ってから、自分は書斎にこもるようなふりをして、ひそかに二人の様子を見守っていました。

プロスペローは、重い丸太を積み上げるように、フェルディナンドに命じておきました。王様の息子は、重労働に慣れていないので、ミランダは、まもなく、自分の愛する男が疲れはてて、死にそうになっているのに気づきました。

「ああ、そんなに根をつめて働かないでください。父は、書物を読んでいますから、これから三時間くらいは大丈夫です。どうか、お休みになってください」

「ああ、お嬢さん、とても休んではいられません。休むまえにこの仕事をかたづけてしまわなくてはなりません」

「あなたがここに腰をおろしていらっしゃるなら、そのあいだ、あたしが丸太を運びましょう」

でも、それにはフェルディナンドがどうしても同意しませんでした。ミランダは、かえって邪魔になりました。というのは、二人は長いおしゃべりをはじめたからです。そこで、丸太運びの仕事は、遅々として進みませんでした。

プロスペローが、フェルディナンドにこの仕事を命じたのは、ただ、王子の愛を試したかっただけなので、プロスペローは娘が推測していたように、書物を読んでいたのではなく、姿を隠したまま二人のそばに佇《たたず》んで、二人の話を立ち聞きしていました。

フェルディナンドが、ミランダの名を尋ねますと、ミランダは、父からきっぱりと言いわたされている命令にそむくことになるのですけれど、と言いながら、結局、自分の名を告げました。

プロスペローは、娘がはじめて親の言いつけにそむいたのを聞いて、ただ、にんまりしただけでした。なぜなら、自分の魔法で娘がこんなに早く恋に陥るように仕向けたわけで、娘が親の言いつけに従うのを忘れて、自分の愛情を示したことを怒ってはいなかったからです。そして、フェルディナンドが長々とおしゃべりして、これまで会ったどんな女性よりもあなたを愛している、と語るのを聞いて、非常に喜びました。

あなたはこの世のどの女性よりも美しい、とフェルディナンドがミランダの美しさを褒めたたえるのに答えて、ミランダは、こう言いました。

「あたしは、どの女のかたのお顔も覚えていません。それから、あなた、男のかたも、あなたと大事なおとうさましか見たことがありません。よそのおかたは、どんなお姿なのか知りません。でも、信じてください、あたしは、この世であなた以外のお友だちがほしいとは思いませんし、あなたよりほかに、好ましいひとの姿を心に描くこともできません。でも、あまりになれなれしくお話ししすぎたようですわ。そして、おとうさまのお言いつけを忘れていました」

これを聞いて、プロスペローは、微笑して、これは、わしの思いどおりにいってるわい。わしの娘はナポリの王妃になるだろう、と言うかのように、うなずくのでした。

それから、フェルディナンドも、またもや、長い、美しいことばで(若い王子というものは、優雅な宮廷ことばで話すからです)、純真なミランダに向かって、自分はナポリ国王の世継ぎであること、したがって、ミランダは王妃になるはずであることを告げました。

「ああ、あなた。愚かなあたし、うれしいことを聞いて泣いたりして。あたしは、飾りのない、神聖な純真さでお答えします。あたしを娶《めと》ってくだされば、あなたの妻になります」

フェルディナンドが感謝しようとしたとき、プロスペローが二人の目のまえに姿を現して、それを遮ってしまいました。

「わが子よ、何もこわがらなくてもよい。おまえの言うことはすっかり聞いたが、わしも賛成だよ。それから、フェルディナンド、きみをあまりにも厳しく扱ったとすれば、娘をきみにあげることで、たっぷり償いをつけることにしよう。さんざんきみを苦しめたのは、ただ、きみの愛情を確かめるためだったのだ。きみは、立派にその試練に耐えた。だから、わしからの贈り物として、娘を受けてほしい。きみは、その贈り物をまことの愛でもって見事にかちえたのだ。親馬鹿と笑わないでほしいが、あれは、いくら褒めても褒め足りないほどの娘だよ」

プロスペローは、それから、どうしても顔を出さなくてはならない用事があるので、自分が戻ってくるまで、二人はすわって語り合っていなさい、と言いました。この言いつけには、ミランダは、逆らう様子は少しも示しませんでした。

プロスペローは、二人のところから立ち去ると、妖精のエアリエルを呼びました。エアリエルは、すぐさま、ご主人のまえに現れて、プロスペローの弟とナポリ王をどう処置したかを、いそいそと報告しました。エアリエルは、二人にいろんな怪しい現象を見せたり、聞かせたりしたので、二人は、しまいには恐ろしさのあまり、気も狂わんばかりになっている、と言いました。

たとえば、二人がさまよい歩いてくたくたに疲れて、食べ物がなくて飢え死にしそうになっているとき、いきなり、二人の目のまえに、おいしいご馳走を並べてみせる。そして、二人がまさにそれを食べようとすると、エアリエルは、ハーピー*の姿で、二人の面前に現れ、たちまち、ご馳走を食べてしまう。それから、二人がすっかり肝をつぶしたことに、このハーピーの姿をした怪物が二人に語りかけて、かれらがプロスペローを公国から追い出し、かれとその幼子《おさなご》を海の藻《も》屑《くず》と消えるままにしておいた残忍さを責め、その報いとして、こういう恐ろしい目に遭わせるのだ、ということを思い知らせました。

＊　ギリシア神話のハーピーは、顔とからだが女で、鳥の翼とつめをもった大食いの怪物。

ナポリ王と不実の弟のアントニオは、自分たちがプロスペローにした不当な仕打ちを後悔しました。エアリエルは、主人に向かってこう言いました。

「あの二人の悔い改めは、たしかに心からのもののようですよ。ただの妖精にすぎないおいらでさえ、可哀そうだと思わずにはいられません」

「では、エアリエル、二人をこっちへ連れてくるがいい。ただの妖精であるおまえが、かれらの苦しみを哀れに思うのなら、かれらと同じ人間であるわしに同情できないでどうしよう。早く連れておいで、美しいエアリエル」

エアリエルは、まもなく、ナポリ王とアントニオ、および、二人のあとから年老いたゴンザーロを引き連れて、戻って来ました。三人は、エアリエルがかれらをご主人のまえに引き寄せるために空中で奏でる荒々しい音楽を不思議に思いながらも、エアリエルに従《つ》いてきたのでした。このゴンザーロこそ、そのむかし、プロスペローの腹黒い弟が、甲板のない小舟に兄を乗せて、海の藻屑となることを願って置き去りにしたとき、プロスペローのために、親切にも書物と食料を用意してくれた、あのゴンザーロそのひとでした。

三人は、悲しみと恐怖のあまり、頭がぼうっとしていたので、プロスペローのことがわかりませんでした。プロスペローは、まず、善良な年老いたゴンザーロに、そなたはわしの命の恩人だ、と呼びかけて、自分の正体を明かしました。続いて、プロスペローの弟とナポリ王は、このひとが自分たちがひどい目に遭わせたプロスペローだということを聞かされました。

弟のアントニオは、涙を流しながら、悲嘆と心からの悔恨のこもった悲しげなことばで、兄の赦しを切に求めました。ナポリ王も、アントニオに助勢してプロスペローを退位させたことに対して、心からの悔恨の情を述べました。プロスペローは、二人を赦してやりました。そして、二人が、公国を返還することを約束したとき、プロスペローは、ナポリ王に向かって、

「わたしからも、あなたに贈りものをひとつ用意しているのですよ」

と言いながら、戸をあけて、王の息子のフェルディナンドが、ミランダとチェスをしているところを見せました。

ナポリ王と王子が、この思いがけない再会に覚えた喜びにまさるものは、ありませんでした。たがいに、あらしの中で死んでしまったものと思いこんでいたからです。

「まあ、不思議！」

と、ミランダは言いました。

「これはまた、なんと気高いかたがたばかりなんでしょう！　このようなかたがたが住んでいる世界は、きっと、すばらしい世界にちがいありませんわ」

ナポリ王は、若いミランダの美しさと並はずれた上品さに、ほとんど息子に劣らない

くらい、びっくりしました。

「この乙女は、どなただね？　われわれ親子を別れさせ、またこのように会わせてくださった女神のように思われるが――」

「いいえ、父上」

フェルディナンドは、自分がはじめてミランダを見たときに犯したのと同じまちがいを父がしているのを見て、微笑しながら答えました。

「このひとは人間です。でも、神さまの思し召《おぼ》しによって、このひとはぼくの妻になりました。父上が生きておられるとは知らなかったので、父上の同意を得ないまま、このひとを妻にしました。このひとは、あのお有名なミラノのプロスペロー公のご息女です。大公のおうわさは、かねて何度も承りながら、きょうまでお会いしたことはありませんでした。大公から、ぼくは新しい生命を授かりました。このいとしい女性をぼくにあたえて、ぼくの第二の父親となってくださったのです」

「では、わしはこのお嬢さんの父親なのにちがいない。しかし、ああ！　わが子に赦しを請わなくてはならんとは、なんとも奇妙なものだな」

「そのことは、もうおっしゃいますな」

と、プロスペローが言いました。

「過去のいざこざはもう忘れましょう。万事めでたく終わったことですから」

それから、プロスペローは、弟を抱きしめて、

「安心しろ、もう赦したから」

と、もう一度言いました。

「わしを貧弱なミラノ公国から追い出して、娘がナポリの王位を継承するようにしてくださったのは、万物を支配する天帝の思し召しなのだ。なぜなら、われわれがこの無人島で再会したからこそ、王子がミランダを愛するようになったからだ」

弟を慰めるために、プロスペローが語ったこういう優しいことばは、アントニオの心を恥ずかしさと後悔の念でいっぱいにしたので、アントニオは、ただもう泣くばかりで、口をきくこともできませんでした。心優しい老いたゴンザーロは、この喜ばしい和解を見て涙を流しました。そして、若い二人に神の祝福があるようにと祈りました。

このとき、プロスペローは、かれらの船は、無事に港に舫ってあり、水夫たちもみんな船に乗っていること、自分と娘も、明朝、みなさんのお供をして故国へ帰るつもりであることを一同に告げました。

「それまでのあいだ、わたしの貧しい岩屋でさしあげられるかぎりのご馳走を召しあがってください。夕べの余興として、わたしがはじめてこの無人島に上陸してからの話でもいたしましょう」

それから、プロスペローは、キャリバンを呼びつけて、食事の用意をし、岩屋をきちんとかたづけるよう命じました。一同は、プロスペローによればかれの身の回りの世話をするただ一人の召使いだという、この醜い怪物の異様な姿と猛々しい風采にびっくりしました。

プロスペローは、島を立ち去るまえに、エアリエルを自由の身にしてやったので、この活発な、小さい妖精は大喜びしました。エアリエルは、ご主人に忠実に仕えはしたけれども、日ごろから自由を満喫したいと思っていたのでした。野鳥のように、緑の木の下を、気持ちのいい果物やいい薫りのする花のあいだを、だれにも邪魔されないで、空中をあちこち飛びまわることを願っていたのでした。

「賢いエアリエルよ」

プロスペローは、エアリエルを自由の身にしてやるときに、この小さな妖精に言いました。

「おまえがいなくなれば、わしは寂しくなるだろう。でも、おまえを自由にしてやろう」

「ご主人さま、ありがとうございます。でも、ご主人さまの忠実なしもべに暇をくださるまえに、最後のご奉公として、ご主人さまが順風に帆をあげて故国へお帰りになるよう、船に付き添うのをお許しください。それから、ご主人さま、おいらは、自由の身になったとき、どんなにか楽しく生きていくことでしょう！」

ここで、エアリエルは、次のような、美しい歌をうたいました。

ハチが蜜を吸うところ、そこでおいらも蜜を吸う
おいらの寝床は、クリンソウの鈴の中
フクロウの啼くころ、そこで寝るのさ
コウモリの背中に乗って
楽しく夏を追っかける
楽しく、楽しく、これからは暮らすのさ
木の枝に垂れさがる花の下でさ

プロスペローは、それから魔術の本と杖を地下深く埋《う》めました。もう二度と魔術は使うまいと堅く決心したからです。このように、かつての敵《かたき》をうち負かし、弟やナポリ王とも仲直りしたいまでは、プロスペローの幸福を完全なものにするには、生まれ故郷に戻って、自分の公国をとりもどし、それから、娘とフェルディナンド王子との幸せな婚礼の式を見ることだけでした。ナポリ王も、本国に着き次第、二人の婚礼の式を盛大に祝おうと言いました。

妖精のエアリエルの安全な護衛のもとに、楽しい船旅をして、一行は、まもなくナポリに到着したのでした。

真夏の夜の夢

むかし、アテネに、父親は、だれでも自分が選んだ男との結婚を娘に強制してもよい、という法律がありました。つまり、父親が夫として選んだ男と結婚するのを娘がいやだと言えば、父親は、この法律により娘を殺してもよいという権限をあたえられていたのです。しかし、父親は、じつの娘を殺すのを望まないのが普通でしたから、娘がたまたま少々だだをこねることがあっても、この法律は実施されたためしは、めったにありませんでした。でも、おそらく、この町の若い女性たちは、この法律の恐ろしさをちらつかせて、両親に脅されることは、決してまれではなかったでしょう。

ところが、一度だけ、イージウスという老人が、実際に、当時アテネ公国を統治するテセウス公爵に、次のように訴え出るという事例がありました。

それは、娘のハーミアに、アテネの貴族の息子、デメトリウスと結婚するように命じたところ、娘はべつのアテネの若者、ライサンダーを愛しているので、自分の言うことをきかない、という申し立てでした。イージウスは、そこで、テセウス公爵のお裁きを願い出て、この残酷な法律を娘に適用していただきたい、と願ったのでした。

ハーミアのほうも、その命令に従えない理由として、デメトリウスは、以前自分の親友のヘレナを愛していると公言していましたし、ヘレナもデメトリウスを死ぬほど愛しております、と申し立てました。しかし、ハーミアが父親の命令に従わない理由として挙げたこの立派な言い分も、頑固者のイージウスの気持ちを動かすことはできませんでした。

テセウス公は、偉大な、慈悲深い大公でしたが、自分の国の法律を変える権限はありませんでした。そこで、大公にできたのは、ハーミアに四日間、考え直す猶予をあたえることだけでした。そして、その期日の終わりになっても、まだデメトリウスと結婚するのを拒むようなら、死刑に処することにする、と宣告しました。

ハーミアは、公爵の面前から退出を許されると、恋人のライサンダーのところへ行き、自分が置かれた危険な立場を話しました。そして、かれのことをあきらめて、デメトリウスと結婚するか、それとも、いまから四日後に命を失うかの二つにひとつだ、と言いました。

ライサンダーは、この不吉な知らせを聞いて、非常に苦悩しました。しかし、アテネから少し離れているところに住んでいる叔母さんがいること、そして、そこでは、この残酷な法律がハーミアに対して適用されることはないということ(この法律は、アテネの外では適用されないのでした)を思い出しました。そこで、ハーミアに向かって、今夜、こっそりとおとうさんの家を抜け出して、自分といっしょに叔母さんの家へ行き、そこで結婚しよう、と提案しました。

「町から二、三マイルほど外にある森で、落ち合うことにしよう」

と、ライサンダーは言いました。

「ほら、気持ちのいい五月に、ぼくたちがヘレナといっしょによく歩きまわった、あの楽しい森だよ」

この提案に、ハーミアも喜んで同意しました。そして、駆け落ちの計画のことは、友だちのヘレナのほかには、だれにも漏らしませんでした。ヘレナは(若い娘というものは、恋のためには、愚かなことをするものだから)、卑劣千万にも、デメトリウスのところへ行って、このことを話そう、と決心しました。友だちの秘密を漏らしたところで、何も自分が得をする望みはないけれど、自分を裏切った恋人のあとを跟《つ》けて森へ行くという、つまらない喜びだけはありました。ヘレナは、デメトリウスが、きっとハーミアを追って、森へ行くにちがいないことをよく知っていたのでした。

ライサンダーとハーミアが落ち合う約束をした森は、妖精という名でよく知られている、例の小さな生きものが好んで出没する場所でした。

妖精たちの王オベロンと、王妃のティターニアは、ちっちゃい家来たち全員とともに、この森で真夜中のどんちゃん騒ぎをするのがおきまりでした。

ちょうどそのころ、この小さな妖精の王と王妃のあいだには、たまたま、ひどい不和が生じていました。月夜に、この気持ちのいい森の中の木陰の散歩道で出会えば、必ず、口喧嘩がはじまるので、お供の小妖精たちはみんな怖《おじ》けをふるって、ドングリのお椀の中に身をひそめてしまうほどでした。

この悲しい不和の原因は、ティターニアが小さい取替え子の男の子をオベロンに引き渡すのを拒んだことでした。その子の母親は、ティターニアの友だちでしたが、その母親が死んだので、妖精の女王は、乳母からその子を盗みとって、森の中で育てたのでした。

さて、恋人同士がこの森で落ち合うことになっている夜、ティターニアは、数人の侍女を連れて散歩していましたが、そのとき、妖精の廷臣をお供に従えたオベロンとばったり出会ってしまいました。

「月夜に出会って、間が悪かったな、高慢ちきなティターニア」

と、妖精の王が言いますと、お妃が言い返しました。

「あら、あなたでしたの。やきもち焼きのオベロンさま。ささ、妖精たち、あっちへ飛んでいきましょう。あたしは、このひととのおつきあいはしないって、誓ってるんだから」

「待て、せっかちな妖精め。わしは、おまえの主人じゃないのかね。なぜ、ティターニアは、オベロンに楯突くのかね？　おまえのちびっ子の男の子をよこせ、わしの小姓にするんだから」

「安心あそばせ。あなたの妖精国をみんな下さっても、あの子だけは手放しませんからね」

ティターニアは、それから、主人をかんかんに怒らせたまま立ち去りました。

「ようし、勝手にしろ。夜が明けぬうちに、この無礼の仕返しに、おまえをいじめてやるからな」

オベロンは、それから、パックを呼び寄せました。パックは、王のいちばんお気に入りの、機密問題に関する相談役でした。

パック（ときにロビン・グッドフェローと呼ばれることもあります）は、近所の村々で、よくこっけいな悪ふざけをしてまわる、抜け目のない、いたずらっぽい妖精で、ときには搾乳場《さくにゅう》へ忍びこんで、牛乳の上皮をすくいとったり、ときには軽やかな、陽気なからだでバター攪乳器《かくにゅう》の中にドブンと飛びこんで、中で風変わりな踊りを踊るので、乳しぼりの女がいくら本気でかきまわしても、バターに変わらないし、村の若い男がかきまわしても、やはり駄目でした。また、パックがビール作りの銅釜の中で気まぐれないたずらをすると、決まってビールは駄目になってしまうのでした。

また、仲よしの隣人たちが数人集まって、楽しくビールを飲み交わそうというときに、パックは、焼きリンゴに化けて、ビールの大杯に飛びこんだり、ばあさんがいざ飲もうという間際に、ひょいとその口もとに飛び出して、しわくちゃなあごにビールをぶっかける。やがて、その同じばあさんが、こんどは顔をしかめて、よっこらしょと腰をおろして、隣人たちに悲しく陰気な話を語ってきかせようとすると、パックが三脚の床几《しょうぎ》をさっとうしろへ引っぱるので、気の毒に、ばあさんは、ドスンと尻もちをつく。すると、友だち連中はその様子を見て、腹をかかえて笑いこけ、こんなおもしろい思いをしたことははじめてだよ、と言ったりするのでした。

「さ、こっちへ来てくれ、パック」

オベロンは、この小さな、陽気な夜の放浪者に向かって言いました。

「娘たちがサンシキスミレと呼んでおる花を取ってきてくれ。あの小さな紫色の花の汁を眠っておる者のまぶたにたらすと、そいつは、目を覚ましたとき最初に見たものに惚れこむはずだ。わしのティターニアが眠っておるすきに、わしはその花の汁を数滴、あれのまぶたにたらしてやるのだ。そうすると、目が覚めて、最初に目にはいったものを恋してしまう。それがライオンだろうが、クマだろうが、おせっかいやきのサルだろうが、忙し屋の尾なしザルだろうが、おかまいなしにだ。そして、わしの知っておるべつの魔術を使って、あれの目からまじないをとり除いてやるまえに、あの男の子を手放させて、わしの小姓にしてしまうのだ」

パックは、根っからのいたずら好きだから、ご主人のこのおふざけ計画を大いにおもしろがって、花を捜しにすっ飛んでいきました。オベロンは、パックの帰りを待つあいだに、デメトリウスとヘレナが森にはいってくるのを見ました。そして、偶然にも、デメトリウスが、ヘレナが従《つ》いてきたのを責めているのを耳にしました。そして、デメトリウスは、さんざん薄情なことを言い、ヘレナは、穏やかに諫《いさ》めたり、以前はあたしを愛してくださったし、あたしを裏切らないって、誓ってくれたじゃないの、とデメトリウスに思い出させたりしました。とうとう、デメトリウスは、おまえなんか野獣に食われてしまえと言って、ヘレナを置き去りにしてしまいました。ヘレナは、一生懸命、あとを追いかけていきました。

妖精の王オベロンは、いつでも、まことの恋人の味方なので、ヘレナにいたく同情しました。ライサンダーは、「月夜に三人でこの気持ちのいい森を散歩したものだ」と言っていましたから、ひょっとしてオベロンも、デメトリウスに愛されて幸福だったころのヘレナを見たことがあったのかもしれません。それはともかく、小さな紫色の花をもってパックが戻ってくると、オベロンは、このお気に入りに、こう言いました。

「この花を少々お取り。この森の中に可愛いアテネの娘がおる。自分をばかにしている若者を恋しておるのだ。もしその若者が眠っておるところを見つけたら、この惚れ薬を少々そのまぶたにたらしてやるがいい。だが、必ず、娘がそやつのそばにおるときにやるように工夫するんだぞ。若者が目を覚ましたとき最初に見るのが、自分がさげすんでいる娘でないといけないからな。若者は、アテネふうの服装をしておるから、それとわかるだろう」

パックは、この件、とても見事にやってみせますよ、と約束しました。それから、オベロンは、ティターニアに気づかれずに、彼女の寝室に行きました。ティターニアは、ちょうど寝る用意をしているところでした。妖精の女王の寝室は、スイカズラや、ジャコウバラや、赤い野バラの天蓋の下、野生のタチジャコウソウや、クリンソウや、香りのよいスミレが咲きみだれる川の堤でした。ティターニアは、いつもこの寝室で、夜のひとときを眠って過ごすのでした。ベッドの上掛けは、つや出ししたヘビ皮で、小さな衣だけれど、妖精のからだを包むには十分の大きさがありました。

オベロンが部屋にはいったとき、ティターニアは、自分が眠っているあいだにしておくべき用事を、お付きの妖精たちに命じているところでした。

「何人かはジャコウバラのつぼみについているシャクガの幼虫を殺しておくれ」

と、女王陛下が言いました。

「何人かはコウモリをやっつけて、そのなめし皮のような翼をとってきておくれ。あたしの小さな妖精たちの上着を作ってあげるんだから。そして、何人かは、夜ごとホーホーと啼く、あのやかましいフクロウが、あたしのそばに来ないように見張っておくれ。でも、まず、歌をうたってあたしを寝かしてほしいわね」

妖精たちは、こんな歌をうたいはじめました。

舌が二つに裂けたマダラヘビも
とげだらけのハリネズミも、姿を見せるな
イモリも、トカゲも、悪さをするな
わが妖精の女王のそばに近づくな
ナイチンゲールよ、甘い調べで
やさしい子守歌をいっしょに歌っておくれ
ララ、ララ、ララバイ、ララ、ララ、ララバイ
災い、のろい、まじないも
美しいわが女王には近づかぬ
だから、子守歌でお休みなさい

妖精たちは、この可愛い子守歌をうたって女王を寝かしつけると、女王に命じられた大切な仕事を果たしに立ち去りました。そこで、オベロンはそうっと女王に近づいて、

目を覚ましたときに見るものを、
まことのわが恋人と思うがいい

と言いながら、まぶたの上に惚れ薬をたらしました。

さて、話をハーミアに戻しましょう。ハーミアは、デメトリウスと結婚するのを断わったことで死刑に処せられる運命をのがれるべく、その夜、父の屋敷を抜け出しました。ハーミアが森にはいったとき、いとしいライサンダーが、ハーミアを叔母さんの家へ案内しようと待ちかまえていました。ところが、森を半分も行かないうちに、ハーミアは、へとへとに疲れてしまったので、ライサンダーは、自分のために命まで賭けて愛情の深さを示してくれた、このいとしい恋人の身をひどく気づかって、柔らかいコケの生えた土手で、朝まで休むように説きつけるとともに、自分もハーミアから少し離れた地べたに横になって、二人とも、まもなく、ぐっすり眠りこんでしまいました。

そこをパックに発見されました。パックは、ハンサムな若者が眠っており、アテネふうに仕立てた服を着て、しかも、美しい女性がその近くに眠っているのを見て、これこそオベロンさまが捜しによこした、アテネの娘と、娘を軽蔑している恋人にちがいない、と結論を下しました。そして、ここには二人しかいないのだから、この若者が目覚めたとき、まっさきに目にするのはこの娘にちがいない、と思いこんだのも、無理からぬことでした。そこで、パックは、迷うことなく、若者の目の中に、小さな紫色の花の汁をたらしこみにかかりました。

ところが、そこへ、ヘレナがやって来たので、ライサンダーが目を覚ましたとき最初に見たものは、ハーミアではなくて、ヘレナという次第になってしまいました。そして、語るも不思議なことに、惚れ薬の効き目があまりにも覿面《てきめん》なので、ライサンダーは、ハーミアへの恋心がすっかり消え失せて、ヘレナを恋するようになりました。

ライサンダーが目覚めたとき、まっさきに見たのがハーミアだったら、パックがやらかしたしくじりも大したことにはならなかったでしょう。なぜなら、ライサンダーは、この貞節な娘をいくら愛しても愛しすぎることはないくらい愛していたのですから。

しかし、気の毒なことに、ライサンダーが妖精の惚れ薬のために、いやおうなしに誠実なハーミアのことを忘れさせられ、べつの娘を追いかけて、ハーミアを真夜中の森の中でたったひとりで眠ったままにしておいたのは、まったく悲しい偶然と言うべきでした。

この不幸なできごとが起こったのは、次のようないきさつからでした。まえにも述べたように、ヘレナは、デメトリウスがあんなに無礼にも自分のもとから走り去ったとき、必死になって遅れないように走ったけれど、長距離競走では女性はいつも男性にはかないっこないので、長いこと、この不平等な競走をつづけていられなくなりました。ヘレナは、じきに、デメトリウスの姿を見失ってしまいました。がっかりして、絶望的な気持ちで森をさまようちに、ライサンダーが眠っている場所にたどりつきました。

「あら！　ライサンダーがごろりと地べたに横になっている。死んでいるのかしら、それとも、眠っているのかしら？」

それから、そっと相手に手をかけながら、ヘレナが言いました。

「もしもし、もし生きているのなら、目を覚ましてちょうだい」

これを聞くと、ライサンダーは、目をひらいて(惚れ薬が効きはじめているので)、すぐさま、ヘレナに向かって、途方もない愛と賛美のことばを浴びせかけて、あなたはハーミアなんかよりもはるかに美しい、ハトとカラスほどの違いだとか、美しいあなたのためなら、火の中、水の中だって飛び込んでみせるとか、そのほか、いろんな口説《くど》き文句を並べたてました。

ヘレナは、ライサンダーが友だちのハーミアの恋人で、ハーミアと厳粛に結婚を誓った仲であることを知っているので、こんなふうに話しかけられて、無茶苦茶に怒りだしました。というのは(無理もないことですが)、ライサンダーが自分をからかっているのだ、と思ったからです。

「ああ！　なぜ、あたしはみんなからばかにされたり、軽蔑されたりするように生まれついているかしら？　ねえ、あなた、あたしはデメトリウスから優しい眼差しも、親切なことばもかけてもらえないのよ。それだけで十分じゃない、そうじゃなくって？　それなのに、あなたったら、こんなふうにあたしをばかにして、あたしに求愛するふりをしなくちゃならないの？　あたしはね、ライサンダー、あなたは、もう少しほんとに優しさのある紳士だと思っていたのよ」

ヘレナは、ぷりぷり憤慨してこう言い捨てて、走り去りました。ライサンダーは、まだ眠っている自分のハーミアのことなどすっかり忘れて、ヘレナのあとを追いかけていきました。

ハーミアは、目を覚ましたとき、自分がたったひとりになっているのに気づいて、ひどくおびえました。ライサンダーはどうなってしまったのか、どっちへ行けばライサンダーが見つかるものやらわからぬままに、森の中をさまよい歩きました。

一方、デメトリウスのほうは、ハーミアと恋がたきのライサンダーとを見つけることができないで、甲斐のない捜索に疲れはてて、ぐっすり寝入っているところを、オベロンに見つけられました。オベロンは、パックにいろいろと問いただして、どうもパックが違うひとの目に惚れ薬をたらしたらしいことを知りました。そこで、いまや、はじめに意図していた本人を見つけ出したので、眠っているデメトリウスのまぶたに惚れ薬をたらしました。すると、デメトリウスは、すぐ目を覚まし、まっさきに目についたのがヘレナだったので、ライサンダーがさっきやったように、デメトリウスも、ヘレナに愛のことばをやたらに浴びせはじめました。

ちょうどそこへ、ライサンダーがハーミアに追いかけられながら(というのは、不運にもパックがへまをしたために、いまではハーミアが恋人を追っかける番になってしまったので)、姿を現しました。ライサンダーとデメトリウスは、二人とも、同じ強力な魔法にかかっているので、口々に、ヘレナに言い寄りました。

びっくりしたヘレナは、デメトリウスも、ライサンダーも、それから、むかしはあれほど仲良しだったハーミアまで、みんなぐるになって、自分をばかにしているのだ、と思いこみました。

ハーミアも、ヘレナに劣らず仰天しました。ライサンダーとデメトリウスは、二人とも以前は自分を愛していたのに、なぜいまは、ヘレナを愛するようになったのか、わかりませんでした。ハーミアにとっては、これは冗談ごとじゃない、と思われるのでした。以前は大の仲良しだったヘレナとハーミアは、いまや、激しいことばをたがいに浴びせかけはじめました。

「ひどいひとね、ハーミアったら」

ヘレナが言いました。

「ライサンダーをけしかけて、心にもない褒めことばであたしをいらいらさせたのは、あなたでしょ。おまけに、あたしのことを足げにもしかねなかった、あなたのもうひとりの恋人デメトリウスだけど、そのデメトリウスを焚《た》きつけて、あたしのことを女神だの、水の精《ニンフ》だの、世にも珍しい女性だの、天使だのと呼ばせたのも、あなたじゃなくって？　あなたがあたしをなぶりものにするために、あのひとを唆《そそのか》したのでないとしたら、あのひとがきらっているあたしに、そんなこと言うわけないじゃないの。

ひどいひとね、ハーミアったら。男のひとたちとぐるになって、哀れな友だちを物笑いの種にするなんて。学校に通っていたころのあたしたちの友情を忘れてしまったの？ねえ、ハーミア、あたしたち二人、いったい何度、ひとつクッションにすわって、同じ歌をうたいながら、お針で同じ見本に描かれた、同じ花の刺繍をしたことでしょう。あたしたちは、とても二つに分かれそうにない、双子《ふたご》のサクランボみたいに大きくなったんじゃないの。

ねえ、ハーミア、男のひととぐるになって、可哀そうな友だちをばかにするなんて、友だち甲斐がないのじゃなくって？　女らしくないやり方じゃなくって？」

「そんなきついことばを使うなんて、あたし、びっくりしたわ」

ハーミアは、言いました。

「あたしは、あなたのことをばかになんかしてないわよ。あなたこそあたしをばかにしてるんだと思うわ」

「ええ、ええ、たんと精を出して、まじめくさった顔をしていればいいわ」

ヘレナは、やり返しました。

「それから、あたしが背中を向けたとたん、顔をしかめて、たがいにウィンクして、このおもしろい冗談をつづけるといいわ。あなたに少しでも憐れみや、好意や、行儀作法のたしなみがあったら、あたしをこんなにいじめはしないでしょうに」

ヘレナとハーミアがこんなふうにいがみ合っているあいだに、デメトリウスとライサンダーは、二人を残して、ヘレナへの愛をかけて決闘をするために、森の奥へはいって行きました。

紳士たちが立ち去ったのに気がついて、ヘレナとハーミアは、別れ別れになって、それぞれの恋人を捜しに、疲れはてて、またもや森の中をさまよい歩くのでした。

妖精の王のオベロンは、それまでちびのパックといっしょに、二人の女性の口論を立ち聞きしていましたが、彼女らがいなくなるとすぐ、パックにこう言いました。

「これは、おまえの不注意のせいだぞ、パック。それとも、おまえは、こんなことをわざとやったのか」

「信じてくださいよ、陰の国の王さま。たしかに、まちがいです。王さまもおっしゃったじゃないですか、アテネふうの服装でそれとわかるはずだって？　でもね、おいらは、こうなったのを後悔していませんよ。あいつらがぎゃあぎゃあ言い争うのも、なかなかおもしろかったですからね」

「おまえも聞いただろう、デメトリウスとライサンダーは、決闘するのに都合のよい場所を捜しに行ったんだぞ。わしの命令だ。夜を濃霧のとばりで包んでしまえ。そうして、あの喧嘩っぱやい若者たちを暗闇の中で道に迷わせ、たがいに相手が見つからんようにしろ。双方の声をまねて、さんざ罵《ののし》って怒らせろ。聞こえるのは、自分の恋がたきの声だと思って、おまえのあとを追いかけるだろう。二人ともくたくたに疲れて、もう一歩も動けなくなるまで、それをつづけろ。

そして、二人が寝入ったら、このべつの花の汁をライサンダーのまぶたにたらすのだ。ライサンダーが目を覚ましたときには、ヘレナへの新しい恋は忘れて、ハーミアへのむかしの熱い恋心をとりもどすだろう。そうすると、二人の美しい娘たちは、それぞれ、自分の愛する男と幸福に暮らすようになるだろうし、いままでのことはすべて、いやな夢でも見ていたのだと思うだろう。さあ、パック、すぐこの仕事にとりかかるんだ。わしは、ティターニアがどんなすてきな愛人を見つけたか、見にいくとしよう」

ティターニアは、まだ眠っていました。そばに、森の中で道に迷ったボトムという機《はた》屋《や》が、これまた眠りこけていました。オベロンは、こう言いました。

「ようし、この男だ。こいつをティターニアの本物の愛人にしてやろう」

オベロンは、ロバの首をボトムの首にひょいとかぶせました。すると、ロバの首はまるで、もともと機屋の肩の上についていたかのように、ぴったりと合いました。オベロンは、ロバの首をいかにもそうっとかぶせたのですが、ボトムはそれで目を覚ましてしまい、立ち上がって、オベロンに何をされたか気づかぬままに、妖精の女王の眠っている私室のほうへふらふらと足を運びました。

「ああ！　あたしは何という天使を目にしているのかしら？」

ティターニアは、目を覚まして、言いました。例の紫の小さな花の効き目が次第にあらわれはじめたのです。

「あなたは、お姿も美しいように、おつむのほうもよろしいんでしょうね？」

「いや、いや、奥さま」

まぬけのボトムが言いました。

「おらがこの森の出口を見つけられるほどおつむがよけりゃ、とっくに使っておりますさあ」

「森から出たいなんておっしゃっちゃいけませんわ」

田舎者に首ったけの女王は、言いました。

「あたしは、とても身分の高い妖精です。あなたのこと、好きよ。あたしといっしょにいらっしゃいな。そしたら、あなたのお世話をする妖精をさしあげますわ」

そこで女王は、お付きの妖精を四人呼び寄せました。妖精の名まえは、マメの花、クモの巣、蛾《が》、からし種というのでした。

「この美しい紳士にお仕えしなさい。ご散歩のときは跳びまわり、見えるところで跳ねまわるのですよ。お食事は、ブドウとアンズ。それから、ミツバチから蜜ぶくろを盗んで来てさしあげるのですよ。さあ、こっちへいらっしゃい、あたしのそばにおすわりあそばせ」

女王は、ボトムに言いました。

「そして、あなたの可愛い毛むくじゃらの頬をなでさせてちょうだい、あたしの美しいロバさま。それから、あなたの美しい大きなお耳にキスさせてちょうだい、あたしの大好きなおかた!」

「マメの花は、どこだかね?」

妖精の女王の求愛は、大したこととは思えないけれど、新しく得たお付きの妖精たちは、いかにも誇らしくて、ロバの頭をした機屋が言いました。

「ここにおります、ご前さま」

小さなマメの花は答えました。

「おらの頭をかいてくんろ。クモの巣は、どこだかね？」

「ここに控えております、ご前さま」

「クモの巣クン、あそこのアザミのてっぺんにいる赤いマルハナバチを殺してくんろ。それから、クモの巣クン、蜜ぶくろを持ってきてくんろ。でも、クモの巣クン、その際あんまりあせるでねえよ。蜜ぶくろ、破らんように気いつけてな。あんたが蜜ぶくろのミツびたしになっちゃ、気の毒でたまらんもんね。からし種は、どこだかね？」

「ここに控えております、ご前さま。ご用はなんでございましょう」

「何もねえよ、からし種クン。だけんど、マメの花クンに手を貸して、おらの頭、引っかいてくんろ。からし種クン、おらは床屋に行かにゃなるまいな。どうも顔のあたりがやたらひげもじゃのようなんでな」

「あたしのかわいいひと」

女王が言いました。

「何を召しあがりますか。冒険好きな妖精をやって、リスのためた食べ物を捜して、新しいクルミを取ってこさせましょうね」

「それよりか干し豆をひとにぎり食いてえな」

機屋は、ロバの首がくっついたために、ロバと同じものが食べたくなっていたのでした。

「でもな、どうかだれもおらの邪魔しねえでくんろ。おら、眠りたくなってきただ」

「では、お休みなさい。そしたら、両腕で抱きしめてあげるわよ。ああ、なんていとしいかただろう！　あたしは、あなたに首ったけよ！」

妖精の王のオベロンは、女王の腕の中で卑しい男が眠っているのを見たとき、女王から見えるところに進み出て、臆面もなくロバなんかを寵愛して、なんたることだ、と女王をしかりつけました。

女王は、これを否定することができませんでした。なにぶんにも、そのとき田舎者が女王の腕の中で眠っているし、その田舎者のロバ頭に、彼女が作った花輪のかんむりが乗っかっているのですから。

オベロンは、しばらく女王を冷やかしたあげく、またぞろ、取替え子の男の子をよこせ、と言い出しました。女王は、新しいお気に入りといっしょにいるところを夫に見つけられたことを恥じていたので、とてもいやだと言う勇気はありませんでした。

オベロンは、こうやって、長年小姓にしたいと思っていた男の子を手に入れたので、自分の愉快な趣向のために、女王がこんなみっともない状況に陥っているのが可哀そうになって、べつの花の汁を女王の目に入れてやりました。すると、妖精の女王は、たちまち分別を取り戻して、なぜ、これまであんなにのぼせていたのかと訝《いぶか》しがって、いまでは、こんなへんてこな怪物なんか見るのもいやだ、と言うのでした。

オベロンは、同様に、田舎者から、ロバの頭を取り除いて、かれが肩の上に本来のまぬけ首を乗っけたまま、眠りつづけさせておきました。

オベロンとティターニアは、いまや、すっかり仲直りしたので、オベロンは、四人の恋人たちの身の上のこと、その四人が真夜中に喧嘩したことなどを、ティターニアに話して聞かせました。すると、ティターニアは、夫といっしょに行って、恋人たちの冒険の結末を見ることに同意しました。

王と女王が、ライサンダーとデメトリウスと、その美しい恋人たちを発見したとき、四人は草地の上、おたがいからあまり離れていないところで、眠っていました。というのは、パックが、以前の失敗の埋め合わせをするために、四人の恋人同士をたがいに知

れないままに、全員、同じ場所へ集めるように、しゃかりきになって骨を折ったからでした。そうして、オベロンから渡された解毒剤を使って、慎重にライサンダーの目からまじないを取り除きました。

ハーミアが最初に目を覚まして、見失っていたライサンダーがすぐそばで眠っているのに気づいて、ライサンダーの不思議な心変わりを訝りながら、つくづくとライサンダーの顔をながめていました。まもなく、ライサンダーも目を覚まして、いとしいハーミアを見て、妖精のまじないのためにこれまで曇っていた正気をとり戻し、正気が戻るとともに、ハーミアへの恋も蘇ってきました。二人は、前夜の珍しい経験のことを語り合い、あんなことが本当に起こったのか、それとも、二人とも、この同じ途方もない夢を見ていたのだろうか、と訝しみました。

そのころには、ヘレナとデメトリウスも目を覚ましていました。気持ちよく眠れたおかげで、ヘレナの乱れた、腹立たしい気持ちも静まっていたので、デメトリウスが相変わらず訴える愛の告白に快く耳を傾けることができました。そして、デメトリウスの愛の告白が誠実なものであることがわかってきて、ヘレナは驚きもし、うれしくもあったのでした。

夜じゅう、さまよい歩いた二人の見目麗しい女性たちも、いまはもうライバル同士ではなくなって、もう一度仲良しになりました。たがいに交わしたひどいことばも、ことごとく水に流しました。

こういう事態になったいま、どうすればいちばんよいか、四人は、冷静に相談しました。その結果、デメトリウスがハーミアへの愛の申し立てを取り下げたのだから、デメトリウスは、ハーミアの父親を説得して、ハーミアに対する残酷な死刑の宣告を取り消すように努力するべきである、ということで相談がまとまりました。

デメトリウスが、この友好的な使者としてアテネへ戻る支度をしているところへ、一同が驚いたことに、ハーミアの父イージウスが姿を見せました。イージウスは、家出娘を追って森へ来たのでした。

イージウスは、いまはデメトリウスもハーミアと結婚する気がないとわかると、もはや娘がライサンダーと結婚することに反対しないで、その日から四日後に、結婚式を執りおこなうことに賛成しました。四日後と言えば、ハーミアが死刑を宣告されるはずの日でした。そして、その同じ日に、ヘレナも、最愛の、そしていまは誠実なデメトリウスと結婚することに、大喜びで同意したのでした。

妖精の王と女王は、この和解の様子を姿を隠したままながめていましたが、オベロンの調停があったからこそ、恋人たちの物語が幸福な結末を迎えることになったことを知って、二人は大いに満足しました。そこで、この親切な二人の妖精は、近く執りおこなわれる婚礼を、妖精の国全体をあげて、いろんな気晴らしやお祭り騒ぎをして祝うことに決めました。

さて、読者の中に、この妖精やそのいたずらの物語をお読みになって、奇妙でとても信じられないと考えて、憤慨するひとがおありでしたら、いままで眠っていて夢を見ていたのだ、だから、こういう珍しいできごとは、すべて夢の中で見たまぼろしなのだ、とお考えになったらいかがでしょうか。

願わくは、わたしの読者の中には、この可愛い、無邪気な「真夏の夜の夢」に腹を立てるようなわからず屋さんは、一人もおいでになりませんように。

冬物語

かつて、シチリア国*の王、レオンティーズと、美しく貞淑な王妃、ハーミオニは、非常に仲むつまじく暮らしていました。このすぐれた貴婦人に愛されてレオンティーズは、たいへん幸福でしたので、満たされない願いは何ひとつない思いでした。不満があるとすれば、古い友人で学友でもあった、ボヘミア国**の王、ポリクサニーズにもう一度会って、王妃に紹介したいな、とおりふし思うことだけでした。レオンティーズ王とポリクサニーズ王は、幼年時代からいっしょに育ったのですが、両名とも父王が亡くなったので、それぞれの国を治めるために呼び戻されました。それ以来、もう長年のあいだ、二人は、会っていませんでしたが、たびたび贈り物や手紙や親善使節を交換していました。

* イタリア南方にある地中海最大の島。旧王国。
** チェコ西部の地方。旧王国。

何度も招待されたあと、とうとう、ポリクサニーズ王は、友人のレオンティーズ王を訪問するため、ボヘミアからシチリアへやって来ました。

はじめのうち、この訪問は、レオンティーズ王にとっては喜び以外の何ものでもありませんでした。お妃《きさき》にも、この青年時代の友人に特別な好意を示すように頼みました。そして、幼なじみであり、親友でもある王といっしょにいて、レオンティーズ王の幸福は、完璧に満たされたように思われました。二人は、むかしのことを語り合い、学校時代のこと、若いころのいたずらなどを思い出して、ハーミオニ王妃に話して聞かせました。王妃はいつも、この語らいに加わって、陽気に座を賑わしました。

長い滞在のあと、ポリクサニーズ王が帰国の支度をしていると、ハーミオニは、夫の願いもあって、夫といっしょになって、ポリクサニーズ王にもっと長く逗留してほしいと懇願しました。

さて、このとき、この善良な王妃の悲しみがはじまったのでした。というのは、ポリクサニーズ王は、レオンティーズ王に滞在を勧められたときには断わったのに、ハーミオニの優しく、説得力のあることばにほだされて、もうあと数週間、出発を延期したのでした。レオンティーズ王はこれを見て、これまで長いあいだ、貞淑な王妃のすぐれた性質は言うまでもなく、友人のポリクサニーズ王の誠実さと、高潔な道義心を知り尽くしていたにもかかわらず、どうにも抑えきれない嫉妬にとりつかれてしまいました。

ハーミオニは、夫にとくに頼まれたので、ただもう夫に喜んでもらおうと思って、ポリクサニーズ王をあれこれと手厚くもてなしたのに、その心尽くしのひとつひとつが、運悪くレオンティーズ王の嫉妬心をますます募らせる結果となりました。

レオンティーズ王は、愛情深い、誠実な友人であり、最良の、だれよりも妻を愛している夫であったのに、突然、野蛮な、冷酷な怪物に変わってしまいました。宮廷に貴族の一人、カミロを呼び寄せて、自分の抱いている疑惑をうちあけ、ポリクサニーズ王を毒殺するように命じました。

カミロは、善良な人間でした。レオンティーズ王の嫉妬心は、一点の真実性の根拠もないのをよく知っていたので、ポリクサニーズ王を毒殺するかわりに、主君の命令をポリクサニーズに知らせて、シチリア領土からいっしょに脱出することにしました。カミロの援助を得て、ポリクサニーズは、無事に自分の国ボヘミアへ帰ることができました。カミロは、そのとき以来、ポリクサニーズ王の宮廷に仕え、王のいちばんの友人で、お気に入りとなりました。

ポリクサニーズの逃亡は、嫉妬に目がくらんだレオンティーズの怒りに、ますます油を注ぐ結果となりました。王は、お妃の私室へ行きました。そこでは、善良なお妃が、幼い王子マミリウスといっしょに腰をおろし、王子は母を楽しませるために、ちょうど、自分のいちばん好きな物語のひとつを話しはじめたところでした。王は、つかつかとその部屋へはいって行くと、王子を連れ去り、ハーミオニを投獄してしまいました。

マミリウスは、ほんのいたいけな子どもでしかなかったけれど、母親を愛情深く慕っていました。マミリウスは、その母親がこのように辱められたうえ、自分から引き離されて、牢獄に押し込められたことを知ったとき、そのことをひどく悲しんで、少しずつ、元気がなくなり、やせ衰えて、食欲もなくなり、眠れなくなって、ついには、悲嘆のあまり死んでしまうのではないか、と思われるほどになりました。

王は、お妃を投獄してしまうと、クリオミニーズとダイオンという二人のシチリアの貴族を、デルポイ*にさしむけて、王妃が自分を裏切ったかどうか、アポロンの神殿で神託を伺ってくるように命じました。ハーミオニは、投獄されてからまもなく、女の子を産み落としました。哀れな貴婦人は、可愛い赤んぼうを見て、たいへん慰められました。そして、赤んぼうにこう話しかけました。

＊　ギリシア中部のパルナッソス山のふもとの古都。神託で有名なアポロンの神殿があった。

「可哀そうな小さな囚人さん、わたしはおまえと同様、なんの罪もないのよ」

ハーミオニには、ポリーナという名前の親切な友だちがいました。心の気高い女性で、シチリアの貴族アンティゴヌスの妻でした。ポリーナ夫人は、王妃がお産をしたという知らせを聞いて、ハーミオニが閉じこめられている牢獄へ行って、ハーミオニの世話をしているエミリアという侍女に、こう言いました。

「エミリア、お願いがあります。どうぞお妃さまにこうお伝えください。もしお妃さまが、思いきって幼いお子をわたくしにお預けくださるなら、お子の父上でいらっしゃる王さまのところへお連れ申しましょう。無邪気なお子の顔をごらんになれば、王さまのお心もどんなにか和らぐかもしれませんから」

「奥方さま、奥方さまの気高いお申し出をお妃さまにお伝えいたします。きょうもお妃さまは、このお子を王さまにお見せする勇気のあるお友だちがいたらなあ、とおっしゃっていたところでございますよ」

「それから、これもお伝えください。わたくしがきっと王さまに向かって、大胆にお妃さまを弁護するつもりです、って」

「仁愛深いお妃さまのためにご親切にしてくださるあなたさまに、いつまでも神さまのお恵みがありますように！」

エミリアは、それから、ハーミオニのところへ行きました。王妃は、たいへん喜んで、自分の赤んぼうをポリーナの世話にゆだねました。というのは、この子を王さまへお見せするほどの勇気のあるものは、一人もいないのではないか、と案じていたところだったからでした。

ポリーナは、夫が王さまの怒りを懼《おそ》れて、妻を制止しようとしたにもかかわらず、生まれたばかりの赤んぼうを抱いて、しゃにむに王さまの面前へまかり出ました。ポリーナは、王の足もとに赤んぼうを置くと、ハーミオニを弁護して、王に向かって気品高い演説をしました。そして、王の残忍な仕打ちを手きびしく非難し、罪のない王妃とお子に慈悲をたれるように嘆願しました。しかし、ポリーナの猛烈な諫言《かんげん》は、ただ、レオンティーズ王の不興を募らせたばかりでした。王は、ポリーナの夫、アンティゴヌスに、この女を下がらせろと命じました。

ポリーナは、立ち去るとき、赤んぼうを王の足もとに置いたままにしておきました。王さまもお子と二人きりになれば、お子をごらんになって、そのいたいけな無邪気さに憐れみをおかけになるだろう、と考えたからでした。

善良なポリーナは、思い違いをしていました。というのは、ポリーナが立ち去るやいなや、無慈悲な父親は、ポリーナの夫、アンティゴヌスに、この子を海へ連れ出して、どこか人気《ひとけ》のない岸べに置き去りにして死なせてしまえ、と命じました。

　アンティゴヌスは、善良なカミロとは違って、レオンティーズ王の命令をあまりにも忠実に実行しました。即座に赤んぼうを船に乗せて、海へ漕ぎ出しました。どこでもいい、最初に見つけた人気のない海岸へ置き去りにするつもりでした。

　王は、ハーミオニの有罪を堅く信じていたので、アポロンの神託を聞くためにデルポイに派遣していた、クリオミニーズとダイオンの帰りを待とうとはしませんでした。そして、産後の疲れもすっかりは取れていないし、大事な赤子を失った悲しみからも立ち直っていない王妃を、宮廷じゅうの高官や貴族の居ならぶ面前で公判にかけました。

　ハーミオニを裁くために、シチリア国の偉い高官や、裁判官や、貴族たちが全員集まって、不幸な王妃が、囚人として臣下のまえに判決を受けるために立っているときに、クリオミニーズとダイオンが公判の場にはいって来て、封をしてある神託を国王に捧げました。そこで、レオンティーズは、封印を破ってご神託を朗読せよ、と命じました。それには、こう書いてありました——

「ハーミオニは無罪、ポリクサニーズに責めはない。カミロは忠臣で、レオンティーズは嫉妬心の強い暴君である。失われたものが発見されないかぎり、王には世継ぎはないであろう」

レオンティーズは、この神託のことばを信じようとしませんでした。王は、こんなものは妃の友人どもがでっちあげた嘘っぱちだ、と言いました。そして、裁判官に王妃の裁きをつづけるように命じました。ところが、レオンティーズがそう言っている最中に、一人の家来がはいってきて、マミリウス王子が、母親を死刑にする裁判が行なわれているのを聞いて、悲しみと屈辱に耐えかねて、突然亡くなってしまったと告げました。

ハーミオニは、あの可愛い、愛情深い王子が、母の不幸を悲しんで死んだという知らせを聞いて、気を失ってしまいました。レオンティーズも、さすがにこの知らせは胸にこたえて、不幸せな王妃が哀れに思えてきたので、ポリーナや王妃の侍女たちに命じて、王妃を連れていって、手当てをし、意識を回復させるように命じました。ポリーナは、まもなく戻ってきて、ハーミオニさまはお亡くなりになりました、と王に伝えました。

レオンティーズは、王妃が死んだと聞いたとき、王妃にむごいことをした、と後悔しました。自分がひどい仕打ちをしたために、王妃を悲しませたと考えるようになったいまでは、王妃の無罪を信じるとともに、神託のことばは正しかった、と思いました。

「失われたものが発見されないかぎり」ということばは、いたいけな娘のことを指しているのにちがいないし、いまや幼いマミリウス王子が死んだからには、自分は世継ぎをなくしてしまった、と考えました。失われた娘をとりもどせるものなら、王国全体を投げ出しても惜しくはない、とさえ思いました。そして、レオンティーズは、悔恨に身をまかせ、幾年間も、沈痛なもの思いと後悔の悲しみのうちに過ごしたのでした。

さて、アンティゴヌスが幼い王女を連れて海へ出た船は、あらしに遭って、あの善良なポリクサニーズの王国である、ボヘミアの海岸へ打ち上げられました。アンティゴヌスは、そこへ上陸し、赤んぼうを置き去りにしました。

アンティゴヌスは、シチリアに戻って、レオンティーズに、王女をどこへ置き去りにしてきたか、報告することはできませんでした。というのは、アンティゴヌスが船に戻ろうとしたとき、森から一頭のクマが出てきて、アンティゴヌスを八つ裂きにしてしまったからです。それは、レオンティーズの邪悪な命令に従った当然の罰でした。

幼児は、高価な衣装と宝石を身につけていました。赤んぼうをレオンティーズ王のもとによこしたとき、ハーミオニがとてもきれいに着飾らせていたからです。アンティゴヌスは、赤んぼうのマントにピンで紙きれを留めておきました。その紙には、失われたものという意味の「パーディタ」という名と、高貴な生まれと不幸な運命とをそれとなく匂わすような文言が書きつけてありました。

この哀れな捨て子は、一人の羊飼いに拾われました。羊飼いは、情け深い人間でしたから、小さなパーディタを家に連れ帰り、妻に見せました。妻は、その子を優しく育てました。

しかし、貧しさに負けて、羊飼いは、自分の発見した貴重な拾得物を隠匿《いんとく》しようという気になりました。そこで、自分がどうして富を得たかだれにも知られないように、その土地を離れました。そして、パーディタの宝石の一部で、たくさんの羊の群れを買って、裕福な羊飼いになりました。羊飼いは、パーディタを自分の子として育てたので、パーディタも、自分は羊飼いの娘とはべつな人間であるとは知りませんでした。

小さなパーディタは、見目麗しい乙女に成人しました。羊飼いの娘としての教育しか受けていないのですが、王妃であった母親から受け継いだ天性の気品は、パーディタの純朴な心から輝き出ているので、その立居ふるまいを見ると、パーディタが父の宮廷で養育されなかったとは、だれしも見抜けなかったことでしょう。

さて、ボヘミアのポリクサニーズ王には、フロリゼルという一人っ子の王子がありました。ある日、この若い王子が羊飼いの住まいの近くで狩りをしていたとき、この老人の娘と思われているパーディタを見かけました。パーディタの美しさ、慎ましやかさ、王妃のような立居ふるまいを見て、王子は、たちまち恋に陥ってしまいました。すぐに、平民の紳士の装いをして、名もドリクリーズと偽って、老羊飼いの家を絶えず訪問するようになりました。

ポリクサニーズ王は、フロリゼル王子がたびたび宮廷を抜け出すのに驚き、家来に王子のあとを跟《つ》けさせてみると、王子が羊飼いの美しい娘に恋していることが突き止められました。

そこで、ポリクサニーズ王は、カミロを呼びつけました。怒《いか》り狂うレオンティーズ王から、自分を救ってくれた、あの忠実なカミロです。そして、パーディタの父親だと考えられている羊飼いの家まで同行してもらいたい、と言いました。

ポリクサニーズ王とカミロが、二人とも変装して、老羊飼いの住まいへ到着してみると、そこでは、羊毛刈りこみのお祭りを祝っている最中でした。二人は、見知らぬよそ者でしたが、羊毛刈りこみのお祭りでは、どんな客でも歓迎する習わしなので、二人も家の中にはいって、お祭り騒ぎに加わるよう招待されました。

だれもが、陽気に騒ぎ、笑いさざめいているのでした。食卓が並べられ、田舎ふうのご馳走が準備されていました。家のまえの草地では、何人かの若い男女が踊っています し、べつの若者たちは、戸口に来ている行商人からリボンだの、手袋だの、そのほかの小間物を買っていました。

こんな騒がしい光景が進行しているのに、フロリゼルとパーディタは、まわりの連中がしている気晴らしや、ばからしい娯楽に加わりたいと思うどころか、みなから離れた片隅に静かにすわって、二人で語り合うほうがはるかに楽しそうに見えました。

ポリクサニーズ王は、うまく変装しているので、王子に気づかれる心配はありませんでした。そこで、二人の話が聞こえるところまで近寄ってみました。息子と語り合うパーディタの飾り気のない、しかも気品のある態度に、ポリクサニーズ王も少なからず驚きました。王は、カミロに言いました。

「生まれの卑しい娘で、こんなに美しい娘は見たことがない。この娘がすること、言うこと、ことごとく、どこか身分以上のものがある。こんなところにいるには、あまりにも気品がありすぎる」

「まことに、あの娘は、まさに乳しぼりの女王でございます」

と、カミロが答えました。

「もしもし、あなた」

王は、老いた羊飼いに尋ねました。

「おたくの娘さんと話している、あの若い美男子は何者ですかな」

「みんなはドリクリーズと呼んでいますだ」

と、羊飼いは答えました。

「わしの娘に惚れとるそうですだ。正直な話、どっちが余計に相手に惚れとるのか、決められんくらいですだ。あのドリクリーズ青年がわしの娘をうまく手に入れりゃ、あの男が思ってもみねえほどのものを持っていくことになりましょうよ」

それは、つまり、パーディタの宝石の残りのことを言っているのでした。宝石の一部で、羊の群れを買ったのですが、残りは娘が結婚するときの持参金として大事に蓄えておいたのでした。

ポリクサニーズ王は、それから、息子に話しかけました。

「おやおや、若い衆《しゅ》! おまえさんの心は何かに奪われていて、ご馳走など見向きもしないんだね。わしの若いころは、恋人にどっさり贈り物をしたものだが、おまえさんときたら、行商人を帰してしまって、恋人に小間物のひとつも買ってやらなかったじゃないか」

若い王子は、父王と話しているとは露知らずに、こう答えました。

「ご老人、このひとは、そんなつまらないものはほしがらないんですよ。パーディタがぼくに期待している贈り物は、ぼくの胸の中に大事にしまってあるのです」

それから、パーディタのほうを向いて、こう言いました。

「ああ、パーディタ、このご老人の面前で、よく聞いてください。このかたもむかしは恋をした人らしいから。このかたにもぼくの告白を聞いていただきましょう」

フロリゼル王子は、それから、この見知らぬ老人に、これからパーディタと交わす厳粛な結婚の約束の証人になってくれるように要請して、

「どうぞ、ぼくたちの婚約の証人になってください」

と、ポリクサニーズ王に言いました。

「いや、若い衆、離婚の証人になろう」

と言って、王は変装をかなぐり捨てました。それから、よくもこんな生まれの卑しい娘と結婚の約束をしたものだと言って、息子を非難しました。そして、パーディタのことを「羊飼いのガキ」だの、「羊飼いの曲がった杖」だの、そのほかいろんな無礼な名前

で呼んだうえ、今後、二度と王子の訪問を許すようなことがあれば、おまえも、おまえの父親の年老いた羊飼いも、残酷な死刑に処すから、そう思え、と脅しました。

王は、それから、烈火のごとく怒って立ち去りました。そして、カミロに、フロリゼル王子を伴ってあとから従《つ》いてこい、と命じました。

王が立ち去ったとき、ポリクサニーズにさんざんこきおろされたパーディタは、王女の血がかきたてられて、こう言いました。

「これで何もかもおしまいだわ。でも、あたし、あまり怖くはなかったわ。あたしは、一、二度口をひらいて、王さまにはっきりと申しあげようと思ったのよ。王さまの宮殿を照らすあの同じ太陽は、あたしたちの田舎家からも顔を背けたりいたしません、どちらも、同じように照らします、ってね」

それから、悲しそうに、こう言いました。

「でも、もうこの夢から覚めました。もはや王妃気どりはやめましょう。どうかもうお帰りください。あたしは、羊の乳をしぼりながら泣きましょう」

心優しいカミロは、パーディタの毅然とした、たしなみのある態度に魅せられました。

若い王子のほうも、あまりにも深く愛しているので、とうてい父王の命のままに恋人をあきらめることはあるまいと見てとって、カミロは、あるひとつの方法を思いつきました。それは、恋人たちの味方をすると同時に、カミロが長いこと温めてきた計画を実行することにもなるはずでした。

カミロは、ずっと以前から、シチリア王、レオンティーズが、心から後悔していることを知っていました。カミロは、いままでは、ポリクサニーズ王のお気に入りの友人ではあるけれど、むかしの主君と、生まれた家をもう一度見たいと望まずにはいられませんでした。そこで、フロリゼルとパーディタに、シチリア国の宮廷へいっしょに行きましょう、あそこなら、必ず、レオンティーズ王がお二人を保護してくださるでしょう、と提案しました。そして、そのうちに、レオンティーズ王の執りなしによって、ポリクサニーズ王もこんどの出奔《しゅっぽん》を赦し、お二人の結婚を承諾してくださるでしょう、と言いました。

この申し出に、二人は、大喜びで同意しました。そして、恋人たちの脱出にかかわるいっさいを指揮していたカミロは、老いた羊飼いが同行することを許可しました。

羊飼いは、パーディタの宝石の残りと、パーディタが赤んぼうのとき着ていた服と、マントにピンで留めてあった紙きれとを持参することにしました。

順調な航海のあと、フロリゼルとパーディタ、カミロと老いた羊飼いは、無事にレオンティーズ王の宮廷へ到着しました。

レオンティーズ王は、いまだに亡くなったハーミオニと失われた子どものことを嘆きつづけていましたが、非常に親切にカミロを迎え、フロリゼル王子を心から歓迎しました。しかし、レオンティーズ王の関心をすっかり奪ってしまったのは、フロリゼルが自分の妃だと紹介したパーディタのようでした。パーディタが亡くなった王妃ハーミオニに似ているのに気がついて、王は、悲しみを新たにしました。そして、あんなむごい殺し方をしなかったなら、自分の娘もさぞこのような見目麗しい娘になっていただろう、と嘆きました。それから、フロリゼルに向かって言いました。

「それに、わたしは、ご尊父の厚誼と友情も失ってしまったのです。あのかたにもう一度お会いすることを、わたしは、自分の命よりも望んでいるのですよ」

年老いた羊飼いは、王さまがどんなに深い関心をパーディタに寄せているかを聞き、王女を幼いときに遺棄して失ってしまったという話を聞いたとき、赤んぼうのパーディタを見つけた時期と、その捨てられていたときの様子、宝石、そのほか高貴の生まれであること示すしるしの数々を思い合わせてみました。そして、そういうすべての事実から、パーディタと、王さまがなくした姫君とは同一人物にちがいない、と思わないではいられませんでした。

年老いた羊飼いは、フロリゼルとパーディタ、カミロとあの忠実なポリーナが同席している場で、レオンティーズ王に、赤んぼうを見つけたときの様子や、アンティゴヌスがクマに襲われて殺されたのを目撃したいきさつなどを話しました。さらに、羊飼いが、豪華なマントを見せますと、ハーミオニがそのマントに子どもをくるんだことを、ポリーナが覚えていました。羊飼いが宝石を取り出しますと、これもハーミオニがパーディタの首に巻きつけてやったものであることを、ポリーナは覚えていました。羊飼いが取り出した例の紙きれを見て、自分の夫の筆跡にちがいないと思いました。これで、パーディタがレオンティーズ王のじつの娘であることを疑う余地がなくなりました。

しかし、夫の死に対する悲しみと、神託が実現されて、国王の世継ぎで長いこと行方が知れなかった姫君が見つかった喜びとのはざまで、気高いポリーナの葛藤は、ああ、いかばかりであったことでしょう！

レオンティーズは、パーディタが自分の娘であると聞かされたとき、ハーミオニが生きていて、わが子を見ることができないことを思って、大きな悲しみに襲われて、長い

こと、ただもう、

「ああ、そなたの母は、そなたの母は！」

としか言うことができませんでした。

ポリーナは、レオンティーズ王に向かって次のように言って、この悲喜こもごもの場面を打ちきりにしました――。

「わたくしは最近、不世出《ふせいしゅつ》のイタリアの彫刻家ジューリオ・ロマーノに、王妃さまに生き写しの彫像を完成させました。陛下がわたくしどもの家へお越しくださって、ご覧くだされば、きっとお妃さまご自身だと思し召すにちがいございません」

そこで、一同は、ポリーナの家へ出かけました。レオンティーズは、わが妻ハーミオニに生き写しだという彫像が見たくてたまらないし、パーディタは、一度も会ったことのない母は、どんなおかたなのか見たい、と切望していました。

ポリーナがこの有名な彫像を覆っているカーテンを引いたとき、それはまったくハーミオニに生き写しだったので、それを見て、王は、悲しみを新たにしました。長いあいだ、王は、口をきくことも、身じろぎすることもできませんでした。

「陛下、何もおっしゃらないのですね。そのほうがうれしゅうございます。それだけ

いっそう、お驚きの深いことがわかりますもの。この彫像は、お妃さまにとてもよく似ておいでになりませんか？」

ようやく、王が答えました。

「ああ、わしがはじめて求婚したとき、こんなふうに立っていた。このとおりの威厳をたたえてな。だが、ポリーナ、ハーミオニは、この像ほど老《ふ》けてはいなかったぞ」

「それだけ彫刻家の腕がすぐれていたということでございますわ。彫刻家は、お妃さまが、もしいま生きていらっしゃったとしたら、きっとこのようなお姿であろうと思われるように創《つく》ったのでございますもの。でも、陛下、もうカーテンを閉めさせていただきます。そのうちに、像が動くぞ、などと思し召してはいけませんから」

「いや、カーテンを閉めないでくれ。ああ、死んでしまいたい。おや、カミロ、この彫像は息をしているようじゃないかね。目玉も動くように思える」

「陛下、カーテンを閉めなくてはなりません。陛下はあまり夢中におなりになって、いまに彫像が生きていると思し召してしまいそうですから」

「ああ、優しいポリーナよ、まるまる二十年間そう思わせてくれ。それにしても、妃の息を感じるような気がする。いったい、息まで彫れる見事な鑿《のみ》があるだろうか？　だれも笑わないでくれ、わしは妃に口づけするから」

「まあ、陛下、およしあそばせ。唇の赤い塗料がまだ濡れています。油っこい塗料でお口がよごれます。カーテンを閉じましょうか」

「いや、あと二十年間は閉じてはならん」

パーディタは、これまでずうっとひざまずいて、この比類ない母の像を黙ってあがめるように見つめていましたが、このとき言いました。

「ああ、あたしも二十年間ここにとどまって、なつかしいおかあさまを仰いでいたい」

「お二人とも、夢中なお気持ちを抑えてくださいまし」

ポリーナは、レオンティーズ王に言いました。

「そして、カーテンを閉じさせてくださいまし。さもなければ、もっと驚くようなことが起こると覚悟あそばしてください。わたくしは、ほんとうに石像を動かしてお目にかけます。ええ、それから台座を降りて、陛下のお手をとらせてみせます。でも、そうすれば、陛下は、きっとわたくしが悪魔の助けを借りている、とお考えになりましょうが、決してそのようなことはございません」

「おまえが妃の像に何をさせようとも、わしは黙って見ていよう」

びっくりした王が言いました。

「口をきかせるなら、それも黙って見ていよう。動かせるのであれば、話をすることも造作ないだろうからな」

そこで、ポリーナは、まえもってその目的で用意しておいた、ゆるやかな、厳かな音楽を演奏するように命じました。すると、並居るひとびとが仰天したことに、石像は、台座から降りて、レオンティーズの首に両腕をまわしました。石像は、話しはじめて、夫とわが子、新たに見つかったパーディタに神の祝福があるように祈りました。石像がレオンティーズの首にすがって、夫とわが子を祝福したのも不思議ではありません。なぜなら、石像は、本当にハーミオニ自身、本物の、生きている王妃だったからです。

ポリーナが、お妃さまはお亡くなりになられました、と偽りの報告をしたのは、それが王妃の命を救う唯一の方法だと考えたからでした。それ以来、ハーミオニは、親切なポリーナとともに暮らして、パーディタが発見されるまでは自分が生きていることを国王に知らせまいと思っていました。というのは、レオンティーズから受けたひどい仕打ちは、とうに赦していましたが、いたいけな娘にしたむごい仕打ちは赦せなかったからでした。

長年悲しんでいたレオンティーズは、死んだはずの王妃がこのように蘇ったし、失われた娘も見つかったので、あまりにも幸せすぎて、手の舞い足の踏むところを知らず、といったありさまでした。

その場にいるだれからも、お祝いのことばと、情愛を込めたあいさつしか聞かれませんでした。大喜びした王と王妃は、改めて、卑しい身分と思われていた娘を愛してくれたフロリゼル王子に感謝しました。また、二人は、娘を守り育ててくれた善良な、年老いた羊飼いを祝福しました。カミロとポリーナは、自分たちが忠実に尽くしたことが、このようなめでたい結果を生んだのを見るまで長生きした喜びを噛みしめるのでした。

しかも、この不思議な、思いがけない喜びを完全なものにするには、何ひとつ欠けたものがあってはならないとでもいうように、ちょうどそのとき、ほかでもない、ポリクサニーズ王が宮殿にはいって来たのでした。

ポリクサニーズ王は、息子とカミロがいなくなったことにはじめて気づいたとき、カミロがまえからシチリアに帰りたがっていたことを思い出し、シチリアへ行けば、きっと逃亡者たちを見つけられるだろうと推測しました。そこで、大急ぎで逃亡者のあとを追ってきて、たまたま、この折、すなわち、レオンティーズ王の生涯のもっとも幸福な瞬間に到着したのでした。

ポリクサニーズ王も、一同と喜びを分かち合いました。むかしの友人のレオンティーズが不当な嫉妬心を抱いたことも赦して、ふたたび、むかしの少年時代の熱い友情をもって愛し合うようになりました。いまとなっては、ポリクサニーズ王が、息子とパーディタとの結婚に反対する懼《おそ》れは、微塵《みじん》もなくなりました。パーディタは、いまは「羊飼いの曲がった杖」などではなく、シチリア国の王位の継承者なのでした。

かくして、わたしたちは、長年のあいだ苦しんだハーミオニ王妃の忍耐強い美徳が報いられるのを見たのでした。このすぐれた貴婦人は、それからさき長年のあいだ、彼女のレオンティーズと彼女のパーディタとともに、この上もなく幸福な王妃として、また母として、暮らしたのでした。

から騒ぎ

シチリア島のメシーナ*の宮殿に、ヒーローとベアトリスという名前の二人の貴婦人が住んでいました。ヒーローは、メシーナの総督のレオナートの娘で、ベアトリスは姪でした。

＊ シチリア島北東部の港町。

ベアトリスは、陽気な気性で、威勢のいい洒落《しゃれ》を飛ばして、きまじめな気質のいとこのヒーローを楽しませるのが大好きでした。目の前で起こっていることは何でも、必ず、快活なベアトリスの笑いの種になるのでした。

この二人の貴婦人の物語は、数人の若い、身分の高い将校たちの登場とともにはじまります。かれらは、終わったばかりの戦争から凱旋《がいせん》する途中、たまたまメシーナを通りかかったので、レオナート総督を訪問することにしました。かれらは、今度の戦争で赫々たる武勲をたてたつわものぞろいでした。その中に、アラゴン*の大公ドン・ペドロ、その友人で、フィレンツェの貴族クローディオがいました。

＊ スペイン北東部の地方、十一—十五世紀には王国。

そして、かれらとともに、荒っぽくて機知に富んだベネディックがやって来ました。ベネディックは、パドバ[*]の貴族でした。

＊　イタリア北東部、ベニス西方の都市、ガリレオが教えた大学の所在地。

これらの外国人は、以前メシーナを訪れたことがあったので、もてなしのよいレオナート総督は、おまえたちの古い友だちで知りあいだと言って、自分の娘と姪を三人に紹介しました。

ベネディックは、部屋にはいると、早速、レオナート総督とドン・ペドロ公を相手に賑やかに談話をはじめました。ベアトリスは、どんな話でも仲間はずれにされるのがきらいなたちでしたから、ベネディックの話を遮って、こう言いました。

「いつまでしゃべっているつもりですの、ベネディックさん。だれも聞いてはいませんよ」

ベネディックは、ベアトリスに負けないくらいのおしゃべりですが、でも、この無遠慮なあいさつは気に入りませんでした。こんな軽々しい口をきくのは、育ちのよいお嬢さんにはふさわしくないと思ったのでした。それから、このまえメッシーナを訪れたとき、ベアトリスが自分を陽気なからかいの的にしたことも思い出しました。人をからかうのが好きな人間くらい、ひとにからかわれるのをきらう者はいないものですが、ベネディックとベアトリスは、まさにその口でした。このまえ会ったときも、この二人の頭のきれる才人が顔を合わせれば、決まって、冷やかしの火ぶたが切られ、挙句のはては、たがいに相手をきらいながら別れるのが常でした。

したがって、いまベネディックが話をしている最中に、ベアトリスがだれも聞いてはいませんよと言って、話の腰を折ったとき、ベネディックは、ベアトリスがその場にいるのに、いまはじめて気がついたようなふりをして、こう言い返しました。

「おや、これは、これは、おなつかしき高慢姫、まだ生きていらっしゃいましたか?」

そこで、いま、またぞろ、論戦がはじまり、騒々しい言い争いが延々とつづきました。そのあいだに、ベアトリスは、ベネディックがこんどの戦争で見事に武勇を実証したことを百も承知していたくせに、こう言いました。

「あなたが戦《いくさ》で殺した人数くらい、あたし、残らず食べてみせますわ」

それから、ベネディックの話をドン・ペドロ公がおもしろがっているのを見て、

「あなたって、大公お抱えの道化師ね」

と、皮肉を飛ばしました。

この辛辣《しんらつ》な皮肉は、いままでベアトリスが言ったどのことばより深く、ベネディックの心に突き刺さりました。あなたが戦で殺した人数くらい、残らず食べてみせると言って、暗にベネディックが臆病者であると仄《ほの》めかされたときは、ベネディックは、自分が勇敢な軍人であることを知っていたので、ちっとも気にしませんでした。けれども、道化師と呼ばれるくらい天下の才人が恐れるものはありません。なぜなら、その非難は、真実をついていることが、ままあるからです。ですから、ベネディックは、ベアトリスがかれのことを「大公お抱えの道化師」と呼んだときには、心底、ベアトリスを憎んだのでした。

しとやかな淑女のヒーローは、貴族のお客さまがたのまえでは黙っていました。クローディオ卿は、しばらく会わないあいだにますます美しくなったヒーローをしげしげと見つめて、その美しい姿のえも言われぬ気品に心を奪われていました(というのも、彼女は実際すばらしい娘だったからです)。一方、ドン・ペドロ公は、ベネディックとベアトリスの滑稽な対話を聞いて、ひどくおもしろがりました。そして、レオナート総督にささやき声で言いました。

「これは、なかなか快活なお嬢さんだね。ベネディックと結婚すれば、申し分のない奥さんになるだろうね」

レオナートは、この提案に対して、こう答えました。

「いえ、殿さま、殿さま、二人がもし結婚したら、一週間と経たぬうちに、しゃべり疲れて、気が狂ってしまうでしょうよ」

レオナート総督は、二人はそりの合わない夫婦になるだろうと考えましたが、ドン・ペドロ公は、この鋭い才気のもちぬし同士を結婚させるという思いつきを捨てきれませんでした。

ペドロ公は、クローディオと連れだって総督邸をあとにしたとき、ベネディック卿とベアトリスとの結婚を計画していましたが、この気持ちのいい一行の中で、もうひとつべつの組み合わせができるかもしれないぞ、と思いつきました。というのは、クローディオがヒーローのことを褒めそやすので、ペドロ公は、クローディオの心の中を推し測ることができました。この考えが気に入って、大公は、クローディオに尋ねました。

「きみは、ヒーローが好きかね?」

この質問に対して、クローディオは答えました。

「ああ、殿さま、先にメシーナを訪れたとき、ぼくは好ましいと思いながらも、愛する余裕のない、武人の目でヒーローを見ていました。でも、いま、この幸せな平和のときに、戦にかけたぼくの思いは心から消え去って、そのあとに優しい、繊細な思いがどっと殺到してきました。そのすべての思いは、ヒーローという娘がいかに美しいか、ぼくの胸に吹き込みますし、おまえは出陣するまえからヒーローが好きだったではないか、と思い出させるのです」

大公は、クローディオ卿のヒーローへの恋心の告白に感動して、早速、クローディオを婿に迎えることに同意するように、レオナート総督に懇請したところ、レオナートは、この申し出に同意しました。クローディオは、類いまれな才能に恵まれ、非常に深い教養を身につけた貴族でしたから、大公は、おとなしいヒーロー自身を高潔なクローディオの求婚に耳を傾けるよう説きつけるのに大して骨は折れませんでした。クローディオはクローディオで、親切な大公の肩入れを得て、やがてレオナート総督を説き伏せて、近日中にヒーローとの婚礼を祝う日を取り決めてしまいました。

クローディオは、美しい婚約者と結婚するまでに、ほんの二、三日待つだけとなったのに、待つあいだが退屈だ、と言ってこぼしました。事実、たいていの若者というものは、なんであれ、自分が心に決めたことが成就するのを待っているとき、じりじりするものです。そこでペドロ公は、待つあいだを短く感じさせるために、一種の愉快な余興として、ベネディックとベアトリスがたがいに恋に陥るように、何かうまい手を考えよう、とクローディオに持ちかけました。

クローディオは、この大公の気まぐれが大いに気に入って、ひと役買うことにしました。そして、レオナート総督も、二人に助力すると約束しました。さらに、ヒーローまで、いとこが立派な夫を得るためなら、不束《ふつつか》ながらどんなお手伝いでもいたします、と言い出しました。

大公が考え出した計画というのは、男たちはベネディックにベアトリスがかれを恋していると信じこませる一方、ヒーローはベアトリスにベネディックが彼女に恋していると信じこませる、というものでした。

大公、レオナート、クローディオは、まず作戦を開始しました。ベネディックがあずま屋に腰かけて、静かに読書をしている機会をとらえて、大公と助手たちは、あずま屋のうしろの立木のあいだに陣取りました。そこは、三人の話がいやでもベネディックの耳にはいる近さのところで、しばらくのんびりと雑談をしたあと、ペドロ公は、こう言いました。

「こっちへ来てくれ、レオナート。先日聞いた話はなんだったかな――たしか、あんたの姪のベアトリスがベネディック君を慕っているとか？　考えてもみなかったな、あの娘さんが恋をするなどとは――」

「さよう、わたしだってそうですよ、殿さま」

レオナートが答えました。

「あの娘があれほどベネディック卿に首ったけになるなんて、いかにも不思議ですよ、どう見ても毛嫌いしているとしか思えなかったのですから」

クローディオは、二人の話をいちいち裏書きして、こう言いました。

「ヒーローから聞いた話ですが、ベアトリスは、ベネディックに恋いこがれているから、きっと悲しみのあまり死んでしまうだろう、ベネディックが彼女を愛するように仕向けることができなけりゃ、というのです」

レオナートとクローディオは、それはとても無理だろう、と考える点で一致しているようでした。だって、ベネディックは、かねてからすべての女性をあんなにばかにしてきたではないか、とりわけ、ベアトリスのことをね、と言うのです。

ペドロ公は、ベアトリスにたいへん同情しながら、こういう話に耳を傾けているふりをしていましたが、やがて、こう言いました。

「このことはベネディックには聞かせたほうがいいだろう」

「なんのためですか？」

クローディオが尋ねました。

「ベネディックが知れば、それを笑いぐさにして、なおのことあの気の毒な女性をいじめるだけのことですよ」

「そんなことをするようなら、あいつはしばり首にしたほうがいい。ベアトリスは、すぐれた、優しいお嬢さんだし、あらゆる点で非常に賢い。ベネディックを恋している点を除けばな」

それから、ペドロ公は、二人の仲間に、さあ、行こう、と合図しました。そうして、あとに残ったベネディックに、いま立ち聞きした話をじっくり考えさせることにしました。

ベネディックは、三人の会話にとても熱心に聞き耳をたてていました。ベアトリスが自分を恋していると聞いたとき、

「本当だろうか？　風向きはそういうことか？」

と、ひとりごとを言いました。そして、三人が立ち去ってしまうと、こんなふうにひとりで考えてみました。

――これはまさか計略ではあるまい。えらく真剣に話し合っていたからな。それに、もともとヒーローから出た話だと言うし、みんなベアトリスに同情しているようだ。おれを愛しているだと！　それじゃあ、お返しをしてやらなくちゃ。おれは、結婚などついぞ考えてみもしなかった。だって、独身のまま死ぬんだと言ったときは、結婚するときまで生きていられるとは思わなかったものな。

あの三人は、ベアトリスは、貞淑で美しいと言っている。そのとおりだ。おれを愛することを除けば、あらゆる点で賢い、だって？　でも、そんなことは彼女がばかだという証明にはならん。おや、ベアトリスがやって来た。ん、たしかに、美人だ。しかも、どことなく恋にやつれているようだぞ。

このとき、ベアトリスが近づいてきて、いつものぶっきらぼうな口調で言いました。

「不本意ながら、参りましたの。お食事にお呼びするようにとのことでしたので」

ベネディックは、以前は、ベアトリスに対してこんなに丁寧な口をきく気になったことはついぞなかったのですが、次のように答えました。

「それはまたご苦労でした、美しいベアトリスさん」

そして、ベアトリスが、ふた言、み言、無礼なことばを言ってから立ち去ったとき、ベネディックは、ベアトリスが言った意地悪なことばの背後に隠されている親切な意味を捉《とら》えたと思いました。そこで、声に出して言いました。

「もしおれがベアトリスに哀れを催さないようなら、おれは悪党だ。もしおれがベアトリスを愛さないなら、それこそおれはユダヤ人だ。よし、あのひとの絵姿を手に入れるぞ」

ベネディックのほうは、こうして、三人がしかけた罠に見事に引っかかってしまいました。さあ、こんどは、ヒーローがベアトリスを罠にかける番になりました。この目的で、ヒーローは、自分に傅《かしず》いている二人の侍女、アーシュラとマーガレットを呼びにやって、マーガレットに言いました。

「ねえマーガレット、急いで客間へ行っておくれ。いとこのベアトリスがドン・ペドロ公とクローディオさんを相手に話しこんでいますからね。ベアトリスにそっと耳打ちしてちょうだい。あたしとアーシュラが果樹園を歩きながら、いまベアトリスさんのことばっかり話しています、ってね。ベアトリスにあの気持ちのいいあずま屋にこっそり忍び込みなさいって薦めるのですよ。あずま屋では、スイカズラが、お陽さまのおかげで育ったくせに、恩知らずの寵臣《ちょうしん》みたいに、こんどはお陽さまを遮っているわ」

ヒーローが、ベアトリスを誘い込むようにマーガレットに言いつけた、このあずま屋は、ついさっき、ベネディックがじっと聞き耳をたてていた、まさしく同じ、あの気持ちのいいあずま屋のことでした。

「すぐに、いらっしゃるように誘い出します、必ず――」

と、マーガレットが答えました。

そこで、ヒーローは、アーシュラを連れて果樹園にはいっていき、こう言いました。

「さて、アーシュラ、ベアトリスが来たら、あたしたちは、この小径《こみち》を行ったり来たりしながら、ベネディックさまのおうわさばかりするのよ。あたしがあのかたのお名前を言ったら、おまえの役目は、どんな殿がたよりもすぐれたおかただと褒めちぎること。あたしはおまえに、ベネディックさまがどんなにベアトリスに恋いこがれていらっしゃるか、って言いますからね。さあ、はじめましょう。

ほら、あそこに、ベアトリスが、まるでタゲリ鳥みたいに身をかがめて走っていらっしゃるわ。あたしたちの内緒話を聞くためなのよ」

そこで、二人は、話しはじめました。ヒーローは、アーシュラが何か言ったことに答えているようなふりをして、こう言いました。

「だめよ、アーシュラ、ほんとにだめ。あのひとはお高くとまりすぎているわ。内心は、岩山の野鳥のように、内気なだけなんだけど」

「でも、本当でございますか、ベネディックさまがベアトリスさまをそれほど思いつめていらっしゃるというのは？」

「ペドロ公もそうおっしゃってるし、あたしのクローディオさまもそうおっしゃってるわ。そして、あたしに、あのひとにぜひ伝えてほしいって頼まれたの。でも、あたしはお二人に申しあげたの。もしベネディックさまを愛していらっしゃるなら、ベアトリスには絶対お聞かせになりませんように、って」

「さようでございますね。ベアトリスさまは、ベネディックさまが愛していらっしゃることをご存じないほうがよろしゅうございましょう。どうせ笑いぐさになさるのが落ちでしょうから」

「そう、正直な話、あのかたったら、殿方がどんなに聡明でも、高潔でも、若々しくっても、どれほど男ぶりがよくっても、必ず、けなしておしまいになるのよ」

「ほんと、ほんと、そういうあら探しは感心しませんでございますわねえ」

「そうよ、でもそのことをだれに言えて？　かりにあたしがそう言ったって、鼻であしらわれるのが関の山よ」

「あら、それは誤解でございますわ。ベネディックさまのような立派なかたをお断わりになるほど、分別のないおかたではございませんわ、ベアトリスさまは」

「ベネディックさまって、とっても評判がいいのよ。実際、イタリアじゅう捜しても、あのかたの右に出る男性はいないわ。もちろん、あたしのクローディオさまは除けば、だけど」

ここで、ヒーローは、そろそろ話題を変える時期だ、と侍女に合図したので、アーシュラは、すかさず、こう言いました。

「それはそうと、お嬢さまのご婚礼はいつでございますか？」

「それがもう、あしたなのよ。さあ、いっしょに中へはいって、新しい衣装を見てちょうだい。あした、どれを着たらいいか相談に乗ってほしいの」

二人の対話を固唾《かたず》をのんで、熱心に聞いていたベアトリスは、二人が立ち去ると、叫びました。

「まるで、耳に火がついたようだわ。こんなこと、いったい、本当かしら？　さようなら、軽蔑も、あざけりも、娘らしい自尊心も、さよなら！　ベネディックさま、いままでどおり愛してください！　あたしもお返しにあなたを愛しますわ、この荒々しい心を、あなたのお優しいお手にふさわしく、飼い馴らして――」

この二人の旧敵同士が改心して、新しい、愛情あふれる友人同士となるのを見、陽気な大公の楽しい策略にだまされてお互いに好もしく思うようになったあと、二人がはじめて出会うのを目のあたりにするのは、さだめし愉快な光景だったにちがいありません。でも、いまは、ヒーローの運命の悲しい逆転のことを語らなければなりません。ヒーローの婚礼が執りおこなわれることになっていた日の朝、ヒーローの心と、ヒーローの優しい父親のレオナートに悲しみがもたらされたのでした。

ペドロ公には、腹ちがいの弟がいて、ペドロ公とともに戦争の帰りにメシーナに立ち寄っていました。この弟は、名をドン・ジョンといって、陰気な、不平たらたらの男で、いつも胸中で悪事をたくらんでいるように思えました。この男は、兄のペドロ公を憎んでいました。また、ペドロ公の友人だというので、クローディオも憎んでいました。そして、クローディオとヒーローの結婚の邪魔立てをしようと決心しました。その動機は、ただ、クローディオとペドロ公を不幸にしてやりたいという、意地悪な喜びに浸りたいためだけでした。なぜなら、ペドロ公は、当のクローディオに負けないくらい、こんどの結婚を熱望していたからです。

この悪だくみを実行するために、ドン・ジョンは、ボラキオという男を雇いました。この男は、ドン・ジョンに負けず劣らず悪いやつで、ドン・ジョンは、報酬に大金をやると言って、けしかけました。このボラキオは、ヒーローの侍女、マーガレットに言い寄っていました。ドン・ジョンは、このことを知っていたので、ボラキオを説き伏せて、今夜、ヒーローが寝入ったあと、マーガレットに女主人の窓ごしにボラキオと語り合うように約束させろ、と言いました。

そのとき、マーガレットは、ヒーローの衣装を身につけること、そうすれば、クローディオを欺《あざむ》いてヒーローだと思いこませるのにいっそう好都合だから、と言いました。というのは、それこそ、ドン・ジョンがこの悪だくみによって達成しようとしている目的だったからです。

それから、ドン・ジョンは、ペドロ公とクローディオのところへ行き、こう言いました。

「ヒーローというのは、軽率な女ですよ。真夜中に、部屋の窓ごしに男と話しこんでいるんですからな。さて、今夜は婚礼の前夜です。今夜、わたしといっしょに来ていただきましょう。ヒーローが窓ごしに男と語り合っているところをご自身でお聞きになれるはずです」

ペドロ公とクローディオは、いっしょに行くことを承知しました。

「もし今夜、何かを見たら、あの女とは結婚しないぞ」

と、クローディオが言いました。

「ようし、あした、結婚式を挙げるはずの教会で、あの女に恥をかかせてやる」

ペドロ公も、こう言いました。

「きみがヒーローを口説《くど》くときにも加勢したように、こんどは、いっしょにあの女を罵《ののし》ってやろう」

その夜、ドン・ジョンが大公とクローディオをヒーローの部屋の近くに連れていったとき、ボラキオが窓の下に佇《たたず》み、マーガレットがヒーローの部屋の窓からのぞいているところを見、ボラキオと語り合っているところを聞きました。そして、マーガレットが見おぼえのあるヒーローの衣装をまとっているので、大公とクローディオは、これはてっきりヒーロー自身だ、と信じこんでしまいました。

クローディオがこの発見をした(と、かれは思いました)ときの怒りは、たとえようもないくらい激しいものでした。純潔なヒーローに捧げていた愛は、ただちに、そっくり憎しみに変わりました。クローディオは、まえに言ったとおり、あした、教会の中でヒーローの化けの皮をはがしてやると決心しました。ペドロ公も、それに賛成しました。高潔なクローディオと結婚しようとする日の前夜、自分の部屋の窓から男と語り合っているような性悪女には、どんな罰をあたえたって厳しすぎはしない、と考えたからです。

翌日、一同こぞって、結婚を祝うために集まり、クローディオとヒーローが神父のまえに立って、神父(修道士とも言います)が、いよいよ結婚式の開始を宣言しようとしたとき、クローディオは、この上もなく激烈なことばで、何の科《とが》もないヒーローの罪を公表しました。ヒーローは、婚約者の言った思いがけないことばに仰天して、おずおずと言いました。

「お加減でも悪いのかしら、そんなとんでもないことをおっしゃって?」

レオナートは、すっかりあわてふためいて、ペドロ公に声をかけました。

「殿さま、なぜ黙っていらっしゃるのですか?」

「いまさら何を言うことがあろう？　わしは、面目をつぶしたのだ。わしの親友をくだらない女に娶《めあわ》そうとしたのだからな。レオナート、名誉にかけて言うが、わしと、弟と、この、嘆き悲しんでいるクローディオの三人は、ゆうべ真夜中に、ヒーローが自分の部屋の窓ごしに男と話しているところを見もし、聞きもしたのだ」

ベネディックは、これを聞いて、呆気《あっけ》にとられて、

「こんな結婚式があるものか」

と、言いました。

「まったくですわ、ああ、神さま！」

悲しみに打ちひしがれたヒーローは、答えました。そして、この不幸な女性は、気を失って倒れてしまい、どう見ても死んだとしか見えませんでした。大公とクローディオは、ヒーローが息を吹き返すのも見とどけもせず、また、自分たちが悲嘆のどん底に突き落としたレオナートを見向きもしないで、教会から出て行きました。怒りのあまり、それほど不人情になっていたのでした。

ベネディックは、あとに残って、ヒーローを失神から回復させようとしているベアトリスを手伝いながら、

「ヒーローさんは、いかがですか？」

と、聞きました。

「死んだようですわ」

ベアトリスは、非常に苦悩しながら、答えました。ベアトリスは、自分のいとこを愛していたし、いとこの貞潔な信条を知っていたので、いとこが悪《あ》しざまに言われても、ひとことも信じていませんでした。ところが、哀れな年老いた父親のほうは、そうではなく、娘のふしだらなふるまいの話を信じこんでしまいました。目のまえに娘が死んだように倒れているのに、おまえは、このまま二度と目を開かないほうがましだ、と嘆くのを聞くのは、なんとも痛ましいことでした。

しかし、老いた修道士は、賢明なひとで、人間性について深く観察していました。修道士は、ヒーローが自分に対する非難を聞いているとき、ヒーローの表情を注意深く観察していて、ヒーローが恥ずかしさのあまり、いくたびとなく赤い血の気が顔に差すかと思うと、すぐまた、天使のような白さがその赤い血を追いちらすのに気づきましたし、ヒーローの目の中に、乙女の真実を踏みにじる大公のことばは偽りであることを語る炎を見たのでした。そこで修道士は、悲しむ父親に言いました。

「もしも、この優しいご息女が、残酷な誤解のために罪もなくここに倒れているのでなければ、わたしをまぬけと呼んでください。わたしの学識も、人を見る目も信用してくださるな。わたしの年功も、わたしへの敬意も、わたしの職務も信用してくださるな」


失神していたヒーローが意識を回復したとき、修道士は、ヒーローに言いました。

「お嬢さん、罪を犯したと言われている相手は、だれですか？」

ヒーローは、それに答えて、こう言いました。

「あたしをお責めになったあのかたたちは、ご存じなのでしょう。あたしは、だれも思いあたりません」

それから、レオナートのほうを向いて、言いました。

「ああ、おとうさま、もしあたしが不適切な時刻に男のひとと話をしたとか、昨夜だれかとことばを交わしたとか言われるのなら、どうぞ証拠を挙げてくださいませ。あたしを勘当してくださいませ。憎んでくださいませ、死ぬほど懲らしめてくださいませ」

「大公とクローディオさんは、何か奇妙な勘ちがいをしておられるのです」

と、修道士が言いました。それから、レオナートにこう助言しました。

「お嬢さんは亡くなった、とご報告なさい。お二人が引き上げられたときには、お嬢さんは死んだように気を失っていらしたんですから、この話を簡単に信じるでしょう」

修道士は、さらにレオナートに助言しました。

「あなたは喪服をまとい、お嬢さんのお墓を建て、埋葬に付随するすべてを執りおこなうことです」

「それでどうなると言うのです？　それが何の役に立つのです？」

「お嬢さんが亡くなったということの知らせで、中傷は憐れみに変わるでしょう。それで、いくらか効果があるわけですが、それだけでは、わたしが望んでいる効果のすべてではありません。クローディオさんは、自分のことばを聞いたためにお嬢さんが亡くなったと聞けば、お嬢さんの生前の面影がなつかしく心に忍び入ることでしょう。それから、いやしくもあのかたの胸に愛情があるなら、お嬢さんの死を悲しんで、あのようにお嬢さんを責めなければよかった、と後悔なさることでしょう。さよう、よしご自分の非難は正しかったとお考えだとしても、です」

ベネディックは、ここで口をはさみました。

「レオナートどの、御坊の忠告に従われるのがいいでしょう。ご承知のように、ぼくは、大公もクローディオも大好きですが、ぼくの名誉にかけて、この秘密のことは二人に漏らしたりはしませんから」

レオナートは、このように説得されて、折れました。そして、悲しそうに、言いました。

「わたしは悲嘆に暮れているので、どんなに細い糸でもわたしを導いてくれるかもしれません」

それから、親切な修道士は、レオナートとヒーローを慰め励ますために別室に連れていき、あとにはベアトリスとベネディックだけが残りました。この二人の出会いこそ、二人を愉快な計略にはめた友人たちが、さぞかし、おもしろい見物だろうと期待していたものでしたが、当の友人たちは、いまや苦悩に押しひしがれていて、その心からは、陽気に騒ぐ気分は、永久に、すっかり消えてしまったようでした。

最初に口をきいたのは、ベネディックのほうで、こう言いました。

「ベアトリスさん、ずっと泣きどおしだったのですか？」

「ええ、もう少し泣くつもりですわ」

「たしかに、あなたの美しいいとこさんは、濡れ衣《ぎぬ》を着せられたにちがいありません」

「ああ、あたしの親友の濡れ衣を晴らしてくださるかたがいたら、あたし、どんなにお礼を申しあげるかわかりませんわ」

「そのような友情を示すには、どうすればいいでしょう？　ぼくは世の中の何よりも、あなたを愛しています。そんなの不思議でしょう？」

「いいえ、ありうることですわ、あたしだって、この世の中の何よりも、あなたを愛していますって言えるんですもの。でも、本気になさってはだめよ、といって、まんざら嘘でもないわ。あたしは何も告白しないし、何も否定しませんわ。ただ、いとこが可哀そうなの」

「剣にかけて誓います。あなたは、ぼくを愛している。そして、ぼくは、あなたを愛していると誓います。さあ、何なりとぼくに命じてください」

「クローディオさんを殺して」

「はっ！　それぱかりはできません、全世界をくれるったって」

ベネディックは、友人のクローディオを愛していたし、クローディオはだまされていると信じていたのでした。

「クローディオさんは、悪党じゃありませんか？　あたしのいとこをそしり、あざけり、辱《はずかし》めたんですもの。ああ、あたしが男だったらよかったのに！」

「ベアトリスさん、聞いてください」

と、ベネディックが言いました。

だが、ベアトリスは、クローディオを弁護することばには耳を貸そうともしないで、相変わらず、いとこの仇《かたき》を討ってくれ、とベネディックにせがみつづけるのでした。

「窓ごしに男のひとと話をしていたですって！　よく言うわ！　優しいヒーロー！　濡れ衣を着せられ、辱められ、世間から葬られてしまった！　ああ、クローディオに仕返しするために、男になれたらいいのに！　さもなければ、だれかあたしのために男になってくださるお友だちがいたらなあ！　でも、武勇なんて、いまじゃ慇懃《いんぎん》さとお世辞に成りさがってしまったわ。いくら望んでも男にはなれないのだから、あたしは、女のままで、泣き泣き死んでいきましょう」

「待ってください、ベアトリスさん。ぼくはあなたを愛しています、この手にかけて誓います」

「あたしを愛してくださるのなら、誓うためよりも、もっとほかのことにその手を使ってくださいな」

「あなたは、心からそう思っているのですか、クローディオがヒーローに濡れ衣を着せた、と?」

「ええ、そりゃもう確かなことだわ、あたしに頭と心があるくらい」

「わかりました。約束します。あの男に決闘を申し込みましょう。お手に口づけをして、お別れしましょう。この手に誓って、クローディオに高い代償を払わせてやります。いずれぼくのことは聞こえてきましょうから、ぼくのことを考えていてください。さあ、あなたはヒーローさんを慰めにいらっしゃい」

ベアトリスは、このように強引にベネディックに懇願したり、怒りにまかせたことばの熱意でベネディックの義侠心をかきたてて、ヒーローのために立ち上がって、親友のクローディオと決闘をするように仕向けました。

そのころ、レオナート総督のほうは、わが娘に大公とクローディオが働いた無礼に対して、剣でもって応えろと挑戦していました。娘は、悲しみのあまり亡くなったのだ、と総督は断言しました。

しかし、大公とクローディオは、総督の高齢と悲しみに敬意を払っていたので、こう言いました。

「いやいや、わたしたちはあなたと争いたくない、ご老人」

そこへ、ベネディックもやって来て、クローディオに、ヒーローに加えた無礼な仕打ちに対して、剣でもって応えろ、と挑戦しました。クローディオと大公は、

「ベアトリスがベネディックを唆《そそのか》したのだ」

と、言い交わしました。それでも、クローディオは、ベネディックのこの挑戦を受けたにちがいありませんが、ちょうどこのとき、天の正義が、決闘による不確かな運命よりももっと確かな証拠をもたらし、ヒーローの無実が証明されたのでした。

大公とクローディオが、まだベネディックの挑戦について話し合っているときに、治安判事がボラキオを犯人として大公のまえへ引っ立ててきました。ボラキオは、ドン・ジョンに雇われて働いた悪事のことを仲間の一人にしゃべっているところを、立ち聞きされたのでした。

ボラキオは、クローディオも聞いているまえで、大公にいっさい告白しました。つまり、女主人の衣装を身にまとって、窓ごしにボラキオと話していたのはマーガレットでしたが、それをクローディオや大公がヒーローお嬢さま自身と思いちがいをしてしまった、というのでした。

これで、クローディオと大公の心の中には、ヒーローの無実を疑う余地はなくなりました。よしんば少しでも疑惑が残っていたとしても、ドン・ジョンの逃亡によって、取り除かれたにちがいありません。ドン・ジョンは、自分の悪事がばれたのを知って、兄の当然の怒りを恐れて、メシーナから逃亡してしまったのでした。

クローディオは、自分が無実の罪でヒーローを責めたとわかると、さんざん嘆き悲しみました。クローディオは、自分の残酷なことばを聞いてヒーローは死んだのだ、と思いました。そして、いとしいヒーローの面影が、はじめてヒーローを愛したときとそっくりなかたちで、心に蘇ってきました。そして、大公が、

「聞いたか、いまの話。剣で胸の中をえぐられた思いではないか」

と、聞きますと、クローディオは、

「ボラキオが話しているあいだ、毒杯をあおっているような思いでした」

と、答えました。

そして、すっかり後悔したクローディオは、年老いたレオナートに、かれの娘に対する不当な仕打ちをお赦しください、と懇願しました。そして、自分のフィアンセに対する非難を信じてしまった誤りに対して、レオナートがどのような苦行をあたえようとも、

いとしいヒーローのために耐えましょう、と約束しました。

　レオナートがクローディオに課した罪ほろぼしは、あした、ヒーローのいとこと結婚すること、というものでした。レオナートによれば、この娘は、いまや自分の相続人で、姿がとてもヒーローに似ているということでした。クローディオは、レオナートに厳粛な約束をした手前、その見知らぬ女性がたとえエチオピア人であっても結婚しますと言いましたが、心は悲しみでいっぱいで、その夜は、レオナートがヒーローのために建てたお墓のそばで、泣きながら、後悔と悲嘆のうちに過ごしました。

　朝になると、大公は、クローディオを同伴して教会へ行きました。そこでは、あの親切な修道士と、レオナートと、姪のベアトリスが、二度目の婚礼を祝うために、すでに集まっていました。そして、レオナートは、約束の花嫁をクローディオに引き合わせました。彼女は、クローディオに顔を見られないように、仮面をつけていました。そこで、クローディオは、仮面の貴婦人に言いました。

「この尊い修道士のまえで、あなたのお手をください。あなたがぼくと結婚してくださるなら、ぼくはあなたの夫です」

「そして、生きておりましたとき、あたしは、あなたのもうひとりの妻でございました」

この正体不明の貴婦人が言いました。そして、仮面をとると、彼女は（そのふりをしていた）レオナートの姪などではなくて、ほかならぬ、レオナートのじつの娘、ヒーローそのひとでした。

ヒーローは死んだとばかり思っていたクローディオにとって、これは世にもうれしい驚きだったにちがいありません。そこで、うれしさのあまり、わが目が信じられないくらいでした。そして、ペドロ公も、ヒーローを見て同じように驚いて、声を張り上げて、

「これはヒーローじゃないか、死んだヒーローじゃないか？」

と、言いました。レオナートは、

「殿さま、たしかにあれは死んでいました、不当な中傷が生きていたあいだは」

と、答えました。

修道士が、婚礼の式が終わったら、この、一見奇蹟のように見えるできごとの説明をしましょうと約束して、二人の結婚にとりかかろうとしていると、ベネディックがそれを遮って、自分とベアトリスとの結婚式も同時に挙げてほしいと頼みました。ベアトリスは、この結婚に少し異議を唱えるし、ベネディックはベネディックで、

「だって、あなたは、ぼくを愛しているでしょう。ヒーローからそう聞いたんだから」と、やり返す始末で、愉快な説明が必要になってきました。

結局、二人にわかったことは、二人ともみんなにだまされて、じつは愛していなかったのに、相手が自分を愛していると信じこむようになっていた、ということでした。そして、偽りの戯れが効を奏して、本物の恋人同士になっていたのでした。そして、陽気な作り話にだまされて芽生えた愛情は、すっかり強く育っていたので、まじめに説明されても微塵《みじん》も揺らぎませんでした。

ベネディックは、結婚の申し込みをした以上は、世間がいくら文句をつけようと、自分は蚊の食うほどにも思わない、と決心していました。そこで、陽気に冗談をつづけて、ベアトリスに断言しました。

「きみがぼくに恋いこがれて、死にかけてると聞いたものだから、ただ、可哀そうになって、娶《めと》ることにしたんです」

ベアトリスは、抗議して、

「あら、あたしもさんざん説き伏せられて、断わりきれなかったんですよ。ひとつには、あなたの命を助けるためもありましたわね。だって、あなたは胸をわずらっていらっしゃるそうですもの」

こうして、この二人の狂気じみた才人たちは仲直りし、クローディオとヒーローの結婚式のあとで、式を挙げました。

さて、この物語の締めくくりとして、悪事をたくらんだ張本人、ドン・ジョンは、逃亡中を捕えられ、メシーナに引きもどされてきました。この悪だくみの当てがはずれて、メシーナの宮殿で行なわれている喜びと祝宴を見るのは、この陰気な、不満たらたらの男にとって、じつに素晴らしい罰というべきものでした。

お気に召すまま

フランスがいくつかの地方(当時は公爵領と呼ばれていました)に分けられていた時代に、こういう地方のひとつを、正当な公爵である兄を退位させて追放した簒奪《さんだつ》者が治めていました。

こうして自分の領地から追い出された公爵は、数人の忠実な家来を連れて、アーデンの森*に引退してしまいました。ここで善良な公爵は、公爵のためにみずから進んで追放の身となった、公爵を慕う友人たちと暮らしていましたが、その友人たちの領地と領地から上がる収入は、裏切り者の簒奪者のふところを肥やしていました。森の生活に慣れるにつれて、かれらがここで送っている、悩みのない、のんびりとした生活が、宮廷人の華麗で、堅苦しく、豪華な生活よりも、はるかに楽しいものになりました。

＊ イングランド中部ストラットフォード・アポン・エイボンの北方の森。この劇の同名の森のモデルとされる。

かれらは、ここで、むかしのイングランドのロビンフッド*のように暮らしていました。そして、多くの貴族の若者が、この森へ毎日のように宮廷から抜け出してきては、まるで黄金時代**に住んでいたひとたちのように、のんびりと時を過ごすのでした。

＊　イギリスの十二世紀ごろの伝説的英雄。弓術に長じ、その徒党とともに緑色の服を着てシャーウッドの森に住み、イギリスを侵略したノルマン人の貴族・金持ちなどを襲って金品を奪い、土着のアングロサクソン系の貧しいひとびとに分け与えたといわれる義賊。
＊＊　ギリシア神話の伝説の四時代、すなわち、黄金時代、白銀時代、青銅時代、鉄の時代中、最古の時代で、人間が清浄・幸福の生活を送ったとされる時代。

夏場には、森の大きな木の気持ちのよい木陰の下に寝そべって、野生のシカがたわむれ遊んでいる様子を見守るのでした。ひとびとは、この森の土着の住人のように思われる、こういう白ぶちのおどけ者たちを可愛がっていたので、食料としてシカ肉をとるために、やむなく殺さなくてはならないのは、なんともつらいことでした。

冬場になって、冷たい風が身にしみて、以前とは異なる不運な運命を思い知らされるとき、公爵は、辛抱強く、それに耐えて、こう言うのでした。

「わが身に吹きつける、この冷え冷えする風は、本当の助言者だ。お世辞を言わないで、わしのいまの境遇をありのままに示してくれる。鋭く身を嚙むが、その歯は、不親切や恩知らずの歯ほど鋭くはない。ひとびとが逆境のことをどんなに悪《あ》しざまに言おうとも、そこから若干の役に立つものを取り出すこともできることを、わしは発見した。ちょうど、あの有毒で、忌み嫌われるガマの頭からとれる宝石が、薬として貴重なのと同じことだ*」

＊ 広く行きわたっていた迷信。この宝石は、病気を治す大きな効力があると信じられていた。

このように、辛抱強い公爵は、何を見ても、そこから有益な教訓を引き出すのでした。人里離れた生活をしていても、何からでも教訓を引き出す性質のおかげで、公爵は、木々にことばを、流れる小川に書物を、石に説教をというように、あらゆるものに善を見いだすことができるのでした。

追放された公爵には、ロザリンドという一人娘がありました。簒奪者のフレデリック公は、兄を追放したとき、ロザリンドだけは、自分の娘のシーリアの遊び相手として宮廷に引き止めておきました。この二人の姫君のあいだは、堅い友情で結ばれていましたから、父同士の争いも、微塵《みじん》も友情にひびを入れることはできませんでした。シーリアは、ロザリンドの父から領土を奪った父の不当な仕打ちの償いをするために、力の及ぶかぎり、ロザリンドに親切を尽くしていました。

ロザリンドが追放された父のことを考えたり、裏切り者の簒奪者に養われているわが身を思って、落ち込んだりしているときなど、シーリアは、ロザリンドを慰め、励まそう、とひたすら心を砕くのでした。

ある日のこと、シーリアがいつものように思いやりのある口調で、ロザリンドに、「お願い、ロザリンド、あたしの優しいいとこ、元気を出してちょうだい」と言っているところへ、公爵の使いの者がやって来て、レスリングの試合がまもなく始まるので、見たかったら、すぐ宮殿のまえの中庭に来るように、と告げました。

シーリアは、ロザリンドがおもしろがるだろうと考えて、試合を見に行くことに同意しました。レスリングは、いまでは地方の田舎者がするだけですが、当時は、公国の宮殿においてさえ、貴婦人や王侯も見物する人気のあるスポーツでした。そこで、このレスリングの試合に、シーリアとロザリンドも行ってみましたが、どう見ても、ひどく悲惨な結果に終わりそうだと思いました。

というのは、長年レスリングの稽古を積んでいて、こうした試合ですでに多くの男を殺したことのある力の強い大男が、非常に若い男を相手にレスリングをするところだったので、すべての見物人は、この若者はあまりにも若いし、レスリングの経験に乏しいから、きっと殺されるだろう、と考えたからでした。

公爵は、シーリアとロザリンドの姿を見つけると、こう言いました。

「おやおや、娘に姪よ、おまえたちは、レスリングを見に、こっそりとここに来たのかね？　だが、あまりおもしろい試合にはなりそうもないよ。選手の力にあまりにも差がありすぎるからね。わしは、あの若者に試合を思いとどまるように説得したいくらいなのだ。さあ、おまえたち、かれに話しかけて、気持ちを変えさせられるかどうか、あたってみるがよい」

二人は、喜んで、この人道的な役目を引き受けました。まず、シーリアが見知らぬ若者に競技に出るのを思いとどまるように頼みました。次に、ロザリンドが声をかけて、かれの身に迫る危険を心から心配する思いをこめて、いかにも優しく話しかけたので、若者は、ロザリンドの親切なことばに説得されて試合をあきらめるどころか、この見目麗しい姫君の見ているまえで、勇気のあるところを見せて目立ちたい、とただそれだけを考えていました。若者は、シーリアとロザリンドの頼みを、たいへん上品な、控えめなことばで断わったので、二人はなおさら若者のことが心配になってきました。若者は、拒絶のことばの終わりに、次のように言いました。

「こんなに美しい、すてきなお姫さまがたの思し召しに背くのは、残念なことです。

でも、その美しい瞳と優しい心で、試合に赴くぼくを見とどけてくださいませんか。もしも、この試合でぼくが負けたところで、ついぞ幸福でなかった男がひとり恥をかくだけのことです。もしも、殺されたとしたところで、死にたがっている男がひとり死ぬだけのことです。友人に迷惑をかけるわけでもありません。ぼくの死を悲しんでくれる友人なんか、一人もいませんから。また、世の中に害を加えることもありません。この世に何ひとつもたぬ身ですから。ぼくは、この世で場所ふさぎをしているにすぎない人間ですから、ぼくがその場所をあけたら、もっと優れたひとがその場所を埋《う》めてくれるでしょう」

さて、いよいよ、レスリングの試合が始まりました。シーリアは、見知らぬ若者がけがをしないように願っていましたが、ロザリンドは、もっと若者のことを気づかっていました。若者が自分には友人がいないとか、死を望んでいるとか言うのを聞いて、ロザリンドは、若者は自分と同様に不幸せなのだと思いました。そして、若者にたいそう同情を寄せ、試合のあいだじゅう、かれの危険を深く気づかっていたので、この瞬間に、ロザリンドは若者に恋してしまった、と言ってもいいほどでした。

見も知らぬ自分に、美しく、高貴な姫君たちが示した親切に、勇気と力をあたえられた若者は、奇蹟としか思えないような、めざましい闘いをしました。そして、ついに、完全に相手を打ち負かしてしまいました。相手は、けががひどくて、しばらくは口をきくことも、身動きすることもできませんでした。

フレデリック公爵は、この見知らぬ若者の勇気と技《わざ》が大いに気に入ったので、かれの後援者になってやるつもりで、名前と家柄を尋ねました。

見知らぬ若者は、名はオーランドウで、サー・ローランド・ド・ボイスの末子《ばっし》だ、と答えました。

オーランドウの父、サー・ローランド・ド・ボイスは、数年まえに亡くなっていました。しかし、生前は、追放された公爵の忠臣で、かつ、親友でした。そこで、フレデリックは、オーランドウが自分が追放した公爵の友人の息子だと聞くと、それまでこの勇敢な若者に寄せていた好感が、すっかり不興に変わってしまい、ひどく不機嫌になって、その場を立ち去りました。だれであれ兄の友人の名前を聞くだけでもいやだったのですが、それでも、やはり、その若者の勇気に惚れこんでいたので、オーランドウがだれかほかの男の息子だったらよかったのに、と立ち去りぎわに言い捨てました。

ロザリンドのほうは、自分の新しいお気に入りが、父の旧友の息子だと聞いて、大喜びして、シーリアに言いました。

「おとうさまは、サー・ローランド・ド・ボイスが大好きだったのよ。だから、もしあの青年がサー・ローランドのご子息だと知っていたなら、あのひとがあんな無茶なまねをするまえに涙を流して引き止めたでしょうに」

それから、姫君たちは、若者のところへ行きました。そして、公爵が示した突然の不興にかれがまごついているのを見て、二人は、親切な激励のことばをかけました。それから、ロザリンドは、立ち去りぎわに振りかえって、父の旧友の息子である勇敢な若者にもう一度好意にあふれたことばをかけ、首飾りをはずして、こう言いました。

「ねえ、あなた、これを着けてくださいな。あたしは運命に見放されている身です。さもなければ、もっと立派な贈り物ができるのですけれど」

姫君たちは、二人きりになったとき、ロザリンドがまだオーランドウのことばかり話しているので、シーリアは、自分のいとこが、ハンサムな若いレスラーに恋してしまったのに気づきはじめて、ロザリンドに言いました。

「そんなに突然、恋に陥ってしまうなんて、あるものかしら」

「あたしのおとうさまの公爵は、あのかたのお父上を深く愛していたのよ」

「でも、だからといって、あなたが息子さんを深く愛さなくてはならないってことになるかしら？　もしそうなら、あたしはあのかたを憎まなくてはならないわ。あたしのおとうさまは、あのかたのお父上を憎んでいましたもの。でも、あたしは、オーランドウを憎んでないわ」

フレデリックは、サー・ローランド・ド・ボイスの息子を見て、追放された公爵には貴族の友人が大勢いることを思い出して、はらわたが煮えくりかえるほど怒っていました。それに、ひとびとが姪の美徳を讃え、姪の善良な父親のこともあって同情を寄せるので、このところ、姪のことも不快に思っていました。こうした不満が積もり積もって、公爵の悪意が急に姪に向かって爆発してしまいました。

そこで、シーリアとロザリンドがオーランドウのことを話している部屋へつかつかとはいって行き、満面に朱を注いで、すぐ宮殿から立ち去って、父親のあとを追って追放の身となるがよい、とロザリンドに命じました。シーリアが、ロザリンドのために、いくら懇願してもむだでした。フレデリックは、シーリアに向かって、おまえのためを思えばこそ、ロザリンドがここにとどまるのを許したのだ、と言いました。

「あのとき、ロザリンドを引き止めてください、とお願いはしませんでした。あのころは、あたしはあまりにも幼くて、ロザリンドのありがたさがよくわかっていませんでしたけれど、いまはわかります。それに、長いあいだ、あたしたちはいっしょに眠り、いっしょに起き、いっしょに学び、遊び、食べたのですから、ロザリンドと別れて暮らしていくことはできません」

「その女は、おまえには賢すぎる。和やかなところ、無口なところ、辛抱強いところが、人民の心に訴えて、かれらの同情を買うのだ。その女の弁護をするなんて、おまえは、ばかだ。なぜなら、その女がいなくなれば、おまえは、もっと輝いて、徳が高く見えるだろうからだ。だから、その女のためにロをきくのはおやめ。その女に下したわしの宣告は、取り消されることはないのだから」

シーリアは、いくら父を説きつけても、ロザリンドを自分のもとにとどめておくことができないのを覚ると、親切にもロザリンドに同道しようと決心しました。そして、その夜、父親の宮殿を抜け出して、ロザリンドの父、追放された公爵をアーデンの森で捜すべく、友だちといっしょに出かけました。

二人が出発するまえに、シーリアは、二人の若い貴婦人が現在着ているような華美な服装で旅をするのは安全ではないだろう、と考えたので、二人とも田舎娘の服をまとって身分を隠してはどうか、と提案しました。ロザリンドは、どちらか一人が男の服装をしたほうがいっそう安全だろう、と言いました。そこで、ロザリンドのほうが背が高いので、田舎の若者の服を着、シーリアのほうは田舎娘の服を着て、二人は兄と妹ということにしよう、とすぐに意見が一致しました。そして、ロザリンドは、自分はギャニミードと名乗ることにし、シーリアは、アリーナという名前を選びました。

見目麗しい姫君たちは、こんなふうに変装をし、旅の費用をまかなうためにお金と宝石をもって、長い旅へと出発しました。というのも、アーデンの森は、公爵の領地のかなた、はるか遠くにあったからです。

ロザリンド姫(いまは、ギャニミードと言うべきですが)は、男の衣装をまとっていると、男らしい勇気がわいてきたような気がしました。長い、飽き飽きするような旅をロザリンドとともにしてくれるシーリアの誠実な友情は、新しい兄に、この真実の愛に報いるためにも、陽気な勇気を奮い起こさせました。おとなしい田舎娘のアリーナの素朴で勇敢な兄、本当にギャニミードになったような気がしました。

ついにアーデンの森にたどりついたとき、二人は、もはや、旅の途中で出会ったような便利な宿屋も、よい設備も見つけることができなくなりました。そして、食料と睡眠

ミードも、の不足で、道中ずっと、おもしろい話や楽しいおしゃべりで妹を元気づけていたギャニ

「もうくたくたに疲れてしまって、男の服装には申し訳ないけど、女のように泣きだしたい気持ちよ」

と、とうとう、アリーナに告白しました。すると、アリーナも、もう一歩も歩けない、と言い出しました。そこで、ふたたび、ギャニミードは、か弱い女を慰め励ますのは男の務めだということを思い出して、新しい妹に勇気があるように見せかけようとしました。

「さあ、わが妹、アリーナ、元気をお出し。ぼくたちの旅はもう終わって、アーデンの森に着いたのだよ」

と、言いました。しかし、いくら男らしさを装っても、無理に勇気を出そうとしてみても、もはや、二人の支えになりませんでした。二人は、アーデンの森に着きはしたものの、どこへ行けば公爵に会えるかわからなかったからです。この疲れきった姫君たちの旅も、ここで悲劇的な結末を迎えたかもしれませんでした。というのは、道に迷ったかもしれなかったし、食べ物がないために死んだかもしれなかったからです。

しかし、疲労のため死にそうになり、救助される望みもなく、草の上にすわっているとき、幸運にも、一人の田舎の住人がたまたまそこへ通りかかったので、ギャニミードは、もう一度男らしい大胆さで話そうとして、こう言いました。

「羊飼いさん、親切心からでも、金目当てでもいいが、この寂しい場所でぼくたちをもてなしてくれるところがあれば、お願いだ、どこかからだを休めるところへ案内してくれないか。ぼくの妹の、この若い娘がひどく旅に疲れてしまって、食べ物がないために気を失いかけているのだ」

その男は、それに答えて、

「おらは、羊飼いの下男でしかございませんし、あいにく旦那さまが家を売りに出そうとしてなさるもんで、碌《ろく》なおもてなしはできねえですけんど、いっしょに来てくださりゃ、喜んで、あるだけのものは召しあがっていただけますだ」

と、言いました。二人は、まもなく食料にありつけるという見込みで新たな力を得て、その男に従《つ》いていきました。二人は、羊飼いの家と羊を買い取り、二人を羊飼いの家に案内してくれた男を召使いとして雇いました。

こういう手段で、幸運にも、こぢんまりした田舎家を手に入れ、食料もたっぷり補給したので、二人は、公爵が森のどの辺に住んでいるかわかるまでは、ここにとどまることに話がまとまりました。

旅の疲れのあと、たっぷり休養をとると、二人は、新しい暮らし方が気に入ってきました。羊飼いの男女に変装しているのに、本当にそうなってしまったような気がするほどでした。けれども、ギャニミードは、ときどき、自分はかつてロザリンド姫で、勇敢なオーランドウを、父の親友の年老いたサー・ローランドの息子と知って、深く愛していたことを、ふっと思い出していました。

そして、ギャニミードは、オーランドウは何マイルも離れたところ、自分たちがはるばる旅してきた、あの幾マイルも遠いところにいるのだと思っていましたが、じつはオーランドウも、やはりアーデンの森にいることがまもなく明らかになってきました。この不思議なできごとは、次のようにして起こったのでした。

オーランドウは、サー・ローランド・ド・ボイスの末の息子でしたが、卿が死ぬとき、当時とても幼かったオーランドウを長兄のオリバーの世話にゆだねて、オリバーを祝福し、弟に立派な教育をさずけ、古い家柄の体面にふさわしいだけの財産を弟にあたえるように命じました。ところが、オリバーは下劣な兄で、父のいまわのきわの命令を無視して、弟を一度も学校へ行かせずに家に置いたまま、教育もせず、まったく構いもしませんでした。

しかし、オーランドウは、性格も、気高い精神も、すぐれた父親に非常によく似ていたので、教育の利点がなくても、この上もなく大事に育てあげられた青年のように見えるのでした。そこで、オリバーは、この無教育な弟の立派な容姿と威厳のある物腰がたまらなく妬《ねた》ましくなって、とうとう、弟を殺したいと思うようになりました。

そして、この目的を果たすために、ひとびとを唆《そそのか》して、まえにも述べたとおり、多くのひとびとを殺した、あの名うてのレスラーと格闘するようにオーランドウを説きつけさせたのでした。

ところで、オーランドウに、友だちが一人もいないので死にたい、と言わしめたのは、この酷薄な兄がそんなふうに弟を打ち捨てて構わなかったからでした。

オーランドウの兄は、自分が計画した邪悪な望みに反して、弟が勝利を収めたとき、その妬みと悪意はとどまるところを知らず、オーランドウが眠っている部屋に火をつけてやる、と誓いました。ところが、オリバーのこの誓いのことばは、兄弟の父の年老いた忠実な召使いで、サー・ローランドによく似たオーランドウを愛している人物に、立ち聞きされてしまいました。

この老人は、公爵の宮殿から帰ってきたオーランドウを出迎えに行きました。そして、オーランドウの顔を見たとき、この愛する若主人に降りかかっている危険を思って、突然、激情にかられて、次のような叫び声をあげはじめました。

「おお、わたしの優しいご主人さま、親切なご主人さま。おお、老いたサー・ローランドの忘れ形見のおかた！　なぜ、あなたさまは徳が高いのですか？　なぜ、あなたさまは優しく、強く、勇ましいのですか？　なぜ、あなたさまは、あの名うてのレスラーをぶっ倒すような愚かなまねをなさったのですか？　あなたさまを褒めたたえる声は、あなたさまより先にこっちへとどいておりますですよ」

オーランドウは、これはどういうことかと思って、いったい、どうしたと言うんだね、と尋ねました。すると、老人は、こう答えました。

「あなたさまの腹黒い兄さんは、あなたさまが世間のすべてのひとに愛されているのを妬んでいましたが、こんどは、公爵の宮殿であなたさまが勝利を得て有名になったのを聞いて、今夜、あなたさまの寝室に火をつけて焼き殺そうとしておりますので」

そして、結論として、ただちに逃亡して、降りかかっている危険をのがれるように忠告するとともに、オーランドウが金をもっていないのを知っていたので、アダム(それがこの善良な老人の名前です)は、自分のわずかな蓄えを取り出して、言いました。

「ここに五百クラウン、お父上のもとで、倹約してためた給金があります。年取って、手足も萎《な》えて、奉公もできなくなったときの生活費に蓄えておいたものです。これを受け取ってくださいまし。カラスにさえ食うものをお恵みになった神様が、わたしの老後を慰めてくださいましょう。さあ、これが金貨です。残らずあなたさまに差しあげます。わたしをあなたさまの召使いにしてください。見かけは老いぼれですが、ご用でも、身のまわりのお世話でも、いっさい若いものに負けぬ働きをいたしますから」

「ああ、親切な爺《じい》や、おまえは、むかしかたぎの律儀《りちぎ》な奉公人の鑑《かがみ》だよ。当世の流儀には向いていないんだね。よし、いっしょに出かけよう。おまえの若いころの給金を使い果たさないうちに、ぼくは、二人の生活を支える手段を見つけてみせるよ」

こうして、この忠義な召使いと、召使いに愛されている主人は、いっしょに出発しました。オーランドウとアダムは、どの道を進むべきか、はっきりわからないままに、旅を続けていくうちに、やがてアーデンの森へやって来ました。そこで、二人は、さきのギャニミードとアリーナと同様に、食べ物がないために難儀に陥ってしまいました。二人は、人家を捜してさまよい歩いているうちに、やがて、飢えと疲れで力尽きてしまいました。アダム老人は、ついに、こう言いました。

「ああ、ご主人さま、おなかがぺこぺこで死にそうです。もう一歩も歩けませんです」

そう言って、アダムは、そこへくたくたと倒れてしまいました。そこを自分の死に場所とするつもりでした。そして、愛するご主人に別れを告げました。

オーランドウは、老人がこのように弱りはてたのを見て、両腕で抱きあげ、気持ちのいい木陰に連れていって、こう言いました。

「元気を出すんだ、アダム。しばらくここで疲れた手足を休めておいで。死ぬなんて、言いっこなしだよ！」

オーランドウは、食べ物を見つけようとあちこち捜しまわっているうちに、たまたま、森の、公爵の住んでいるあたりへ到着しました。公爵と友人たちは、ちょうど夕食を食べようとしているところでした。公爵は、草の上にすわっていました。頭上を覆うのは、天蓋ならぬ大木の茂った枝だけでした。

オーランドウは、空腹のために破れかぶれになって、力ずくで食べ物を奪おうとして、剣を抜いて言いました。

「待て、それ以上食べることはならん。どうしても食べ物が必要なんだ！」

公爵は、そなたは、悲嘆に暮れてこのような不敵なまねをするのか、それとも、礼節を踏みにじる乱暴者か、と尋ねました。

これを聞くと、オーランドウは、腹が減って死にそうなのだ、と答えました。すると、公爵は、遠慮なくすわって、いっしょに食べなさい、と言いました。オーランドウは、公爵がそんなに優しいことばをかけてくれたので、剣を収め、食べ物をよこせと言った、自分の乱暴な行ないを恥じて、赤面しました。

「どうか、お赦しください。こんな森の中では、何事も野蛮なのだと思いこんでいたものですから、ぼくは、きつい命令の顔つきをしてみせたわけです。それにしても、このような侘びしい場所で、陰気な大枝の木陰で、ゆるゆると流れゆく時をのんびりと過ごしておられるあなたがたは、いったい、どのようなかたがたなのでしょう。

もしも、かつてはよい生活をしたことがおありなら、もしも、教会に誘う鐘の音が響くところに住んだことがおありなら、もしも、よきひとの饗宴の席にすわったことがおありなら、もしも、まぶたから涙をぬぐい、情けをかけたりかけられたりすることがどういうものか知っておいでなら、いま、ぼくの穏やかなことばがお心を動かして、ぼくに人間らしい好意をお寄せくださいますように」

「おっしゃるとおり、わしらは(きみの言うように)、よい生活をしたことがある人間です」

と、公爵は答えました。

「いまはこのような荒れ果てた森で暮らしているが、都会に住んだこともあるし、清らかな鐘の音に誘われて教会へ通ったこともあるし、よきひとの饗宴の席にすわったこともあるし、聖なる憐れみに誘われて、涙をまぶたからぬぐったこともある。だから、きみもすわって、ほしいだけ、わしらの飲食物をおとりなさい」

「じつは、可哀そうな老人がいるのです。純粋な愛ゆえに、老いと飢えという二つの悲しい弱点に苦しみながら、疲れた足を引きずって、遠い旅路をぼくといっしょにたどってきたのです。その者の空腹が満たされないうちは、ぼくは、ひと口も食べるわけにいきません」

「では、その老人を捜して、ここへ連れてきなさい。それまでは、わしらも食べるのを控えていよう」

それを聞くと、オーランドウは、子ジカを見つけて餌をやる雌ジカのように飛んでいきました。まもなく、アダムを抱きかかえて戻ってきました。

「その大事な重荷を下ろしてあげなさい。二人とも歓迎しますぞ」

と、公爵が言いました。みんなは、老人に食事をさせ、気を引きたててやったので、老人は元気づき、健康と体力を回復しました。

公爵は、オーランドウの素性を尋ねました。そして、オーランドウが自分の旧友、サー・ローランド・ド・ボイスの息子だと知ると、かれを保護することにしました。こうして、オーランドウと老僕は、森の中で公爵とともに暮らすことになりました。

オーランドウがこの森へ到着して幾日も経たないころ、ギャニミードとアリーナがここにやって来て(先に述べたように)、羊飼いの田舎屋を買ったのでした。

さて、ギャニミードとアリーナは、この森で不思議なことを発見して、びっくりしました。あちこちの木にロザリンドの名が刻まれているし、しかも、恋愛詩まで枝に結びつけられていて、それがすべてロザリンドに捧げるものだったからです。これは、いったい、何だろう、と二人が訝《いぶか》しがっているうちに、オーランドウと出会いました。そして、オーランドウの首にかかっているロザリンドが贈った首飾りに気づきました。

オーランドウは、ギャニミードが美しいロザリンド姫だとは夢にも思いませんでした。

かれは、姫の気品のある腰の低さと好意にすっかり心を奪われてしまって、四六時ちゅう、ロザリンドの名を木々に刻み、姫の美しさを讃える十四行詩を書いて過ごしていたのでした。しかし、オーランドウは、このきれいな羊飼いの若者の優雅な様子がひどく気に入ったので、かれとことばを交わすようになりました。そして、ギャニミードには、どこか愛するロザリンドに似ているところがあるけれど、あの気高い姫君の威厳ある立居ふるまいは少しも見られないな、と思いました。それもそのはずで、ギャニミードは、少年から大人になりかける年ごろの少年によく見られる、あの生意気な態度をわざととっていたからです。

ギャニミードは、茶めっけとユーモアたっぷりに、オーランドウに、ある恋する男のことを話しました。

「その男はね、この森に出没してさ、若い木の幹にロザリンドと刻みつけて、その木を台なしにするし、サンザシの木には叙情詩を、野バラには哀歌をぶら下げるんだよ。それもみんな、そのロザリンドという恋人を讃える詩なのさ。もしぼくがその恋する男を見つけたら、たちどころに恋わずらいを癒《いや》してしまう方法を伝授してやるんだがなあ」

オーランドウは、自分こそ、うわさの恋にとりつかれた男だ、と告白しました。そして、ギャニミードが話したよい方法というのを教えてくれ、と頼みました。ギャニミードが薦めた治療法とあたえた助言は、自分と妹のアリーナが住んでいる田舎屋へ毎日やって来ること、というものでした。

「そうすると、ぼくはロザリンドになったふりをする。きみは、ぼくが本物のロザリンドだと思って、ぼくに求婚するまねをする。そうすると、ぼくは、移り気な女性が恋人に見せる気まぐれなやりくちのまねをする。そうして、おしまいには、きみが自分の恋を恥ずかしく思うようにしてあげるよ。これが、きみに薦めるぼくの治療法さ」

オーランドウは、その治療法なるものをあまり信用していなかったけれど、ギャニミードの田舎家に毎日通って、戯れの求婚ごっこをすることに賛成しました。

そこで、オーランドウは、毎日、ギャニミードとアリーナを訪問し、羊飼いのギャニミードを「ぼくのロザリンド」と呼んで、毎日のように、若者が恋人に求婚するときに好んで使う美辞麗句や、うれしがらせのお世辞をくりかえして口にするのでした。けれども、ギャニミードがオーランドウのロザリンドへの恋心を癒すという点については、ちっともはかどったようには見えませんでした。

オーランドウは、ギャニミードが当のロザリンドだとは夢想だにしていないので、これはすべてふざけた遊びにすぎないと思っていたけれど、心の中にある愛のことばを洗いざらい吐露《とろ》する機会が得られたのは、大いに気に入りましたし、それに負けないくらい、ギャニミードのほうも、そのことが気に入っていました。ギャニミードは、このすばらしい愛のことばが、すべて正当なひとに語られているのを知っていたので、ひそかにこの戯れを楽しんでいたのです。

このようにして、この若いひとたちにとって、日々が楽しく過ぎていきました。そして、気だてのよいアリーナは、それがギャニミードを幸福にしているのを見て、好きなようにさせておきました。また、この求婚ごっこを見ておもしろがってもいました。そして、父公爵の森の隠れ家は、オーランドウから聞いて承知しているのに、ギャニミードはまだ公爵のところへ名乗って出ていないことを、ギャニミードに注意したいとは思いませんでした。

ギャニミードは、ある日、公爵と出会って、少し話をしました。公爵が、そなたはどういう家柄の出かと尋ねたとき、ギャニミードは、あなたに負けないくらい立派な家柄の出です、と答えたので、公爵は微笑しました。この粋な羊飼いの少年がまさか王家の出とは思わなかったからです。そのとき、公爵が健康で幸せそうなのを見て、ギャニミードは、満足し、それ以上の説明は、数日さきに延ばすことにしました。

ある日の朝、オーランドウは、ギャニミードを訪問しにいく途中、一人の男が地べたに横たわって眠っており、大きな緑色のヘビがその男の首に巻きついているのを見ました。ヘビは、オーランドウが近づくのを見て、スルスルッと滑るように逃げて、茂みの中へ隠れてしまいました。

オーランドウがさらに近づいていくと、雌のライオンが頭を地面につけてうずくまり、ネコのように見張りながら、眠っている男が目を覚ますのを待ちかまえているのを発見しました(というのは、ライオンというものは、死んでいたり眠ったりしているものは食べないと言われているからです)。まるで、この男をヘビとライオンの危険から救うために、神がオーランドウを遣わされたようでした。

オーランドウは、その男の顔をのぞきこむと、この二重の危険にさらされながら眠っている男が、じつの兄のオリバーであることに気づきました。あれほどオーランドウを虐待し、オーランドウを焼き殺すと脅した男です。オーランドウは、よほどこんな兄なんか飢えた雌ライオンの餌食になるのにまかせておこうか、と心が動きました。でも、兄弟愛と生まれつきの優しい心が、すぐに兄に対する最初の怒りに打ち勝ってしまいました。

オーランドウは、剣を抜いて、雌ライオンに襲いかかり、殺してしまいました。こうして、毒へビと狂暴な雌ライオンの双方から、兄の命を救ったのでした。でも、オーランドウが雌ライオンを退治するまえに、ライオンは、鋭いかぎづめでオーランドウの片腕を引き裂いていました。

オーランドウがライオンと格闘しているときに、オリバーは、目を覚まして、あれほど残酷に扱った弟が、命を賭けて、獰猛な野獣から自分を救おうとしているのを見て、たちまち、恥ずかしさと悔恨の念に襲われました。そして、自分の行ないを悔いて、さんざん涙を流して、これまでの虐待の赦しを請いました。

オーランドウは、兄がそのように悔い改めているのを見て大いに喜び、すぐに兄を赦してやりました。兄弟は、抱き合いました。オリバーは、弟を殺そうと決心して森へ来ていたのですが、そのときから、本当に兄らしい愛情で弟を愛するようになりました。

オーランドウは、腕の傷からの出血がひどいので、すっかり弱ってしまって、これではギャニミードを訪問しにいくことができない、と覚りました。そこで、自分が戯れに

「ぼくのロザリンド」と呼んでいるギャニミードのところへ行って、自分に降りかかった事故のことを告げてくれるように、兄に頼みました。

そこで、オリバーは、ギャニミードの田舎家へ行き、ギャニミードとアリーナに、オーランドウが自分の命を救ってくれたいきさつを話しました。そして、オリバーは、オーランドウの勇気と、自分がさいわいにも救われたことを語り終えたあとで、じつは自分はオーランドウの兄で、むかしは弟にひどい仕打ちをしたことを、ギャニミードとアリーナに告白しました。それから、いまは兄弟が仲直りしたことを二人に話しました。

オリバーが、おのれの犯した罪を心から悔いているのを見て、アリーナの優しい心は強い印象を受けたので、たちまち、オリバーを恋してしまいました。そして、オリバーのほうも、自分の過ちを心から悲しんでいることを聞いて、アリーナがどれほど同情しているかを見て、これまた、たちまち、アリーナに恋してしまいました。

しかし、アリーナとオリバーの心に、このように恋心が忍びこんでいるあいだにも、オリバーは、ギャニミードのことも同様に気にかけていました。ギャニミードは、オーランドウが危険な目に遭って、雌ライオンに傷を負わされた、と聞いて気絶してしまいました。失神から回復すると、ギャニミードは、

「ぼくは、ロザリンド役を演じているつもりで、気絶したふりをしただけだよ」と、言いました。それから、オリバーに向かって言いました。

「ぼくがどんなに上手に気絶するまねをしたか、弟のオーランドウさんに言ってください よ」


しかし、オリバーは、相手の真っ青な顔色を見て、本当に気絶したのだと思い、若者の気の弱さをたいへん訝《いぶか》りながら、言いました。

「なるほど、いまのがお芝居なら、こんどは元気を出して、男らしいふりをしたまえ」

「うん、そうしよう。でも、どうもぼくは、本来は女であるべきだったようだね」


オリバーのこの訪問は、ずいぶん長いものとなりましたが、ようやく弟のところへ戻ったとき、弟に報告することが山ほどありました。オーランドウが負傷したと聞いたとき、ギャニミードが気絶した話のほかに、美しい羊飼いの女、アリーナと恋に陥ったいきさつや、アリーナが会ったばかりだというのに、オリバーの求婚に好意的に耳を傾けてくれたことを話しました。また、まるで決定したことを語るように、自分はアリーナを熱愛しているから、アリーナと結婚して、ここで羊飼いとして暮らして、故郷の領地と屋敷はオーランドウに譲渡する、と言いました。

「ぼくは賛成ですよ」

と、オーランドウが言いました。

「あした、兄さんの結婚式を挙げることにしましょう。ぼくは、公爵やその友人がたをお招きしよう。さあ、行って、羊飼いの女にそのことに同意するように説きつけなさい。いまは一人きりなはずですよ。だって、ほら、彼女の兄がこっちへやってくるんだから」

オリバーは、アリーナのところへ行きました。ギャニミードは、そばへ来ると、負傷した友人に、おけがは大丈夫ですか、と尋ねました。

オーランドウとギャニミードが、オリバーとアリーナがたがいにひと目惚れしてしまったことを話しはじめたとき、オーランドウは、その美しい羊飼いの女を説きつけて、あす結婚するように兄に勧めた、と言いました。そして、自分も同じ日に自分のロザリンドと結婚できたらなあ、と言い添えました。

ギャニミードは、この取り決めに両手《もろて》を挙げて賛成して、言いました。

「もしきみが口先だけでなく、真剣にロザリンドを愛しているのなら、その望みをかなえてあげよう。あした、ロザリンド本人が姿を見せて、喜んでオーランドウと結婚するように仕向けてあげよう。請け合ってもいい」

この一見不思議なことも、ギャニミードがすなわちロザリンド姫なのだから、ギャニミードには、いとも造作なく演出できるのでした。しかし、ギャニミードは、高名な魔法使いであるおじさんから習った魔法を使って、このことを起こしてみせるようなふりをしました。

恋におぼれたオーランドウは、耳にしたことを半ば信じ、半ば疑いながらも、きみは本気で言っているのか、とギャニミードに尋ねました。

「ぼくの命に賭けて、本気だよ。だからね、いちばんの晴れ着を着て、公爵やその友人たちを呼びなさい。なぜって、あした、ロザリンドと結婚したいと思うのなら、必ず、ロザリンドをここへよこすから」

あくる朝、オリバーは、アリーナの承諾を得たうえで、二人で、公爵の前に出ました。オーランドウもいっしょにやって来ました。

このふた組の結婚を祝うために、みんな集まったのに、まだ、花嫁が一人しか現れていないので、一同はさんざん訝しがったり、当て推量をしたりしていましたが、大半のひとびとは、ギャニミードがオーランドウをからかっているのだ、と考えていました。

公爵は、いま、不思議な方法でここに連れてこられるのは、公爵自身の娘だ、と聞いて、羊飼いの少年は本当に約束したことを実行することができると信じているのか、とオーランドウに尋ねました。オーランドウが、どう考えていいのか、自分でもわかりません、と答えているとき、ギャニミードが現れ、もし自分が姫さまをお連れしたら、姫さまとオーランドウさんとの結婚に同意なさいますか、と公爵に尋ねました。

「するとも。たとい、姫とともに王国をいくつも譲るとしても」

ギャニミードは、次にオーランドウに言いました。

「また、きみは、ぼくが姫さまをここへお連れしたら、姫さまと結婚すると言うんだね」

「するとも。たとい、ぼくがたくさんの王国を治める国王であったとしても」

それから、ギャニミードとアリーナは、そろってその場から立ち去りました。ギャニミードは、男の服を脱ぎ捨てて、ふたたび女性の衣装をまとって、魔法の力など借りずに、素早くロザリンド姫に変身しました。一方、アリーナも、田舎娘の服を脱いで、自分の立派な衣装を身につけて、これも造作なく、シーリア姫に早変わりしました。

二人がその場を去ったあとで、公爵は、オーランドウに、羊飼いのギャニミードは娘のロザリンドによく似ているような気がする、と言いますと、オーランドウも、ぼくも似ていることに気づいていました、と答えました。

この結末は、どうなるのだろうか、と一同が怪しむひまもないうちに、ロザリンドとアリーナが、それぞれ、自分の服装を整えてはいって来ました。ロザリンドは、もはや、ここへ来たのは魔法の力であるかのようなふりをするのをやめて、父親のまえに身を投げてひざまずき、父親の祝福を請いました。ロザリンド姫が突然現れたのは、居並ぶひとびとにもじつに不思議でしたから、それこそ魔法の力によるものだと言ってもよいくらいでした。

しかし、ロザリンドは、これ以上父をからかうのはよして、自分が羊飼いの少年として森で暮らしていたこと、そして、いとこのシーリアは、妹ということにしていたこと、などを語りました。

公爵は、さきに約束した結婚を追認しました。オーランドウとロザリンド、オリバーとシーリアとは、同時に結婚しました。かれらの結婚は、このような侘びしい森のことして、こういう場合につきもののパレードや華麗さで祝うことはできなかったけれど、この日ほど幸せな結婚の日はついぞありませんでした。

一同が、気持ちのよい木々の涼しい木陰でシカの肉を食べているとき、まるで、この親切な公爵とまことの恋人たちの幸福を完全なものにするために何ひとつ欠けてはならないとでもいうように、思いがけない一人の使者が到着して、公爵の領地が返還されました、という喜ばしい知らせをもたらしたのでした。

簒奪者のフレデリックは、娘のシーリアの逃亡に激怒し、しかも、重臣たちが亡命中の正当な領主に仕えるために、毎日のようにアーデンの森へ出かけていくのを耳にし、自分の兄が、逆境にあってもそのように尊敬されるのが妬《ねた》ましくなって、大軍の先頭に立って、兄を捕え、兄もろともその忠臣どもも斬り殺してしまうつもりで、森へ進撃してきました。

しかし、神の不思議な介入によって、この邪悪な弟は、改心して悪だくみをとりやめてしまいました。というのは、侘びしい森の近くまで来たとき、一人の年老いた隠者に出会い、この隠者と長らく問答するうちに、ついに隠者は、フレデリックの心を悪だくみからすっかり逸《そ》らしてしまったのです。それからというもの、フレデリックは、心から悔い改め、不当な領土を放棄して、余生を修道院で過ごす決心をしたのでした。

フレデリックが改心して、まず実行したことは(さきに述べたように)、兄公爵に使者を送って、長いあいだ、兄から強奪していた公国を兄へ返還するとともに、兄の逆境時代に忠節を尽くした友人たちにも、その領地と領地から上がる収入を返す、という申し出をすることでした。

喜ばしいと同時に、思いもかけない、このうれしい知らせは、ちょうどよいときにもたらされたので、二人の姫君の婚礼の祝いと喜びは、頂点に達しました。シーリア自身は、もう公国の継承者ではなくなって、自分の父親が行なったこの爵位返還によって、いまやロザリンドのほうが継承者になったにもかかわらず、ロザリンドの父の公爵にもたらされたこの幸運のことで、いとこにお祝いのことばを述べ、心からおめでとう、と言いました。この二人のいとこ同士の愛は、嫉妬や羨望の混じりこむ余地のないほど堅いものでした。

公爵は、自分が追放の身であったあいだ、終始付き添っていてくれた親友たちに、いま報いる機会を得たのでした。そして、この尊敬すべき家臣たちは、これまで忍耐強く主君の不幸な運命を分かち合ってきたのだけれど、平和に、かつ、裕福になって、正当な公爵が宮殿に帰っていくのを心から喜んだのでした。

ベローナの二紳士

ベローナ*の町に、バレンタインとプロテウスという名前の二人の紳士が住んでいました。二人のあいだには、長いこと、堅い友情が途切れることなく続いていました。二人は、いっしょに勉強をし、暇な時間は、いつもおたがいを相手に過ごしていました。ただ、プロテウスが恋している女性を訪問するときだけは例外でした。

＊　イタリア北東部の都市。古来ブレンナー峠を越えてドイツへ通じる交通の要地。

そして、このようにプロテウスが恋人を訪問すること、このようにプロテウスが美しい恋人、ジューリアに寄せている恋情、この二つだけが、この二人の友人たちのあいだで意見が異なる話題でした。というのは、バレンタインは、自分には恋人がいないものだから、友人がのべつジューリアのことを話すのに、ときにうんざりすることがあったからでした。

そんなときには、バレンタインは、プロテウスを笑ったり、おもしろそうに、恋心をからかったりして、

「そんなつまらない気まぐれがぼくの頭に忍びこむことは絶対にないだろう。なぜっ

て、ぼくはきみみたいに、恋をして不安に満ちた希望や怖れを感じているよりも、ぼくが送っている自由で幸福な生活(と、かれは言いました)のほうがよっぽど好きだからね」

と、断言するのでした。

ある朝、バレンタインがプロテウスのところへやって来て、自分はこれからミラノ*へ行くので、しばらくお別れだ、と言いました。プロテウスは、友人と離れたくないので、バレンタインを行かせまいとして、いろいろあげつらってみましたが、バレンタインはこう言いました。

＊　一八ページの注参照。

「愛するプロテウス、ぼくを説得しようとするのはよしたまえ。ぼくは、怠け者みたいに、自分の家でだらだらと青春時代を浪費するつもりはないんだ。自分の家にばかり引きこもっている若者は、いつも引っこみ思案しかできないからね。もしきみの愛情が、きみの尊敬するジューリアの可愛い眼差しに鎖でつながれているのでなかったら、ぼくといっしょに外国の珍しい風物を見にいこう、とぜひ誘うところだけれど、きみは恋の虜《とりこ》になっているので、いつまでも愛しつづけたまえ。どうか、きみの恋が首尾よくいきますように！」

二人は、変わらぬ友情を誓い合って、別れました。

「優しいバレンタイン、さようなら！　旅行中に注目に値する珍しいものを見かけたら、ぼくのことを思い出して、この幸福をぼくにもおすそ分けしてやれたらなあ、と思ってくれたまえ」

バレンタインは、早速その日に、ミラノに向かって旅をはじめました。プロテウスは、友人が去ってしまうと、机に向かって、ジューリア宛の手紙を書き、それをジューリアの侍女、ルチェッタに渡して、女主人に届けるように頼みました。

ジューリアは、プロテウスが彼女を愛しているのに負けないくらいプロテウスのことを愛していましたが、気位の高いお嬢さんなので、あまりにもやすやすと靡《なび》いてしまっては、乙女の沽券《こけん》にかかわると思い、プロテウスの熱情に気がつかないようなふりをしていました。それで、プロテウスは、求婚を進めるうえで大きな不安を覚えていました。

ルチェッタがその恋文をジューリアに差し出しても、ジューリアは、受け取ろうとはしないで、侍女がプロテウスから手紙をことづかったのをしかりつけ、部屋から出ていきなさい、と命じました。しかし、内心、手紙にどんなことが書かれているのか見たく

てたまらないので、すぐまたルチェッタを呼び戻しました。そして、ルチェッタが戻ってくると、

「いま、何時？」

と、尋ねました。

ルチェッタは、女主人は時間を知りたいというよりも、手紙を見たがっているのだと見抜いていたので、女主人の問いには答えずに、またしても、さっき拒絶された手紙を差し出しました。ジューリアは、自分が本当は何を望んでいるのかを侍女が烏滸《おこ》がましくもわかっているような素振りをするのに腹を立てて、手紙をずたずたに引き裂いて、床に撒きちらしました。そして、また、出てお行き、と侍女に命じました。

ルチェッタは、出て行きしなに、腰をかがめて、きれぎれに破れた手紙を拾おうとしました。ところが、ジューリアは、そんなふうに手紙を手放したくはなかったので、怒ったふうを装って言いました。

「さあ、紙切れはそのままにして、出てお行き。おまえは、あたしを怒らせようと思って、そんなものをいじくりまわしているのですね」

ジューリアは、それから、きれぎれの手紙を丹念につなぎ合わせはじめました。最初

に読みとれたことばは、「恋に傷ついたプロテウス」でした。そして、このことばや、そのような愛のことばを、きれぎれに引き裂かれた、あるいは傷ついた(「恋に傷ついたプロテウス」という表現から思いついて)手紙の中から読みとって、済まないことをした、と後悔しました。そして、これらの優しいことばたちに向かって、

「あなたたちの傷が癒えるまで、あたしの胸をベッドにしてあげましょう。お詫びのしるしに、切れはしのひとつひとつにキスしてあげましょうね」

と、言いました。

このように、ジューリアは、可愛い、女性らしい子どもっぽさでしゃべりつづけていましたが、手紙の全文の意味を読みとることができないのを発見すると、このように優しい愛のことば(と、ジューリアは呼びました)を台なしにしてしまった、恩知らずな自分に腹を立てて、これまでよりもはるかに優しい返事をプロテウスに認《したた》めたのでした。

プロテウスは、自分の手紙に色よい返事をもらって、心をときめかせました。その手紙を読みながら、

「美しい愛、美しいことば、美しい人生!」

と、叫びました。有頂天になっているところを、父親のことばに遮られました。

「おいおい、どうしたんだ！　そこで、なんの手紙を読んでいるんだね？」

と、老紳士は言いました。

「父上、ミラノにいるバレンタインからの手紙です」

「その手紙を見せてごらん。どんなニュースが書いてあるのかな」

「べつにニュースはありません、父上」

大あわてにあわてて、プロテウスは答えました。

「ただ、ミラノの大公がたいへん可愛がってくださって、毎日のように、いろいろと厚遇を受けていること、ぼくもいっしょにいて、自分の幸運をおすそ分けできたらいいのに、と書いてあるだけです」

「で、バレンタインの希望について、おまえはどう対応するんだね？」

「父上のご意志に従います。バレンタインの友好的な希望には左右されません」

ところで、プロテウスの父親は、たまたまその問題について、さる友人と語り合ってきたばかりでした。その友人の言うには、

「たいていのひとは、息子を外国へ送り出して、出世を図っているのに、どうして閣下は、ご子息を国内だけで青春時代を過ごさせるのか不思議でなりませんね。運だめし

に戦争に行く者もいるし、遠い異国の島を発見しに行く者もいるし、勉学のため外国の大学へ行く者もいます。それに、ご子息の友人のバレンタイン君も、ミラノ公の宮廷へ行っているではありませんか。ご子息は、いま挙げたどれにだって適しておいでになる。若いときに旅行をしておかないと、円熟期にたいへんな不利になりますよ」

プロテウスの父親は、友人の忠告はいかにももっともだと考えました。そこで、プロテウスから、バレンタインが「いっしょに自分の幸運を分かち合いたい」と言ってきたということを聞いたので、早速、息子をミラノへやる決心をしました。この独断的な老人は、息子を説得するのではなく、命令するのがいつもの習慣なので、突然このような決心をした理由を、プロテウスに説明することもなしに、

「わしの意志は、バレンタインの希望とおんなじだ」

と、言いました。そして、息子が呆気《あっけ》にとられているのを見て、こう言い添えました。

「わしが急に決心して、おまえをミラノ公の宮廷にしばらく逗留させることにしたからといって、べつに驚いた顔をしなくてもいい。わしは、こうしようと思ったら、そうするんだからな。以上だ。あしたには旅立てるように用意しておけ。言い訳はならんぞ。わしは、有無を言わさないからな」

プロテウスは、父親に反対したところで無益なことを知っていました。父親は、プロテウスに自分の意志に異議を唱えることを許したことは一度もありませんでした。プロテウスは、ジューリアの手紙のことで父に偽りを言ったばかりに、いやおうなしにジューリアと離れなければならない羽目に陥ったことで、自分を責めました。

ジューリアはジューリアで、そんなにも長いこと、プロテウスと会えなくなったことを知ったからには、もはや、無関心を装ってはいられなくなりました。

二人は、変わらぬ愛を何度も何度も誓い合って、切ない別れを告げました。プロテウスとジューリアは、指輪を交換して、おたがいの形見として永久に大切にすると約束しました。このように、悲しい別れを告げて、プロテウスは、友人のバレンタインの住むミラノへと旅立っていきました。

バレンタインは、プロテウスが父に作り話をしたとおり、本当に、ミラノ公にたいへん気に入られていました。しかも、バレンタインの身には、プロテウスが夢想だにしなかった、べつの事件が起こっていました。というのは、バレンタインは、あれほど自慢していた自由な生活を捨てて、プロテウスに負けないほど熱烈な恋にとりつかれていたのです。

バレンタインにこのような驚くべき変化をもたらした貴婦人は、ミラノ公の息女、シルビア姫で、姫さまのほうもバレンタインを憎からず思っていました。しかし、二人は、公爵に自分たちの愛を隠していました。というのは、公爵は、バレンタインに非常に親切にしてくれるし、毎日のように自分の宮殿に招待してくれたけれども、自分の娘は、シューリオという若い廷臣と結婚させようと計画していたからでした。シルビアは、このシューリオを軽蔑していました。シューリオには、バレンタインのような、洗練されたセンスもなければ、優れた才能もないからでした。

この二人の恋がたき、シューリオとバレンタインは、ある日、シルビアを訪問していました。そして、バレンタインが、シューリオの言うことをいちいち茶化して、シルビアをおもしろがらせていると、そこへ公爵自身がはいって来て、バレンタインにかれの友人のプロテウスがやって来た、といううれしい知らせをもたらしました。

バレンタインは、

「もしわたしに何か望むことがあるとすれば、ここでプロテウスに会うことでございました」

と、言いました。それから、公爵にプロテウスのことを褒めそやして、言いました。

「殿さま、わたしは、うかうかと時を過ごしてまいりましたけれど、わたしの友人は、日々を無駄にせず、じつに有効に過ごしてまいりましたので、人柄といい、気質といい、非の打ちどころがございません。要するに、紳士を飾る美徳を残らず具《そな》えております」

「それでは、かれの人物にふさわしい歓迎をしなさい。シルビア、おまえに言っているのだよ。それからきみにもだ、シューリオ卿。バレンタイン君には、そうしろと言う必要はないからね」

そこへ当のプロテウスがはいって来たので、一同の話は中断されました。バレンタインは、友人をシルビア姫に紹介して、こう言いました。

「姫さま、どうぞこの男をぼくと同様、姫さまの召使いとしておもてなしください」

バレンタインとプロテウスが、訪問を終えて、二人きりになったとき、バレンタインは言いました。

「さあ、話してくれ、国の連中は、みなどうしている？　きみの恋人は元気かい？　それから、きみの恋愛はうまく行っているのかい？」

「ぼくの恋物語など、きみは、いつもうんざりしてたじゃないか。きみが色恋の話に興味がないのは知っているよ」

「そうだったな、プロテウス。でも、そういう生活はいまや一変してしまったんだ。恋愛をこき下ろしていたことを後悔しているよ。なにしろ恋愛を軽蔑した仕返しに、恋の神が、恋の虜になったぼくの目から、眠りを追い出してしまったのだからね。ああ、プロテウス、恋の神は偉大なる君主だね。ぼくは、すっかり高慢の鼻をへし折られて、白状するが、この世にこの君主のおとがめほどつらいものはないし、この君主にお仕えするほど大きな喜びはないと考えている。いまでは、恋愛以外の話は聞きたくもない。いまでは、恋という名前を想うだけで、朝餉《あさげ》も、昼餉も、夕餉も、眠りも不要なくらいなんだ」

バレンタインが恋愛のために自分の性格が変わってしまったと認めるのを聞いて、友人のプロテウスは、鬼の首を取ったように得意になりました。しかし、プロテウスは、もはや友人とは呼べなくなってしまいました。というのは、二人が話題にしていた当の全能の恋の神が(そうです、恋の神がバレンタインの性格を変えてしまった、と二人が語りあっているあいだでさえも)、プロテウスに働きかけて、かれの心を一変させつつあったからです。

そして、これまでは、真実の愛と完全な友情の鑑《かがみ》のようであったプロテウスが、いまや、たった一度、わずかのあいだシルビア姫に会っただけで、偽りの友、不実な恋人に変わってしまいました。つまり、シルビア姫をひと目見たとたんに、ジューリアへの愛は、すべてはかない夢のように消え去ってしまい、バレンタインへの長いあいだの友情も、バレンタインのかわりにシルビアに愛されたいという欲求を阻止することができなくなりました。

　根が善良な人間が不正な行ないをする場合の例に漏れず、プロテウスも、ジューリアを捨てて、バレンタインの恋がたきとなる決心がつくまでは、大いに気がとがめました。けれども、プロテウスは、ついに義務感に打ち勝って、ほとんど何の悔いもなく、新しい、不幸な情熱へ身をゆだねていったのでした。

　バレンタインは、自分の恋のいきさつを内緒でプロテウスに洗いざらい打ち明けました。シルビアの父の公爵に気づかれないように二人とも細心の注意を払っていること、とうてい公爵の承諾を得られる望みがないので、シルビアを説得して、父親の宮殿から今夜抜け出して、マントバ*に駆け落ちすることにしたことなどを話しました。それから、バレンタインは、プロテウスに縄ばしごを見せ、今晩暗くなってから、この縄ばしごを使って、シルビアに手を貸して宮殿の窓から抜け出させるつもりだ、と言いました。

＊　イタリア北部、ロンバルディア州の州都。

友人がとても大切な秘密を忠実に話してくれるのを聞くやいなや、プロテウスは、早速、公爵のところへ行って一部始終を公爵に暴露する決心をしました。これは、とても信じられないことですが、事実はそのとおりでした。

この偽りの友人は、弁舌さわやかに、いろいろ公爵に申し立てはじめました。

「わたしがこれから漏らそうとしていることは、友情の掟《おきて》からみれば、隠さなければならないことですが、公爵さまから賜りましたご厚意と、公爵さまに対して果たすべき義務のことを思いますとき、ぜひこのことをお話ししなければなりません。そうでなければ、この世のどんな利益と引き替えても、口を割るものではございません」

それから、プロテウスは、バレンタインから聞いた話を、縄ばしごの件から、バレンタインが長いマントの下にそれを隠しておくつもりであることにいたるまで、何もかも公爵に話してしまいました。

公爵は、プロテウスが友人の不正な行為を隠すよりも、その意図を告げることを選んだことを、まれに見る高潔な男だと感心し、口をきわめてプロテウスを褒めちぎりました。そして、だれから情報を得たかバレンタインには知らせずに、何か策を用いて、バレンタインが自分から秘密を漏らすように仕向けよう、と約束しました。

公爵は、そういう目的をもって、夕方、バレンタインが宮殿に来るのを待ちかまえていました。すると、まもなく、バレンタインが急ぎ足で宮殿のほうへ歩いてくるのを見かけました。公爵は、バレンタインが何かをマントの下に包み隠しているのに気づきました。ははん、あれが縄ばしごだな、と公爵は推察しました。

そこで公爵は、バレンタインを呼び止めて言いました。

「そんなに急いでどこへ行くのだね、バレンタイン君」

「閣下、おそれながら申しあげます。友人のところへわたしの手紙を届けてくれる使いの者が待っておりますので、その手紙を渡しにいくところでございます」

さて、このバレンタインの偽りは、結局、プロテウスが手紙のことで父親に告げた嘘と同様に、まったく成功しませんでした。

「非常に重要な手紙かね？」

「閣下、大したものではございません。わたしが閣下の宮廷で元気に、幸せに過ごしていることを父に知らせるだけのものでございます」

「そうか、それなら大したことはない。しばらくここにいてくれ。じつはわしのごく身近な件について、きみの意見をききたいのだ」

それから、公爵は、バレンタインから秘密を引き出す第一歩として、巧みな作り話を持ち出して、次のように言いました。

「きみも知ってのとおり、わしは、娘をシューリオと結婚させたいと思っているのだが、あれは頑固でな、わしの言うことをきかんのだ。わしの子だということを考えもしないし、わしを父親として恐れもしない。そこでな、こう言ってはなんだが、あまりあれが傲慢なので、わしの愛情も冷えてしまった。わしの老後は、あれが親孝行をして大事にしてくれると思っていたのだが、いまでは、わしは、妻を迎えて、娘はだれでもほしがっている者にくれてやろうと肚を決めた。娘は、美しさだけを持参金にするといい。わしやわしの財産なんか、あれはなんとも思っていないのだから」

バレンタインは、いったい、この話の結末はどういうことになるのだろう、と不思議に思いながら、答えました。

「それで、閣下は、この件でわたしにどうせよとおっしゃるのでしょうか？」

「じつはな、わしが結婚したいと思っている婦人は、内気で恥ずかしがり屋でな、老人のわしが懸命に口説いても、あまりありがたがらんのだ。それに、女性に言い寄る仕方も、わしの若いころとはずいぶん変わっておるしな。そこで、わしは喜んできみを師匠にして、求婚の仕方を教わりたいのだよ」

バレンタインは、当節の青年が美しい貴婦人の愛をかちえたいときに実行している求婚の仕方、たとえば、贈り物をするとか、たびたび訪問するとかといった、一般的な知識を公爵に授けました。

公爵は、それに答えて、その貴婦人は自分が贈り物をしても断わるし、父親の監視が厳しくて、だれ一人、日中は近づくことができないのだ、と言いました。

「それでは、ぜひ夜分、訪問なさいませ」

「ところが、夜分は、女の部屋のドアは、どれも固く錠がおりておるのだ」

抜け目のない公爵は、いよいよ話の主眼点に近づいていきました。

すると、バレンタインは、運悪くも、縄ばしごを利用して、夜分、婦人の部屋に忍びこめばよろしい、と公爵に提案し、その目的にうってつけの縄ばしごをご用立ていたしましょう、と言いました。そして最後に、その縄ばしごをいま自分が着ているようなマントの下に隠しておくといい、と助言しました。

「じゃあ、きみのマントを貸してくれ」

と、公爵は、言いました。公爵は、バレンタインにマントを脱がせる口実にするために、いままで、この作り話を長々としていたのでした。そこで、そう言うやいなや、バレンタインのマントをつかんで、パッとはねのけたので、縄ばしごだけでなく、シルビア宛の手紙まで見つかってしまいました。公爵は、その手紙をすぐさま開いて読みました。すると、この手紙には、二人の駆け落ちの計画が残らず書いてありました。

公爵は、自分がせっかく目をかけてやったのに、娘を盗もうとするなんて、この恩知らずめ、とバレンタインをしかりつけたあと、宮廷からも、ミラノの町からも永久に追放してしまいました。そこで、バレンタインは、シルビアにひと目会うこともできずに、その晩、立ち去ることを余儀なくされました。

ミラノでプロテウスが、このようにバレンタインをひどい目に遭わせていたころ、ベローナでは、ジューリアがプロテウスの不在を嘆いていました。プロテウスへの想いが募って、ついに娘らしいたしなみも棄ててしまって、ベローナを発《た》って、ミラノへ行き、恋人を捜そうと決心しました。道中、危険な目に遭わないように侍女のルチェッタもジューリア自身も、男の服を身にまとい、そういう変装で旅立ちました。そして、ミラノに到着したときは、ちょうど、プロテウスの裏切りによって、バレンタインがこの町から追放された直後でした。

　ジューリアは、昼ごろミラノの町にはいって、とある宿屋に泊まることにしました。ジューリアの頭は、いとしいプロテウスのことでいっぱいだったので、宿屋の主人と会話をはじめました。そうすれば、何かプロテウスのうわさでも聞き出せるかもしれないと思ったからでした。

　宿屋の主人は、このハンサムな若い紳士(と思いました)が、様子から推して、身分の高いひとにちがいないのに、こんなに親しげに話しかけてくれるのをたいそう喜びました。そして、ひとのよい男なので、この若い客がひどく沈みこんでいる様子なのを見て、気の毒になり、相手を楽しませるために、美しい音楽でも聴きにいきませんか、と誘いました。今晩、ある紳士が恋人のためにその音楽でセレナードを捧げるのです、と宿屋の主人が言いました。

　ジューリアがそれほど憂鬱そうにしていたのは、自分のとった無分別な行動をプロテウスがどう思うだろうか、と気がかりだったからでした。というのも、ジューリアは、プロテウスが、彼女の気高い乙女の誇りと高尚な品性を愛していたのを知っていたので、プロテウスの尊敬を失ってしまいはしないか、と心配していました。そのことが気がか

りで、ジューリアは、悲しげな、もの思いに沈んだ面もちをしていたのでした。

ジューリアは、いっしょに行って音楽を聴きましょう、という宿屋の主人の申し出を喜んで受けました。もしかすると、途中でプロテウスに会えるかもしれない、と心ひそかに期待していたからでした。

ところが、宿屋の主人が案内してくれた宮殿へ来てみると、親切な主人の考えていたのとはひどく異なる結果が生じてしまいました。というのは、ジューリアが心から悲しんだことに、その場で、彼女の恋人、あの不実なプロテウスがシルビア姫にセレナーデを歌い、愛と賛美のことばを述べたてていたのでした。

そして、ジューリアは、シルビア姫が窓ごしにプロテウスに話しかけて、プロテウスが自分の本当の恋人を捨てたこと、友人のバレンタインに恩知らずのふるまいをしたことを責めたてているのを立ち聞きしました。それから、シルビア姫は、プロテウスの音楽や美辞麗句を聞こうともしないで、窓から離れてしまいました。というのは、シルビア姫は、追放されたバレンタインに変わらぬ愛情を抱いていたので、バレンタインの偽りの友、プロテウスの卑劣な行為を憎んでいたからでした。

ジューリアは、いましがた目撃した事件で絶望していたけれど、それでもなお、移り気なプロテウスを愛していました。そこで、最近、プロテウスが召使いに暇を出したことを小耳に挟んで、親切な宿屋の主人の助力を得て、どうにかプロテウスの小姓として雇われることに成功しました。

プロテウスは、それがジューリアとは知らないので、ジューリアに、恋がたきのシルビア姫のところへ手紙や贈り物をたびたび届けさせました。それればかりか、ベローナで別れたときにジューリアがプロテウスに贈った指輪までも、シルビアに届けさせたのでした。

ジューリアは、その指輪をもってシルビア姫のところへ行ったとき、姫がプロテウスの求婚をてんで受けつけなかったので、ことのほか喜びました。そして、ジューリア(いまは小姓のセバスチャンと呼ばれていました)は、プロテウスの最初の恋人、捨てられたジューリア姫のことについて、シルビアと会話をすることになりました。

ジューリアは、いわば、自分のことを褒めて、こう語りました。

「わたくしは、ジューリアさまを存じあげております(うわさをしている当人がジューリアなのだから、知っているのは当然でした)。ジューリアさまは、わたくしのご主人のプロテウスさまを深く愛しておいでですから、プロテウスさまによそよそしく、つれなくされて、たいそう悲しんでいらっしゃいます」

ジューリアは、さらに、巧みな、曖昧《あいまい》なことばを使って話しつづけました。

「ジューリアさまは、ほぼわたくしと同じくらいの背丈で、お肌の色も同じなら、瞳の色も、髪の毛の色もわたくしと同じです」

そして、事実、男装をしたジューリアは、いかにも美しい若者に見えました。シルビアは、心打たれて、この、哀れにも愛する男性に捨てられた美しいひとに同情しました。そして、プロテウスが贈った指輪をジューリアが差し出すと、それを拒絶して、こう言いました。

「その指輪をあたしに贈るなんて、恥の上塗りというものだわ。あたしは受け取りません。だって、あのひとは、これはぼくのジューリアからもらった指輪だ、と何度も言ってらしたのですからね。優しい若いひと、あたし、可哀そうなお嬢さまに同情しているあなたが気に入りました。かわいそうなお嬢さま！　さあ、この財布をお取りなさい。ジューリアさんのために、おまえにあげます」

親切な恋がたきの口から出た、こういう慰めのことばは、変装したジューリアの沈みがちな心を元気づけました。

さて、追放されたバレンタインに話を戻しましょう。バレンタインは、面目を失い、追放の身の自分が、おめおめと故郷の父のところへ帰るわけにはいかないし、いったい、どっちへ進んでいったものか、と迷っていました。それで、心の中で大切な宝のように愛しているシルビア姫を残してきたミラノから、さほど離れていない寂しい森の中をさまよっているとき、盗賊の一味に襲われて、金を出せ、と脅されました。

バレンタインは、盗賊の一味に言いました。

「おれは不運に見舞われた男で、追放の身の上だ。金などない。いま着ている衣服だけが全財産だ」

盗賊どもは、バレンタインが困窮している男だと聞き、かれの気高い様子と男らしい態度に打たれ、こう言いました。

「われわれといっしょに暮らして、われわれのお頭《かしら》あるいは頭目にならないか。われわれは、あんたの命令に従おう。だが、この申し出を断わろうものなら、あんたを殺すまでだ」

バレンタインは、自分がどうなろうと構わなかったので、女や貧しい旅人に危害を加えないなら、おまえらとともに暮らして、おまえらの頭目になろう、と言いました。

こうして、あの気高いバレンタインは、バラッドで歌われているロビンフッドのように、盗賊や無法者の一団の頭目となりました。こうした状況で、バレンタインは、シルビア姫とめぐり会ったのでした。それは、次のようにして起こりました。

シルビアは、シューリオとの結婚を父に迫られて、もはや拒みきれなくなったので、その結婚を避けるために、とうとう、恋人のバレンタインの跡を追って、バレンタインが避難した場所と聞いているマントバに行こう、と決心しました。

しかし、バレンタインがマントバにいるという情報はまちがっていました。なぜなら、バレンタインは、相変わらず、森の中で、盗賊のお頭という名目で、盗賊どもといっしょに暮らしていたからです。しかし、一味の略奪行為には加わらず、盗賊どもがかれにあたえた特権も、盗賊どもが物を奪った旅人に慈悲を示すように仕向ける場合にかぎって行使したのでした。

シルビア姫は、エグラムアという名前の尊敬すべき老紳士をお供にして、首尾よく父の宮殿を抜け出しました。シルビアは、道中、この老紳士に保護してもらうために同行させたのでした。マントバに行くには、どうしてもバレンタインと盗賊どもの住む森を抜けなければならなかったので、盗賊の一人がシルビアをつかまえてしまいました。また、エグラムアもつかまえようとしましたが、こちらは逃げおおせました。

シルビアを捕えた盗賊は、シルビアがひどく怖がっているのを見て、お頭の住んでいる岩屋に連れていこうとしているだけだから、驚きあわてなくてもいい、と言いました。それから、お頭は立派なひとで、いつも女には優しくしているから、怖がらなくてもいい、と言いました。無法者の盗賊団の頭目のまえに、虜《とりこ》として連れていかれると聞いて、シルビアは、ちっとも慰められませんでした。

「ああ、バレンタイン、あたし、あなたのためにこんな目に遭っても耐えているのよ！」

と、シルビアは叫びました。

ところが、盗賊は、シルビアをお頭の岩屋へ連れていく途中で、プロテウスにつかまってしまいました。プロテウスは、シルビア姫が逃亡したことを聞くと、小姓に変装しているジューリアを相変わらずお供にして、シルビアの跡を追ってこの森にまで来ていたのでした。プロテウスは、こうして、盗賊の手からシルビア姫を救い出しました。シルビアが助けてもらったお礼を述べるいとまもないうちに、プロテウスは、またしても求愛をして、シルビアを悩ませはじめました。

プロテウスが乱暴にシルビア姫に結婚の承諾を迫っているあいだ、プロテウスの小姓(捨てられたジューリア)は、ひどく心を悩ましながら、プロテウスのわきに立って、ついさっきプロテウスに命を救われたことを恩に着て、シルビア姫がプロテウスに好意を示しはじめるのではないか、とはらはらしていました。

そのとき、突然、盗賊の首領のバレンタインが現れたので、三人は、その不思議さに仰天しました。バレンタインは、手下の盗賊どもが貴婦人を虜にしたと聞いて、慰めて自由の身にしてやるつもりでやって来たのでした。

プロテウスは、シルビアに求婚しているところを友人に見られたので、大いに恥じ入り、たちまち、後悔と自責の念に駆られました。そして、バレンタインに数々の危害を加えたことをたいへん済まなかったと思っている、と心から詫びたので、もともとバレンタインは、理想主義的なと言ってよいくらい高潔で心の広い男だったので、プロテウスを赦し、元どおりの友情を誓ったばかりではなく、不意に英雄的精神に駆られて、こう言いました。

「ぼくは、こだわりなくきみを赦すよ。そして、シルビアに対するぼくの権利をそっくりきみに譲ることにしよう」

ジューリアは、小姓として主人のかたわらに立っていましたが、この不思議な申し出を耳にし、こうして新しく権利を譲られたからには、プロテウスは、シルビアを拒むことはできないのではないかと思って、気を失ってしまいました。そこで、一同は懸命に、ジューリアの意識を回復させようとしました。

この騒ぎがなかったら、シルビアは、こんなふうに自分がプロテウスに譲られることに憤慨するところでした。もっとも、シルビアは、バレンタインがいくら友情のためとはいえ、こんな無理な、気前のよすぎる申し出をいつまでも固執《こしゅう》できるはずはない、と高をくくっていました。

ジューリアは、失神の発作から回復すると、こう言いました。

「あ、忘れておりました。ご主人さまから、この指輪をシルビアさまにお渡しするよう言いつかっておりました」

プロテウスは、その指輪を見たとき、それは自分がジューリアからもらった指輪と交換に、ジューリアに贈った指輪であることに気づきました。あれは、この小姓(と、かれは思っていました)に命じて、シルビア姫に届けさせたはずではないか。

「これはどういうことだ? これはジューリアの指輪だぞ。おい小姓、どうしてこれがおまえの手に渡ったのだ？」

と、プロテウスが尋ねると、ジューリアは、こう答えました。

「ジューリア自身がわたくしにくれました。そして、ジューリア自身がここへ持ってまいりました」

プロテウスは、まじまじと瞳をこらして相手の顔を見ました。そうして、小姓のセバスチャンこそ、ほかならぬジューリア自身であることをはっきりと認めました。ジューリアの変わらぬ誠実な愛の証しに、プロテウスは深く感動して、ジューリアへの愛が心に蘇ってきました。そこで、自身のいとしい恋人をまた迎え入れ、シルビア姫に対するすべての権利は、シルビアにふさわしい人物であるバレンタインに喜んで譲りました。

プロテウスとバレンタインは、仲直りしたうえに、それぞれが貞淑な恋人を得て、たがいに幸福を喜びあっていたときに、ミラノ公爵とシューリオの姿を見てびっくりしました。二人は、シルビアを追跡して、そこへやって来たのでした。

シューリオが先に近づいてきて、「シルビアはおれのものだ」と、言いながら、シルビアをつかまえようとしました。すると、バレンタインは、えらい剣幕で、シューリオに向かって怒鳴りました。

「シューリオ、あとに下がっていろ。もう一度、シルビアはおれのものだなどとぬかしたら、死神を抱かせてやるぞ。さあ、ここにシルビアが立っている。ちょっとでもシルビアに触れてみろ！　おれの恋人にひと息でもかけられるものなら、かけてみろ」

この脅しを聞いて、大の臆病者のシューリオは、尻ごみをして、こう言いました。

「おれは、シルビアなんて好きじゃない。愛してもくれない女のために闘うなんて、まぬけ以外にいるものか」

ミラノ公爵は、自身、非常に勇気あるひとでしたから、激怒して言いました。

「あれほど姫を得ようと騒いでおったくせに、そんなつまらぬ口実で姫を見捨てるとは、ますますもって見さげ果てた、くだらんやつだ」

それから、バレンタインに向かって、言いました。

「バレンタイン君、わしは、きみの勇気を賞賛する。思うに、きみは女帝の恋人としても恥ずかしくない人物だ。きみにシルビアをあげよう。きみは、姫にふさわしいひとだから」

すると、バレンタインは、非常に慎み深く公爵の手に口づけし、公爵があたえた姫君というすばらしい贈り物を、それにふさわしい感謝のことばとともに受け取りました。

この喜ばしい機会をとらえて、バレンタインは、気だてのよい公爵に、自分が森でつきあっていた盗賊たちの罪を赦していただきたい、と懇願しました。

「あの者たちが行ないを悔い改めて、社会に復帰したあかつきには、必ずや、その中から善良で重要な仕事に適した人物が多数出るだろうと信じております。ほとんどの者が、凶悪な罪を犯した刑事犯ではなく、わたくしのように国事犯として追放されているのでございますから」

公爵は、この訴えに即座に承認をあたえました。さて、あとは、裏切り者のプロテウスのことだけになりました。プロテウスは、恋心のあまりしでかした罪の償いとして、公爵にまえでおのれの愛と裏切りの物語が暴露されるのを、じっと聞いていなくてはならなくなりました。プロテウスの目覚めた良心にとって、その暴露を聞かされる屈辱は、それで十分な罰だと考えられたのでした。

それが終わると、恋人たちは、四人そろってミラノへ帰り、公爵のまえで、大いなる歓喜と祝宴をもって、婚礼の式が執りおこなわれました。

ベニスの商人

ユダヤ人のシャイロックは、ベニス*に住んでいました。シャイロックは、高利貸で、キリスト教徒の商人たちに高い利息で金を貸して、巨万の富をためこんでいました。シャイロックは、冷酷な男で、借金をびしびし取り立てたので、すべての善良な市民からきらわれていました。ことに、ベニスの若い商人、アントニオに憎まれており、シャイロックのほうも、アントニオを同様に憎んでいました。それというのも、アントニオは、困窮しているひとびとにはいつも金を貸してやって、その貸金の利子は、いっさい取ろうとしなかったからでした。

＊ イタリア北東部の港市、アドリア海のベネト潟湖《せきこ》中の一一七の小島上にある。十四―十五世紀には強力な都市国家として繁栄した。イタリア語名ベネチア。

そんなふうで、この強欲なシャイロックと気前のいいアントニオは、まるで不倶戴天《ふぐたいてん》の敵《かたき》同士のようでした。アントニオは、取引所でシャイロックと出会うたびに、シャイロックの法外の高利と因業な取引を非難するのが常でした。当のユダヤ人は、表面では辛抱強くそれを受け流しながらも、心ひそかに復讐の機を窺《うかが》っていました。

アントニオは、この上もなく親切で、この上もなく気だてのよい男で、ひとのためにいろいろ尽くして飽くことを知らない精神のもちぬしでした。事実、イタリアじゅう捜しても、古代ローマ人の信義を重んじる心をアントニオほど身に具《そな》えた人物は、ほかにありませんでした。

アントニオは、仲間の市民すべてから深く愛されていました。しかし、アントニオにとってもっとも大事な、もっとも親しい友人は、バサーニオでした。バサーニオは、ベニスの貴族で、親譲りの財産は少なかったのに、身分不相応な贅沢な生活をしたため、わずかな財産をほとんど使い果たしていました。財産の乏しい、身分の高い青年は、とかくこういう羽目に陥るものです。バサーニオが金に困ると、いつもアントニオが助けていました。まるでこの二人は、心もひとつなら財布もひとつ、といったふうでした。

ある日、バサーニオは、アントニオのところへ来て、こう言いました。

「ぼくは、こんど、心から愛している金持ちのお嬢さんと結婚して、財産の立て直しを図ろうと思うんだ。お嬢さんの父親は、最近亡くなって、ただ一人の相続人である娘に莫大な資産を遺した。ぼくは、父親が存命中、よく訪問したものだが、そのとき、お嬢さんの眼差しからときどき無言のメッセージを送られたような気がするんだ。その眼差しは、ぼくが決して歓迎されない求婚者ではないことを伝えているようだった。ところが、ぼくは金がないから、大金持ちの相続人であるお嬢さんの恋人にふさわしい身なりを整えることができない。そこで、きみにはこれまでもいろいろとお世話になってきたわけだが、もう一度、三千ダカット*ほど貸してもらえないだろうか」

＊ むかしヨーロッパ諸国で使用された金貨または銀貨。

アントニオは、そのとき、友人に貸すような金の持ち合わせがありませんでした。しかし、まもなく、何隻かの船が商品を積んで帰港することになっていたので、金持ちの金貸し、シャイロックのところへ行って、その船を担保にして、金を借りようと言いました。

アントニオとバサーニオは、二人そろって、シャイロックのところへ行きました。

「三千ダカット貸してくれないかね。利子はそっちの言いなりでいい。いま航海中のぼくの船に積んである商品で返すから」

と、アントニオは、シャイロックに言いました。これを聞くと、シャイロックは、心の中で考えました。

――いったん、こいつの急所をとっつかまえたら、積もる恨みをうんとこさ晴らしてくれるぞ。こいつは、おれたちユダヤ人を憎んでおる。こいつは、ただで金を貸しやがる。商人たちの集まるところで、おれのことをみそくそにけなしやがる、おれが骨を折って得た儲けを高利だなどとほざきやがる。こんなやつを赦すようじゃ、おれたちの民族の名折れになるわい。

アントニオは、シャイロックが何やら考えこんで返事をしないのを見て、金を借りたくていらいらしていたので、こう尋ねました。

「シャイロック、聞いているのか？　金は貸してくれるのか、くれないのか？」

この質問にユダヤ人は、こう答えました。

「アントニオさん、あんたは取引所で、何度も何度もあたしの悪口を言いなさった。あたしの金のことや、あたしの高利のことでな。しかし、あたしはピクリと肩をすくめるだけで、辛抱強くがまんした。なにしろ、忍耐があたしら民族すべてのしるしですからな。それからまた、あんたはあたしのことを不信心者だの、人殺しの犬だのと罵《ののし》って、あたしのユダヤの服につばをはきかけ、あたしがまるで野良犬かなんぞのように、足げにしなさった。ところが、どうだ、いまあんたは、あたしの助けがご入用らしい。あたしのところへきて、シャイロック、金を貸せ、とおっしゃる。犬にお金がありますかね。

野良犬に三千ダカットの金が貸せますかね。腰を低くかがめて、こう申しましょうかね。旦那さま、このまえの水曜日にはあたしにつばをはきかけてくださいました。いつぞやはまた、あたしを犬呼ばわりしてくださいました。このようなおもてなしのお礼に、あなたさまに金をお貸し申しましょう、とね」

「今後だって、おまえのことを犬呼ばわりしたり、つばをはきかけたり、蹴とばすかもしれない。三千ダカット貸してくれても、友だちに貸すと思うな。むしろ、敵《かたき》に貸すと思え。そうすれば、万一わたしが破産した場合も、大きな顔をして違約金を取り立てられるからな」

「おやおや、あんた、えらい剣幕ですなあ！　あたしはあんたと仲よくして、可愛がってもらいたいんですよ。あんたにかかされた恥なんぞ忘れましょう。お入り用なだけご用立てしましょうし、利子なんざ一文もいただきませんよ」

いかにも親切めいた申し出に、アントニオは、非常に驚きました。それから、シャイロックは、なおも親切ぶって、こんなことをするのは、ただもう、あんたに可愛がってもらいたいからだ、というふうを装って、くりかえして言いました。

「その三千ダカットをご用立てしますが、利子なんぞ不要です。ただですな、あたしといっしょに弁護士のところへ行って、証文に署名していただきたいのです。なに、ほんの冗談までに、もしあんたが決められた日までに金が返済できなかった場合には、あんたのからだの肉一ポンドを、あたしの好きなところから切り取ってもよい、という条件でですな」

「よろしい。その証文に署名しよう。そして、ユダヤ人にもけっこう親切心がある、と言わせてもらおう」

バサーニオは、自分のために、アントニオがそんな証文に署名してはいけない、と言いましたが、それでもアントニオは、返済の期日までには、借りた金の何倍もの価値のある商品を積んで持ち船が帰ってくるのだから、証文に署名する、と言い張りました。

シャイロックは、二人の言い争いを聞いて、声を張り上げました。

「やれやれ、ご先祖のアブラハムさま、こういうキリスト教徒ときたら、なんとまあ疑い深いひとたちでしょう！　自分がひどい取引をするもんだから、ひとさまのお腹《なか》の中まで疑ってかかるんですからな。ねえ、バサーニオさん、ぜひ伺いたいもんですがね、よしあのかたが期日を破ったとして、その罰金をあたしがびしびし取り立ててみたところで、あたしになんの儲けになりますかな？　人肉一ポンドをひとのからだから切り取ったところで、羊の肉や牛の肉ほどの値打ちもなけりゃ、儲けにもなりませんや。よござんすか、あのかたに気に入られたいばっかりに、あたしゃ、この親切な申し出をしているのですよ。それをお受けなさりゃ、それでよし。お受けにならなけりゃ、さようならだ」

シャイロックがいくら親切心から言っているのだと説明しても、バサーニオは、自分のために、友人がこんな残酷な処罰を受ける危険を冒すようなことには反対でしたけれど、とうとう、アントニオは、その証文に署名してしまいました。これは本当に、シャイロックの言うとおり、冗談にすぎない、と思っていたのでした。

バサーニオが結婚したがっている金持ちの女相続人は、ベニスの近くのベルモント*というところに住んでいました。その名をポーシャと言い、その姿と心の美しさは、ローマの政治家カトーの娘でブルートゥスの妻である、かの有名なポーシャ**にいささかも劣っていませんでした。

＊ 「美しい丘」という意味の架空の地名。

＊＊ カエサルの暗殺者ブルートゥスの妻。婦徳の鑑と讃えられる女性。シェイクスピアの『ジュリアス・シーザー』では、火を飲んで自殺する。

バサーニオは、友人のアントニオが、親切にも、命を賭けて金を借りてくれたので、豪勢な供まわりを連れ、グラシアーノという名前の紳士も同伴して、ベルモントへ向けて出発しました。

バサーニオは、求婚に成功して、ほどなくポーシャは、バサーニオを夫として迎えることに同意しました。バサーニオは、

「ぼくには財産がありません。ぼくの誇れるのは、ただ、高貴な生まれと立派な祖先だけです」

と、ポーシャに告白しました。ポーシャは、立派な人柄ゆえにバサーニオを愛していたわけだし、夫の財産など当てにしなくてもいいほど財産があったので、奥ゆかしい慎ましやかさで、こう答えました。

「あなたにふさわしい妻となるために、あたしはいまの千倍も美しく、一万倍も金持ちであればと思います」

それから、才芸豊かなポーシャは、可愛らしく自分自身をけなして、こう言いました。

「あたしは、しつけも、学問も、経験もない娘ですけれど、ものを学べないほど年とってはいませんし、また、何につけても素直な心で、わが身をあなたのお指図とご支配

におまかせするつもりでございます」

また、こうも言いました。

「あたしも、あたしの持ち物も、これからはすべてあなたの名義にいたしましょう。ついきのうまで、バサーニオさま、あたしは、この美しい邸宅のあるじ、みずからの女王、これらの召使いたちの主人でございました。そして、いま、この屋敷も、これらの召使いたちも、あたし自身も、あなたのものでございます、わが君さま。この指輪といっしょに、すべてをお受け取りくださいまし」

ポーシャは、そう言って指輪をバサーニオに渡しました。

バサーニオは、金持ちでしかも気品高いポーシャが、自分のような乏しい財産しかない男を優しく受けいれてくれたので、感謝と驚きの念に圧倒されてしまって、こんなに自分を礼遇してくれる姫君に、やっと、しどろもどろに、愛と感謝のことばを述べることしかできませんでした。そして、指輪を受け取り、決してこれを手放しません、と誓いました。

ポーシャが、バサーニオの従順な妻になります、とこんなふうにしとやかに約束したとき、グラシアーノとポーシャの侍女のネリッサは、それぞれ、自分の主人に付き添っていました。グラシアーノは、バサーニオと鷹揚なお姫さまに祝辞を述べたあとで、自分も同時に結婚式をあげさせてほしい、と許しを請いました。

「グラシアーノ、そりゃもう喜んで。相手さえあればね」

と、バサーニオが言いました。

「じつは、ポーシャ姫の侍女ネリッサを愛しております。ネリッサは、お嬢さまがバサーニオさまとご結婚なされば、わたしの妻になると約束してくれました」

「ネリッサ、それは本当なの？」

「はい、お嬢さま、本当でございます。お許しをいただけましたら」

ポーシャが喜んで同意したので、バサーニオは、愉快そうにも、こう言いました。

「それじゃ、ぼくたちの婚礼は、きみたちの結婚で、いっそう華《はな》を添えられるわけだね」

これらふた組の恋人の幸福は、このとき、部屋にはいってきた一人の使者によって、残念なことに水を差されてしまいました。この使者は、恐ろしいできごとを知らせる、アントニオからの手紙を持参したのでした。バサーニオがアントニオの手紙を読んだとき、ポーシャは、だれか親しい友だちの死を知らせるものかと心配しました。バサーニオの顔は、それほど真っ青になっていたのです。

「そんなに心配していらっしゃるのは、いったい、どんなお知らせですか」

「ああ、いとしいポーシャ、ここには、かつて手紙に書かれたためしがないくらい不吉なことばが書いてあります。優しいお嬢さん、ぼくがはじめてあなたに愛を告白したとき、ぼくの財産は、ぼくのからだに流れている血だけだ、と打ちあけましたよね。本当は、無一文以下であると言うべきでした。なにしろ、借金をしているのですから」

それから、バサーニオは、さきほどここで述べたこと、すなわち、アントニオから金を借りたこと、アントニオは、その金をユダヤ人のシャイロックから調達したこと、その金を期日までに返済しなければ、契約違反として一ポンドの肉をあたえる約束をした証文のことをポーシャに話しました。それから、バサーニオは、アントニオの手紙を読みあげました。それは、次のような文面でした。

――親愛なバサーニオ君、ぼくの持ち船は残らず失われてしまった。ユダヤ人との証文も期限ぎれとなった。証文どおりのものを支払えば、ぼくは生きてはいられないのだから、いまわのきわに、ひと目きみに会えたらなと思う。しかし、きみの好きなようにしてくれたまえ。ぼくへの愛情から進んで来てくれるのでなければ、この手紙を見たからといって無理をすることはない。

「ああ、あたしの恋人、手早く用事をかたづけて、お出かけなさいまし。あたしのバサーニオさまの落ち度で、この親切なお友だちの髪の毛一本だって失わないうちに。借りたお金の二十倍もの金貨をさしあげます。あなたは、やっとの思いで手に入れたおかたですから、それだけよけいに大切にしてさしあげなくては――」

それから、ポーシャは、自分の金を使える法律上の権利をバサーニオにあたえるために、バサーニオが出立するまえに、結婚の式を済ませましょう、と申し出ました。そして、その日のうちに、二人は結婚しました。それから、グラシアーノとネリッサも、結婚しました。式が済むとただちに、バサーニオとグラシアーノは、大急ぎでベニスへと旅立ちました。バサーニオが行ってみると、アントニオは、投獄されていました。

返済の期日は過ぎていたので、残忍なユダヤ人は、バサーニオの差し出す金をどうあっても受け取ろうとしないで、あくまでもアントニオのからだの肉を一ポンド切り取るのだ、と言いつのりました。この衝撃的な訴訟が、ベニスの公爵のまえで裁かれる日が指定されました。そこで、バサーニオは、息づまるような不安な気持ちで、その日を待ち受けました。

ポーシャは、夫と別れるとき、夫を励ますように話しかけ、帰るときには大事なお友だちをぜひ同伴するように、と言いました。けれども、アントニオにとって事態は困難になるのではないか、と心配しました。そこで、ひとりになると、自分の大事な夫、バサーニオの友だちの命を救ううえで、なんとか自分も役に立つことはできないものか、とひそかに思案しはじめました。夫のバサーニオに敬意を表したいと思ったとき、あんなに従順な、妻らしいしとやかさで、何事においても夫のすぐれた知恵に従います、と誓ったにもかかわらず、尊敬する夫の友だちの危機によって行動を起こすことを求められているいま、ポーシャは、自分の力を露ほども疑わず、自分自身の正しい、確かな判断のみに導かれて、即座にベニスに行って、アントニオの弁護をしようと決心しました。

ポーシャの親戚に、ベラーリオという名前の法律顧問がいました。ポーシャは、この紳士に手紙を出し、訴訟事件のことを述べて、意見を求めました。そして、助言とともに弁護士のまとう衣装も送ってくれるように頼みました。使者は、戻ってきたとき、どのように事を運ぶべきかについてベラーリオが助言を書いた手紙と、弁護士の支度に必要ないっさいのものをたずさえていました。

ポーシャは、男装し、侍女のネリッサにもそうさせました。そして、弁護士の法服をまとい、ネリッサを書記として同伴して、早速出発したので、公判の当日にベニスに到着しました。上院の建物で、公爵や上院議員たちのまえで、いましも訴訟が審理されようとしているところへ、ポーシャがこの高等法廷に現れ、ベラーリオの手紙を提出しました。この博学の顧問弁護士は、公爵宛の手紙に、こう書いておきました。

——じつは、小生自身が出向きまして、アントニオの弁護をしたいところでございますが、病《やまい》のためかないません。そこで、小生の代理として、学識ある若きバルサザー博士(ポーシャのことをこう呼んでいました)が弁護することを許可していただきたく存じます。

公爵は、それを許可したものの、弁護士の法服と大きなかつらで巧みに変装している、この見知らぬ弁護士の若々しい容姿を見て、ひどく訝《いぶか》しがりました。

いよいよ、この大事な裁判がはじまりました。ポーシャは、あたりを見まわし、情け知らずのユダヤ人を見、バサーニオを見ましたが、しかし、バサーニオのほうは、変装したポーシャに気がつきませんでした。バサーニオは、アントニオのわきに立って、友の身を案じて苦悩と恐怖におののいている様子でした。

ポーシャがたずさわった仕事は、骨が折れるうえに、非常に重要なものなので、このか弱いお嬢さんは、凛々《りんりん》と勇気がわいてきました。そこで、自分が実行することを引き受けた務めを大胆に果たしはじめました。まず最初に、シャイロックに話しかけ、ベニスの法律によれば、シャイロックは、証文に述べられた科料を取る権利があることを認めたうえで、慈悲という気高い特性について、無慈悲なシャイロックの心を除いては、どんなひとの心をも和らげるような優しさで語りました。

「慈悲というものは、恵みの雨のように、天からこの大地に降りそそぐものだ。慈悲には二重の祝福がある。あたえる者も、受ける者も、ともに祝福されるからだ。慈悲は、神ご自身に具わる属性であるから、王者にとって王冠以上にふさわしいものだ。慈悲が正義を和らげるにつれて、この世の権力は、神の力に近づいていく。われわれは、だれしも神の慈悲を祈るが、シャイロックよ、そのとき、その同じ祈りが、他人に慈悲を施すことをわれわれに教えていることを忘れてはならぬ」

しかし、シャイロックは、それに答えて、証文どおりの科料を没収してほしい、と言っただけでした。

「アントニオは、金が返せないのか？」

と、ポーシャが尋ねました。すると、バサーニオは、ユダヤ人に三千ダカットの何倍でも、かれの望むだけ支払うと申し出ましたが、シャイロックは、それを断わって、あくまでもアントニオの肉一ポンドをもらうのだ、と言いつのるばかりでした。そこで、バサーニオは、博学の若い弁護士に、アントニオの命を救うために、少しばかり法を曲げるように骨を折ってくれ、と懇願しました。けれども、ポーシャは、ひとたび定められた法律は、決して変えるわけにいかない、と重々しく答えました。

シャイロックは、ポーシャが法律を変えることはできないと言うのを聞くと、てっきり自分の肩をもってくれるのだと勘違いして、こう言いました。

「名裁判官、ダニエル*さまの再来だ！　おお、賢い、若い裁判官さま、あなたさまを心から尊敬いたします！　お見かけよりも、はるかに老巧でいらっしゃる」

＊　紀元前六世紀のヘブライの預言者(旧約聖書「ダニエル書」を参照)。

ここでポーシャは、シャイロックに証文を見せるように求め、読み終わると、こう言いました。

「この証文の期限は、切れている。これによって、ユダヤ人は、合法的に肉一ポンドをアントニオの心臓にもっとも近いところから切りとる権利がある」

ポーシャは、そう言ってから、シャイロックに話しかけました。

「だが、慈悲をかけてやれ。金を取って、わたしにこの証文をやぶかせてくれ」

しかし、冷酷なシャイロックは、慈悲を示そうとはせずに、こう言いました。

「あたしの魂にかけて誓いますが、どなたが何とおっしゃろうと、あたしの気持ちは変わりません」

「それでは、アントニオ、胸を開いて、ナイフを受ける用意をしなければならぬ」

と、ポーシャが言いました。そして、シャイロックが一ポンドの肉を切りとるために一心に長いナイフを研《と》いでいるあいだ、アントニオに尋ねました。

「そなたは、何か言うことはないか？」

アントニオは、自分は死ぬ覚悟ができているので、べつに言うことはない、と静かなあきらめの表情で答えました。それから、バサーニオに向かって、こう言いました。

「握手してくれ、バサーニオ！　さようなら！　きみのためにぼくがこの不運に陥ったからといって、悲しまないでほしい。きみの立派な奥さんによろしく言ってくれ。そして、ぼくがどんなにきみを愛していたか話してあげてほしい」

バサーニオは、かぎりなく苦悩しながら、答えました。

「アントニオ、ぼくは、命にも替えがたいほど大切な妻と結婚した。しかし、その命も、妻も、いや、全世界も、ぼくにとってきみの命ほど尊くはない。きみを救うためなら、すべてを失ってもいい、ここにいる悪魔の犠牲にされてもかまわない」

心根の優しいポーシャは、夫がアントニオのような誠実な友に当然捧げるべき愛を、そのように激烈なことばで表現しても、少しも腹を立てはしなかったけれど、こう言わずにはいられませんでした。

「もし奥さまがこの場にいて、あなたのその申し出をお聞きになったら、あまり喜ばれないでしょうね」

すると、なんでも主人のまねをしたがるグラシアーノは、自分もバサーニオのような台詞《せりふ》を言わなくてはならないと考えて、ポーシャのかたわらで書記の身なりをして筆記しているネリッサの耳に聞こえるところで、こう言いました。

「ぼくにも妻がいる。誓って言うが、愛している。でも、いっそその妻が天国にいてくれたらいいと思う。もしも、この山犬のようなユダヤ人の邪悪な心を変えるように、妻が神さまにお願いできるものならば――」

「そういうことは奥さんの陰で願うのがいいですよ。でないと、家庭騒動が起こりますからね」

と、ネリッサが言いました。シャイロックは、もうじりじりして声を張り上げました。

「ええい、時間のむだだ。どうぞ判決を願います」

いまや、法廷じゅうに、恐ろしい期待が漲《みなぎ》ってきました。そして、すべてのひとの心は、アントニオに同情して、悲しみでいっぱいになりました。

ポーシャは、肉の目方を量る秤《はかり》は用意してあるか、と尋ねました。そして、ユダヤ人に向かって言いました。

「シャイロック、外科医の用意もしなければならんぞ。アントニオが出血多量で死んでは困るからな」

しかし、シャイロックの目的は、アントニオが出血多量で死ぬことなので、こう言いました。

「証文の中には、そんなことは書いてございません」

「証文には書いてないが、それがどうだと言うのだ？　そのくらいのことはするほうがよい、慈悲のためだ」

これに対して、シャイロックは、こう答えただけでした。

「ございませんなあ。証文に書いてありません」

「それでは、アントニオの肉一ポンドはおまえのものだ。法律がそれを認め、法廷がそれを認可する。アントニオの胸からその肉を切り取るがよい。法律がそれを認め、法廷がそれを認可する」

「おお、賢明で公明正大な裁判官さま!」

シャイロックは、ふたたびこう叫ぶと、また長いナイフを研いで、意気込んでアントニオを見やりながら、

「さあ、覚悟しろ!」

と、言いました。

「ユダヤ人よ、ちょっと待て」

と、ポーシャが言いました
「まだほかに言うことがある。この証文には、血は一滴たりともおまえにあたえるとは書いてない。文面にははっきりと肉一ポンドと書いてある。もし一ポンドの肉を切り取るにあたって、キリスト教徒の血を一滴たりとも流したならば、おまえの土地も財産も、法律によって、ベニス政府に没収されるぞ」

さて、シャイロックがアントニオの血を流さずに一ポンドの肉を切り取ることはまっ

たく不可能だったので、証文に明記されているのは肉であって、血ではないという、ポーシャの賢い発見によって、アントニオの生命が救われました。それで、ひとびとは、こぞって、さいわいにもこの便法を考えついた、この若い弁護士のすばらしい知恵を賞賛し、上院の建物の隅々までわれるような拍手が湧き起こりました。グラシアーノは、シャイロックが使ったことばを借りて、大声で叫びました。

「おお、賢明で公明正大な裁判官さま！　聞いたか、ユダヤ人。ダニエルさまが裁きに来られたのだ！」

シャイロックは、自分の残忍な計画が失敗したのを知って、がっかりした顔つきで、それでは、金を受け取ります、と言いました。

バサーニオは、アントニオの思いがけなく助かったことを有頂天になって喜んで、

「さあ、金はここにあるぞ！」

と、声を張り上げて言いました。しかし、ポーシャがそれを遮って、こう言いました。

「待ちなさい。あわてることはない。ユダヤ人には証文の科料以外は何も取らせてはならぬ。だから、シャイロック、肉を切り取る用意をせよ。しかし、よいかな、一滴の血も流してはならぬ。肉は一ポンド、それよりも多くても少なくてもいけない。それが

わずか一分一厘の差であっても、いや、髪の毛一本の差で秤が傾いても、おまえはベニスの法律によって死刑を宣告され、おまえの全財産は上院に没収されることになる」

「元金を下さい。そして、あたしを帰らしておくんなさい」

「さあ、ここに用意してある。受け取るがいい」

と、バサーニオが言いました。

シャイロックが金を受け取ろうとしていると、ポーシャがまたそれを遮って、こう言いました。

「待て、ユダヤ人。法律は、まだおまえに用がある。ベニスの法律の定めるところにより、おまえの財産は国に没収される。市民の生命を奪おうとたくらんだ科《とが》による。そして、おまえの生命は、公爵のご意志のままになる。だから、ひざまずいて、公爵のお慈悲を願うがよい」

すると、公爵は、シャイロックに向かって言いました。

「われわれキリスト教徒の心の違いを見せてやるために、請われるまでもなく、おまえの命は助けてつかわそう。おまえの財産の半分は、アントニオのもの、あとの半分は、国家のものとなる」

そのとき、心の広いアントニオは、次のように言いました。

「もしシャイロックが死後、自分の財産のうち、わたしの取り分を、娘とその夫に譲る、という証書に署名するなら、わたしは自分の取り分をご辞退いたします」

というのは、ユダヤ人には娘が一人いて、最近、シャイロックの反対を押しきって、アントニオの友人で、ロレンゾーという名の、若いキリスト教徒と結婚したところ、シャイロックは、このことにひどく腹を立てて、娘を勘当していたことをアントニオは知っていたからでした。

ユダヤ人は、この申し出に同意しました。そして、こうして復讐には失敗したうえ、財産まで没収されたシャイロックは、こう言いました。

「気分が悪い。家に帰しておくんなさい。あとで譲渡証書をとどけてくださりゃ、全財産の半分を娘に譲るよう署名しますから」

「では、立ち去るがよい。そして証書に署名するのだ。もしおまえがおのれの残酷な行ないを悔い改めて、キリスト教徒に改宗するなら、国は、あと半分の財産の取り立てを赦してつかわすぞ」

公爵は、そこでアントニオを釈放し、閉廷を宣言しました。それから、若い弁護士の知恵と創意を褒めそやして、自分の家へ食事に招待しました。ポーシャは、夫より早くベルモントへ戻るつもりでしたので、こう答えました。

「閣下、心からお礼を申しあげます。でも、すぐ帰らねばなりませんので」

公爵は、弁護士が晩餐を共にする暇がないのは残念だと言い、アントニオに向かって、こう言い添えました。

「このかたにお礼をするがいい。ずいぶんとご厄介になったと思うのでな」

公爵と上院議員らは、退廷しました。それから、バサーニオは、ポーシャに向かって言いました。

「尊敬すべきおかた、わたしと友人のアントニオは、本日、あなたのお知恵によって、恐ろしい罰を免れることができました。つきましては、ユダヤ人に払うはずであった三千ダカットをどうかお受け取りください」

アントニオも、それにつけ加えて言いました。

「なおそのうえに、大変な恩義をこうむりました。今後一生、あなたを敬愛し、お役に立たせていただく所存でございます」

ポーシャは、どんなに勧められても、その金を受け取ろうとはしませんでした。しかし、バサーニオがなおもしつこく何かお礼を受けてほしいと頼んだので、こう言いました。

「では、あなたの手袋をください。あなたの記念に、その手袋をはめさせていただきます」

そこで、バサーニオが手袋をぬぐと、その指に自分が贈った指輪がはめられているのを見ました。さて、この指輪は、このずるい貴婦人が、あとでバサーニオが帰宅したときに陽気にからかうために取りあげたかったものなので、そこでまず、手袋をいただきたいと言ったのでした。それで、その指輪を見て、こう言いました。

「では、ご好意にあまえて、その指輪をいただきましょう」

バサーニオは、唯一手放せないものを弁護士に所望されて、ほとほと困りはてました。そこで、すっかりどぎまぎしながら答えました。

「この指輪は、さしあげるわけにはまいりません。妻からの贈り物でして、絶対に手放さないと誓ったものですから。そのかわり、ベニスでいちばん高価な指輪をお贈りいたします。広告を出して捜し出します」

このことばを聞くと、ポーシャは、感情を害したふりをして、

「あなたは、物をねだると、どういう扱いを受けるのか、教えてくださるのですね」

と、言い捨てて、法廷を出ていきました。

「ねえ、バサーニオ」

と、アントニオが言いました。

「その指輪をさしあげてくれ。ぼくの友情と、あのかたがぼくのために尽くしてくださった多大な尽力のことを思えば、奥さんの気を損ねるくらい、なんとかがまんしてくれないか」

バサーニオは、いかにも恩知らずに見えたことを恥じて、説得に応じ、グラシアーノに指輪を持たせ、ポーシャの跡を追わせました。すると書記のネリッサも、まえに自分がグラシアーノに贈った指輪をねだりました。そこで、グラシアーノは（気まえのよさではご主人に後れを取りたくないので）、ネリッサに自分の指輪を渡しました。

二人の婦人は、家に帰ったら、夫たちが指輪を手放したことをとっちめて、きっとどこかの女に贈ったのにちがいないと言って、いじめてやりましょう、と語り合って、大笑いしました。

ポーシャは、屋敷に戻っていく途中、善行をしたという自覚に必ず伴う、あの幸せな気分に浸っていました。陽気な気持ちでいるので、どんなものを見ても楽しく思いました。月がこんなに煌々《こうこう》と輝いて見えたためしはありませんでした。その気持ちよい月が雲間に隠れたとき、ベルモントのポーシャの屋敷から漏れるひとすじの光も、彼女のうっとりした気分には喜ばしいものでした。そこで、ネリッサに言いました。

「向こうに見えるあの光は、うちの広間で燃えているのですね。小さなロウソクの光がなんと遠くまでとどくことでしょう。あんなふうに、善行も、きたない世の中で輝くのでしょうね」

自分の屋敷から音楽が聞こえてくるのを聞いて、ポーシャは言いました。

「あの音楽の音《ね》、昼間聞くより美しく聞こえるようだわ」

そして、いまや、ポーシャとネリッサは、家にはいりました。それぞれ自分の衣服に着替えて、夫たちの帰りを待ち受けました。すると、まもなく夫たちは、アントニオといっしょに帰ってきました。バサーニオが、親友をポーシャ姫に紹介すると、その姫君のお祝いと歓迎のことばが終わるか終わらないかのうちに、三人は、その部屋の片隅で、グラシアーノとネリッサが夫婦喧嘩をしているのに気づきました。

「もう喧嘩なの。いったい、どうしたのです？」

と、ポーシャが言いました。

「奥さま、ネリッサがくれたつまらない金メッキの指輪のことなのです。よく刃物屋のナイフに刻んである詩のように、われを愛し、捨てたもうなかれ、という文句が彫ってあったやつでございます」

と、グラシアーノが答えました。

「詩だの、指輪の値うちだのが、どうだって言うのよ？」

と、ネリッサが言いました。

「あたしがあの指輪をあげたとき、死ぬまで手放さない、とあれほど誓ったじゃないの。だのに、あなたは弁護士の書記にやったただなんておっしゃるのね。女にやったことは、あたし、ちゃんと知ってってよ」

「この手に誓ってもいい。指輪は若者にやったのだ。まだほんの少年みたいな、きみくらいの背丈の、ちんちくりんの小僧さ。そいつは、賢い弁護でアントニオさんの命を救ってくれた若い弁護士の書記なんだ。そのおしゃべりな小僧が、報酬として、あの指輪をせがむものだから、どうしても断わりきれなかったんだよ」

すると、ポーシャが口をはさみました。

「そりゃあなたが悪いわ、グラシアーノ。妻の最初の贈り物を手放すなんて。あたしもバサーニオさまに指輪をお贈りしたけれど、あのかたなら、たとい全世界をくれると言われても、指輪を手放さないと信じているわ」

そこで、グラシアーノは、自分のしくじりの言い訳として、こう言いました。

「バサーニオさまも弁護士に指輪をお渡しになりました。すると、筆記で骨を折った書記の少年が、わたしの指輪をくれと言ったのです」

ポーシャは、これを聞いて、さも怒ったふりをして、バサーニオに言いました。

「どうして指輪をお手放しになったのでしょう。何を信じたらいいか、ネリッサが教えてくれました。わかっていますわ、どこかの女のひとにおあげになったのね」

バサーニオは、いとしい奥方の機嫌をそれほど損ねたことをひどく悲しみ、すごく真剣に言いました。

「違う。名誉にかけて、女に渡したのではない。上品な博士で、三千ダカットさしあげると言うのを聞かないで、どうしても指輪をほしいと言うのだ。ぼくがきっぱりお断わりすると、機嫌を損ねて帰ってしまった。優しいポーシャ、ぼくにどうすることができただろうか。ぼくは、さぞ恩知らずに見えただろうと恥じ入ってしまった。そこで、やむなく追いかけて指輪を渡させたのだよ。ねえポーシャ、赦しておくれ。しかし、きみだってあの場に居合わせたら、きっと、立派な博士に指輪をあげなさい、と言っただろうと思うよ」

「ああ！　不幸なことに、ぼくがこういう喧嘩の原因なんだ」

と、アントニオが言いました。

「このことで悲しまないでください。あなたを歓迎することに変わりはありませんもの」

と、ポーシャは、アントニオに言いました。すると、アントニオが言いました。

「ぼくは、一度、バサーニオのために、この身を形《かた》にしました。ご主人が指輪を渡した弁護士がいなかったら、いまごろ、ぼくは、死んでいたことでしょう。ぼくは、もう一度、こんどは魂を賭けましょう。ご主人は、以後決してあなたとの誓いを破らないでしょう」

「では、保証人になっていただきましょう。この指輪をあのひとに渡して、まえのものよりも大事にするようにおっしゃってください」

バサーニオは、この指輪を見たとき、自分が弁護士に渡したのと同じものであることを知って、訝しがりながらも驚きました。そこで、ポーシャは、自分が例の若い弁護士で、ネリッサがその書記になっていたのだ、と話しました。バサーニオは、アントニオの命を救ったのは、妻の気高い勇気と知恵であったことを知って、ことばで表せないほど驚き、そして喜びました。

そこで、ポーシャは、改めてアントニオを歓迎し、ある偶然の機会にポーシャの手にはいった手紙をアントニオに手渡しました。この手紙には、難破したと思われていたアントニオの船が、無事に港に着いたという報告が書いてありました。

こうして、この裕福な商人の話の悲劇的な発端は、その後、思いもよらぬ幸運が相ついで舞い込んできたために、すべて忘れられてしまいました。そして、暇なときには、指輪にまつわるおかしな冒険譚や、自分自身の妻を見抜けなかった夫のことを肴《さかな》にして、笑い興じました。グラシアーノは、韻を踏んだことばで、愉快そうに誓いをたてました。

――これから一生、何よりも気を遣うこと

それは、ネリッサの指輪を後生大事に守ること

シンベリーン

ローマ帝国の皇帝アウグストゥス・カエサル＊の治世のころ、イングランド(当時はブリテンと呼ばれていました)は、シンベリーンという名前の王が統治していました。

＊ ローマ帝国初代の皇帝(紀元前二七―紀元一四)。ユリウス・カエサルの後継者。

シンベリーン王の最初の妻は、三人の子ども(王子二人と王女一人)がまだ幼いときに亡くなりました。いちばん年長のイモジェン姫は、父王の宮廷で育てられましたが、たまたま不思議なことに、二人の王子のほうは、上の子がわずか三歳で、下の子がまだほんの赤んぼうのとき、子ども部屋から盗まれてしまいました。シンベリーン王は、二人の王子がどうなったのか、だれによって連れ去られたのか、どうしても発見できませんでした。

シンベリーン王は、二度結婚しました。二度目の妻は、邪悪な腹黒い女で、先妻の娘のイモジェンにとっては、邪険な継母《ままはは》でした。

王妃は、イモジェンを憎んでいたけれど、先夫(王妃も再婚していたのです)とのあいだに生まれた息子と結婚させたい、と思っていました。こうすることで、シンベリーン王が死んだとき、ブリテン国の王冠を息子のクローテンの頭上に戴かせようとたくらんでいました。というのも、二人の王子が見つからなければ、イモジェン王女が王位継承者になるに決まっていたからでした。しかし、このたくらみは、イモジェン自身の手で覆ってしまいました。イモジェンは、父王や王妃の同意を得ずに、それどころか、知らせもせずに、ひそかに結婚したからです。

ポスチュムス(これがイモジェンの夫の名前でした)は、当時のもっとも優れた学者であり、もっとも教養のある紳士でした。父親は、シンベリーン王のために戦死し、母親も夫の死を悲しんで、ポスチュムスを生むとすぐ死んだのでした。

シンベリーン王は、このよるべない孤児を憐れんで、引き取り、自分の宮廷内で教育しました。ポスチュムスという名は、「父親の死後生まれた」という意味で、シンベリーン王がつけたものでした。

イモジェン王女とポスチュムスは、幼少のころから、ともに同じ教師たちについて学び、遊び友だちでもありました。子どものころから、たがいに優しく愛し合っていましたが、年とともにますます愛情は深まり、成人すると、ひそかに結婚しました。

王妃は、この秘密をすぐ嗅ぎつけました。スパイに命じて、常時、継子の行動を監視させておいたからです。失望した王妃は、そこで、ただちにイモジェンとポスチュムスが結婚したことを王に知らせました。

娘が王女としての尊厳を忘れて、臣下と結婚したということを聞いたときのシンベリーン王の激怒ときたら、何ものにもたとえようがありませんでした。王は、ポスチュムスにブリテン国から去れと命じました。そして、永久にポスチュムスを生まれた国から追放してしまいました。

王妃は、夫を失って悲しんでいるイモジェンにさも同情しているふうを装い、ポスチュムスがローマに向けて旅立つまえに、二人をひそかに会わせてあげようと申し出ました。ポスチュムスは、ローマを追放先の居住地として選んでいました。このような上べの親切を示したのも、じつは息子のクローテンに関する将来の計画を、それだけ円滑に成功させるためでした。というのは、イモジェンの夫が旅立ってしまえば、ポスチュムスとの結婚は、王の承諾なしにとり結ばれたものだから法律上無効だ、とイモジェンを説きつける肚でした。

イモジェンとポスチュムスは、この上もなく愛情こまやかに別れを惜しみました。イモジェンは、夫に母の形見のダイヤモンドの指輪をあたえました。ポスチュムスは、決して手放さないと約束しました。そして、妻の腕にブレスレットをはめて、自分の愛の証しと思って大切にしてほしいと頼みました。それから、永遠の愛と貞節を何度も誓いあって、別れを告げました。

イモジェンは、孤独な傷心の女性として父の宮廷に残り、ポスチュムスは、追放先として選んだローマに到着しました。

ポスチュムスは、ローマで、さまざまな国籍の、陽気な青年たちとつきあうようになりました。かれらは、こだわりなく女性のことを話題にし、それぞれ、自分の国の女や自分の愛人のことを自慢するのでしたが、ポスチュムスは、つねにいとしい妻のことだけを考えているので、自分の妻の、美しいイモジェンほど徳の高い、賢い、節操の堅い女は世界のどこを捜してもいない、と断言しました。

こういう紳士の一人に、ジャキモーという青年がいて、ブリテン国の女性のほうが、自国の女性であるローマの女性よりもはるかにすぐれている、と言われたのに腹を立てて、そんなに褒めちぎられているポスチュムスの妻の貞節を疑うようなふりをして、ポスチュムスを憤慨させました。とうとう、さんざん激論を交わしたあとで、ポスチュムスは、ジャキモーの提案に同意しました。つまり、ジャキモーがブリテン国へ渡り、夫ある身のイモジェンの愛をかちえてみせよう、というのです。

二人は、そこで賭けをしました。もしジャキモーがこの不埒《ふらち》な計画に成功しなかったなら、罰として莫大な金をポスチュムスに支払う。しかし、もしジャキモーがイモジェンの寵愛をかちとり、ポスチュムスが愛の証しとしていつまでも手放さないでほしいと、あれほど熱心に頼んだブレスレットを手に入れることに成功したなら、その場合は、イモジェンが夫と別れたときに愛の形見として夫に贈った指輪を、ポスチュムスがジャキモーにあたえるということで、賭けの決着がつきました。

ポスチュムスは、イモジェンの貞節さを心底信じていたので、妻の名誉を試すこの賭けに、なんの危険もない、と高を括《くく》っていました。

ジャキモーは、ブリテンに到着すると、イモジェンから夫の友として、宮廷への出入りを許されたうえ、丁重なもてなしを受けました。しかし、いったん、ジャキモーがイモジェンへの愛を告白しはじめると、イモジェンは、軽蔑してジャキモーをはねつけました。そこで、ジャキモーは、やがて、これでは、この不埒な計画は、とうてい成功する見込みはないと覚りました。

ジャキモーは、賭けに勝ちたいという思いに駆られて、こんどは、ポスチュムスをだます策略にとりかかりました。その目的で、イモジェンの従者たちの何人かに金をつかませ、自分は大きなトランクの中に身を隠して、イモジェンの寝室に持ちこませました。そして、トランクの中にじっと閉じこもっていました。やがて、イモジェンが寝室に引き下がって、ぐっすり寝入りました。

そこで、ジャキモーは、トランクから抜け出して、寝室の様子を仔細に調べはじめました。そして、そこで見たものを残らず書き留めました。とくにイモジェンの首すじにあるホクロに注目しました。次に、イモジェンの腕から、ポスチュムスが贈ったブレスレットをそうっとはずすと、また、トランクの中に身をひそめました。

そして、翌日、大急ぎでローマへ戻っていきました。それから、ポスチュムスに向かって、イモジェンがこのブレスレットをくれたうえ、自分の寝室でひと晩過ごすことを許してくれた、と自慢して見せました。こうして、ジャキモーは、次のような作り話をしました。

「奥方の寝室には、絹地に銀糸を織りこんだタペストリーがかけてある。図柄は、アントニオと出会ったときの誇り高きクレオパトラだ。じつに見事な作品ですな」

「そのとおりだ。だが、そんなことは、見なくたって、うわさで聞くこともできるじ

ゃないか」

「それから、暖炉は、寝室の南側にあり、炉棚には、水浴するダイアナが浮き彫りされている。あんなに生き生きした彫刻は、ついぞ見たことがない」

「それも聞こうと思えば、聞けることだ。世間で評判の彫刻だからね」

ジャキモーは、寝室の天井の模様も詳しく描写したあと、こう言い足しました。

「そうそう。つい言い忘れるところだった。炉の薪《まき》のせ台は銀製で、ウインクしている二人のキューピッドで、どちらも片足で立っている」

ジャキモーは、次に、例のブレスレットを取り出しました。

「さて、この宝石は、ご存じでしょうな。奥方が下さったのだ。わざわざ自分で腕からはずしてね。まだ、まざまざとまぶたに残っている。あの可愛いしぐさは、贈り物よりすばらしかったけれど、贈り物をさらに引き立てたってもんだ。ブレスレットを下さったとき、以前は、とても大事にしていましたのよ、とおっしゃいましてね」

ジャキモーは、最後に、自分が観察したイモジェンの首すじにあるホクロのことを詳しく話しました。

ポスチュマスは、この巧みな作り話を疑惑にさいなまれながら、一部始終聞いていましたが、急に激烈な口調で、イモジェンを罵《ののし》りはじめました。ポスチュムスは、ダイヤの指輪をジャキモーに手渡しました。万一、ジャキモーがイモジェンからブレスレットを手に入れたなら、賭けの負けを認めて、その指輪を渡すことに同意していたからです。

そこで、ポスチュムスは、嫉妬に怒り狂い、ピザーニオに手紙を書きました。ピザーニオというのは、ブリテン国の紳士で、イモジェンの従者の一人で、長いことポスチュムスの忠実な友人でした。ポスチュムスは、自分がどのような妻の不実の証拠を握っているかを告げたあと、イモジェンをウェールズの港町、ミルフォード・ヘイブンまで連れ出して、そこで殺してもらいたい、とピザーニオに頼みました。と同時に、イモジェン宛にも、偽りの手紙を書きました。

「どうかピザーニオといっしょに来てほしい。なぜなら、ぼくは、これ以上きみに会わずに生きてはいられないことがわかったので、ブリテンに戻れば死刑だと言われているけれど、ぼくは、ミルフォード・ヘイブンに行く。そこで、どうかぼくと落ち合ってほしい」

イモジェンは、ひとを疑うことを知らない素直な女性で、何よりも夫を愛しており、死んでもいいから夫と会いたいと思っていたので、早速、手紙を受け取ったその日の晩、ピザーニオといっしょに旅立ちました。

二人の旅がもうすぐ終わろうとするころ、ピザーニオは、ポスチュムスの忠実な友ではあるが、邪悪な行ないに手を貸すほど忠実ではなかったので、自分が受けた残酷な命令のことをイモジェンに暴露してしまいました。

イモジェンは、想い想われている夫に会うどころか、その夫から死を宣告されたと知って、身を切られるように苦しみました。

ピザーニオは、こう言って、イモジェンを説得しました。

「元気をお出しなさいませ。そして、ポスチュムスさまが不当な仕打ちをしたことを覚って後悔される日を、気を強くもって、辛抱強くお待ちなさいませ」

イモジェンが苦悩のあまり父王の宮廷へ戻りたくないと言ったので、ピザーニオは、それならば、そのあいだ道中の安全のために、少年の服装をするように勧めました。イモジェンは、その忠告に従うことにしました。そして、この変装のままローマまで行って、夫に会いたい、と思いました。イモジェンは、夫にそんなにひどい仕打ちをされても、なお愛することを忘れることができなかったのでした。

ピザーニオは、イモジェンのために新しい旅装をととのえると、イモジェンを心もとない運命にまかせて、自分は宮廷へ戻らなくてはなりませんでした。しかし、別れるまえに、あらゆる病気を治す特効薬として王妃から頂戴した強壮剤の瓶を渡しました。

王妃は、イモジェンとポスチュムスの友人であるゆえをもってピザーニオを憎んでいたので、この薬瓶を渡したのでした。王妃は、この薬瓶には毒がはいっているものと考えていました。というのは、王妃は、動物に効き目を試してみるのだと言って、侍医に毒を少々くれるように命じていたからでした。

しかし、医者は、王妃の意地悪な気質を承知しているので、本当の毒を渡そうとはしないで、べつな薬を渡しました。それを飲めば、二、三時間だけ、どう見ても死んだとしか思えないような眠りに陥るだけで、それ以外の害はない薬です。この薬をピザーニオは、貴重な薬だと思いこんで、もしイモジェンが道中、気分でも悪くなったら飲んでもらいたいと思って、イモジェンにあたえました。こうして、ピザーニオは、イモジェンの安全と、不当な災難から救われることを神に祈って、別れを告げました。

神意は、不思議にも、イモジェンの足を二人の弟の住まいへ向かわせました。幼児のときにさらわれた、あの二人の王子です。二人をかどわかしたベラリウスは、むかし、シンベリーン王の宮廷に仕えた貴族でしたが、国王への反逆という濡れ衣《ぎぬ》を着せられ、宮廷から追放されました。その復讐として、シンベリーン王の二人の王子をかどわかして、森の中の洞穴に隠れ住み、王子を育てたのでした。

ベラリウスは、復讐のために二人の王子をさらいはしたものの、やがて、まるでわが子のように二人を心から愛するようになり、大切に教育しました。ために、二人の王子は、立派な若者となり、王子らしい精神を発揮して、勇敢で大胆な行動に出ることがしばしばでした。二人は、狩りをして暮らしていたので、活発で、たくましく、父だと思いこんでいるベラリウスに、いつも、戦争に行って運だめしをさせてほしい、とせがんでいました。

　さて、この二人の若者が住んでいる洞穴に、運命に導かれて、イモジェンがたどり着くことになりました。イモジェンは、とある広い森の中で道に迷ってしまいました。その森を抜けてミルフォード・ヘイブンへ行き、そこから船でローマへ向かおうと思っていたのでした。食べ物を買う店もないし、疲れと飢えで死にそうになっていました。なにしろ、蝶よ花よと育てられた姫君が、寂しい森の中をさまよい歩き、綿のように疲れて、なお男らしく耐え抜いていくには、男の服装をしているだけでは足りないからです。

　この洞穴を見つけて、イモジェンは、だれか中にひとがいて、食べ物を手に入れることができればいいがと思いながら、中へはいってみました。洞穴の中にはだれもいませんでしたが、あたりを見まわすと、冷肉《れいにく》が見つかりました。あまり空腹だったので、招待されるまで待ってなどいられず、腰をおろすと、食べはじめました。イモジェンは、ひとりごとを言いはじめました。

「ああ、男の生活って苦労なものだわ。すっかりくたびれちゃった。ふた晩もつづけて地べたの上でごろ寝したんだもの。気を張っていなかったら、病気になってしまうわ。ピザーニオが山の頂上からミルフォード・ヘイブンを指さして教えてくれたときは、すぐ目のまえにあったのに！」

それから、イモジェンは、夫のこと、夫の残酷な命令が頭に浮かんできました。そこで、

「愛するポスチュムス、あなたって不実なひとね！」

と、言いました。

イモジェンの二人の弟は、父ということになっているベラリウスとともに狩りをしていましたが、このとき、家に帰ってきましたた。ベラリウスは、二人にポリドール、キャドウォールという名前をつけていましたが、二人は、何も知らず、ベラリウスが父親だと思いこんでいました。しかし、この二人の王子の本当の名前は、ギデリウスとアービラグスというのでした。

ベラリウスが、最初に洞穴にはいって、イモジェンを見つけて、二人の息子を制し、こう言いました。

「まだはいってはならん。わしらの残しものを食べておるわい。さもなけりゃ、妖精だと思うだろうよ」

「どうしたのです、おとうさん？」

若者たちが聞きました。

「たしかに、洞穴の中に天使がいるのだ」

と、ベラリウスがくりかえして言いました。

「天使でなけりゃ、地上の精だ！」

少年姿のイモジェンは、それほど美しく見えたのでした。

イモジェンは、人声がするので、洞穴から出てきて、三人に次のようなことばをかけました。

「みなさん、ぼくを傷つけないでください。みなさんの洞穴にはいるまえに、ぼくは食べたものを恵んでもらうか、売っていただくつもりだったのです。本当に、ぼくは、何ひとつ盗んだりしていません。たとい、床に金貨がばらまかれていたって。さあ、これがいただいた肉の代金です。食事を済ましたら、この金を食卓の上に置いて、食を恵んでくださったひとに感謝のお祈りをして、出て行くつもりでした」

三人は、じつに真剣にその金を断わりました。

「ぼくのこと怒っているんですね」

と、イモジェンは、おずおずと言いました。

「でも、みなさん、ぼくのした過ちで殺すと言うのなら、考えてみてください。もしあれを食べなかったら、ぼくは、飢え死にするところだったのですよ」

「どこへ行くのか？　そして、あんたの名前は？」

と、ベラリウスが聞きました。

「名前は、フィデール*です。親戚の者がイタリアへ行くのですが、ミルフォード・ヘイブンから船に乗るのです。会いにいく途中、空腹で倒れそうになって、ついこんな申しわけないことをしてしまいました」

＊「貞節」という意味がある。

「美しい若いひとよ、どうかわしらを野卑な男と思ってくれるな。また、こんな粗末な場所に住んでいるからとて、わしらの善意を疑わないでくれ。いいところに来られた。まもなく日が暮れる。出ていくまえに、もっとましなご馳走をしよう。食べていってくれるとありがたい。さ、おまえたち、このひとを歓迎するのだ」

そこで、イモジェンの弟に当たる、この気品ある二人の若者は、いろいろと親切なことばをかけて、きみを兄弟のように愛するよ、と言いながら、イモジェンを洞穴に迎え入れました。洞穴の中にはいると、男たちが狩りをしているときシカを殺していて、イモジェンが手ぎわよい家事の腕で、料理を手伝ったりしてくれるので、男たちは、大いに喜びました。近ごろは、身分の高い女性は料理を知らないのが普通ですが、当時は知っているのが普通でしたし、しかも、イモジェンは、この重宝な技術にすぐれていました。弟たちがうまいことばで表現したように、「フィデールは、ニンジンを花模様にきざんだり、スープに上手に味をつける。まるで女神のジュノーが病気で、フィデールがその食事の世話係のよう」でした。

「それに、まるで天使みたいに歌をうたうじゃないか」

と、ポリドールが弟に言いました。

弟たちは、また、たがいに言い言いしました。

「フィデールは、とてもきれいな笑顔を見せるかと思うと、美しい顔にさっと悲しそうな憂鬱の雲がかかる、まるで、悲しみと辛抱強さがあの子の胸に居すわっているみたいだ」

こうした優しい気質のためか（あるいは、かれらは気づいていないけれど、血を分けた姉弟関係のせいか）、イモジェン（あるいは、弟たちに言わせれば、フィデール）は、弟たちの溺愛の的になりました。また、イモジェンも同じように、この若者たちを愛しており、いとしい夫のポスチュムスの思い出さえなければ、この侘びしい森の若者たちといっしょに、死ぬまでこの洞穴で暮らしてもいいとさえ考えていました。だから、旅の疲れがすっかり取れて、ミルフォード・ヘイブンへの旅がつづけられるようになるまで、かれらのもとにとどまることに、喜んで同意しました。

狩りで取ったシカ肉を全部食べつくしてしまい、さらにシカ肉を取るために狩りに出かけようとしていたとき、イモジェンは、加減がよくないので、同行することができませんでした。森の中をさまよい歩いた疲労に加えて、夫のむごい仕打ちに対する悲しみが、病気の原因となったにちがいありません。

そこで、男たちは、イモジェンに別れを告げて狩りに出ました。途中ずっと、フィデール青年の気高い資質や上品なものごしを褒めそやしました。

イモジェンは、一人残されるやいなや、ピザーニオがくれた強壮剤のことを思い出して、それを飲み下しました。そして、まもなく、ぐっすりと死んだように眠りに落ちていきました。

やがて、ベラリウスと二人の弟が狩りから戻ってきたとき、ポリドールが最初に洞穴にはいって行きました。イモジェンが眠っているものと思って、ポリドールは、重い靴をぬいで、目を覚まさせないように足音を忍ばせて歩こうとしました。この、森の住人である王子たちの心の中に、本当の優しさが芽生えていたのでした。

しかし、ポリドールは、やがて、どんな音を立てても、イモジェンが目を覚まさないことに気づきました。きっと死んだのだと思い、優しい、兄弟のような哀惜の情をこめて、イモジェンのことを嘆き悲しみました。それは、まるで幼いときから一度も別れたことのない兄弟を亡くしたかのようでした。

ベラリウスも、イモジェンを森へ運び、そこで当時のしきたりに従って、歌と厳かな挽歌《ばんか》で葬式を執りおこなおうと提案しました。

それから、イモジェンの二人の弟は、イモジェンを森陰へ運んで、そこの草の上にそっと下ろし、イモジェンの天にのぼった魂が安らかなれと歌いました。そして、イモジェンを木の葉や花で覆いながら、ポリドールは、こう言いました。

「ぼくがここに住んでいるかぎり、夏のあいだじゅう、フィデール、毎日、きみの墓に花を撒いてあげるよ。淡い色のサクラソウ、きみの顔の色にいちばん似ている花。ツリガネ水仙、きみの透きとおった静脈のような花。バラの花びら、きみの息の香りには及ばない。こういう花を全部、きみの上に撒き散らそう。そうだ、冬になって、きみの美しい亡骸《なきがら》を覆う花がなくなったら、毛皮のようなコケで覆ってあげよう」

三人は、イモジェンの埋葬の式を済ますと、心から悲しみながら、その場を離れました。

イモジェンは、一人ぼっちにされてからまもなく、眠り薬の効き目が消え、目を覚まし、弟たちがからだの上に撒いた葉や花の薄い覆いを楽々と払いのけて、立ち上がりました。これまで夢を見ていたのだと思いながら、言いました。

「あたしは岩屋に住んで、善良なひとたちのために料理を作ってあげていたと思ったけれど。どうしてこんなところで花に覆われていたのだろう？」

洞穴へ戻る道はわからないし、新しい仲間の姿も見えないので、きっと、すべては夢だったのだ、と推論しました。そこで、また、イモジェンは、つらい長旅へと出発しました。いつかはミルフォード・ヘイブンへたどりつき、そこから、イタリア行きの船に乗りこみたいと思っていました。イモジェンの思いは、相変わらず夫のポスチュムスのことばかりでした。そのポスチュムスを小姓の変装をしたまま捜すつもりでした。

ところが、そのころ、大事件が起こっていたのですが、イモジェンは、そのことを少しも知りませんでした。というのは、ローマ皇帝、アウグストゥス・カエサルとブリテン王、シンベリーンとのあいだに、急に戦争が勃発《ぼっぱつ》したのです。そして、ローマ軍は、ブリテン国に侵攻するために上陸し、イモジェンが旅をしている当の森へ進軍してきていました。この軍隊にポスチュムスも加わっていたのでした。

ポスチュムスは、ローマ軍に加わってブリテンに渡ってきはしたものの、ローマ軍に味方して、祖国のひとびとと戦うつもりはなくて、ブリテン軍に参加し、自分を追放した主君のために戦うつもりでした。

ポスチュムスは、いまだに、イモジェンが自分を裏切ったと信じていました。けれども、あれほどこよなく愛した妻が死んだこと、しかも、それをほかでもない自分が命じたこと(ピザーニオの手紙には、ご命令どおりにいたしました。奥様はお亡くなりになりました、とありました)が、心に重くのしかかっていました。したがって、戦闘で斃《たお》れるか、それとも、追放先から帰国した罪でシンベリーン王に死刑に処せられるかしたい、と思って、ブリテンに戻ってきたのでした。

イモジェンは、ミルフォード・ヘイブンに到着しないうちに、ローマ軍の手に落ちてしまいました。でも、その立派な態度や立居ふるまいを見こまれて、ローマ軍の将軍、ルキウスの小姓にされました。

シンベリーン王の軍勢も、いまや敵を迎え討つべく、進軍してきました。そして、この森へはいったとき、ポリドールとキャドウォールも、王の軍勢に加わりました。二人の若者は、戦争で勇気ある働きがしたくてたまりませんでしたが、自分のじつの父である王のために戦おうとしていることは、露知りませんでした。

また、年老いたベラリウスも、二人といっしょに戦《いくさ》に加わりました。もうずっとまえから、王子をかどわかしてシンベリーンに危害を加えたことを後悔していたし、若いころは戦士でもあったので、自分が危害をあたえた王のために戦う決意で、喜んで軍隊に加わったのでした。

そして、いまや、両軍のあいだで激しい戦闘が開始されました。ブリテン軍は、ポスチュムスとベラリウス、ならびに、シンベリーンの二人の王子のめざましい武勇がなかったなら、すんでのところで負けて、シンベリーン王自身も殺されるところでした。四人は、王を助け出して、その命を救い、その日の運命をすっかり逆転させたので、ブリテン軍は勝利を得ました。

戦闘が終わったとき、望んでいた戦死を遂げられなかったポスチュムスは、追放先から戻ったならば、罰としてあたえられるはずの死刑に処せられることを望んで、シンベリーン王の士官の一人に身柄をゆだねました。

イモジェンとイモジェンが仕えている主人は、捕虜となり、シンベリーン王のまえに引き出されました。イモジェンの旧敵で、ローマ軍の将校のジャキモーも捕虜になりました。これらの捕虜が王のまえに引き出されたとき、ポスチュムスが死刑の宣告を受けるために連れて来られました。この不思議な時にあたって、ベラリウスも、ポリドールとキャドウォールを伴って、武勇によって王のためにめざましい働きをした褒美を受けるために、シンベリーン王のまえに連れて来られました。ピザーニオは、王の従者の一人として、同様にその場にいました。

そういうわけで、シンベリーン王の御前には(それぞれ大いに異なる希望と怖れを抱いて)、ポスチュムスとイモジェン、イモジェンの新しい主人のローマの将軍、忠実なしもべのピザーニオ、偽りの友人ジャキモー、同様に、行方不明のシンベリーンの二人の王子、それに、王子をかどわかしたベラリウスが立っていました。

ローマの将軍が、最初に口を開きました。ほかの者は、黙って王のまえに立っていましたが、胸はどきどきしていました。

イモジェンは、ポスチュムスを見て、農夫に変装していても、それとわかりました。けれども、夫のほうは、男装しているイモジェンに気づきませんでした。イモジェンは、ジャキモーにも気づきました。指輪をはめているのを見て、自分の指輪だと気づきました。しかし、ジャキモーが自分の苦難のいっさいを生んだ張本人であるとは、まだ知りませんでした。そうして自分のじつの父のまえで、戦争の捕虜として立っていました。ピザーニオには、イモジェンがわかりました。というのは、イモジェンに男の子の服を着せたのは、かれ自身だったからです。

「ああ、お姫さまだ」

と、ピザーニオは思いました。

「お姫さまが生きていらっしゃる以上、いいにせよ悪いにせよ、成り行きにまかせよう」

ベラリウスも、イモジェンがわかりました。そこで、小声でキャドウォールに言いました。

「あの少年は、生き返ったのだろうか」

「あの可愛いバラ色のほおの少年は、死んだフィデールにそっくりですね。瓜二つとはこのことです」

と、キャドウォールが答えました。

「死んだ本人が生きているのだ」

と、ポリドールも言いました。

「静かに、静かに」

と、ベラリウスが言いました。

「もしあの子なら、きっと、わしらに声をかけているだろう」

「でも、ぼくたちはあの子が死んだのを見たんだ」

と、また、ポリドールが小声で言いました。

「黙っていなさい」

と、ベラリウスが答えました。

　ポスチュムスは、死刑の宣告が下されるのをむしろ歓迎して、黙って待っていました。そして、あの戦いの最中《さなか》、王の命を救ったことは王には言うまい、シンベリーン王がそのことで心を動かされて、罪を赦してくれると困るから、と心に決めていました。

　さて、さっきも言ったとおり、イモジェンを小姓として保護しているローマの将軍、ルキウスが、まず最初にシンベリーン王に向かって口を開きました。将軍は、非常に勇敢な、気高い威厳を具《そな》えたひとでしたから、王に向かって言ったことは、次のようなものでした。

「陛下は、捕虜の身代金は受け取らず、みんな死刑にするそうですね。わたしはローマ人だ。ローマ魂をもって、死にましょう。しかし、ひとつだけお願いの筋がありま す」

こう言って将軍は、イモジェンを王のまえへ連れていきました。

「この少年は、ブリテンの生まれです。この者だけは身代金を受け取って解放してやってください。わたしの小姓です。いかなる主人といえども、これほど心優しく、忠実で、あらゆる場合にも勤勉、誠実に、まるで乳母のように仕えてくれた小姓をもった者はわたしのほかにありますまい。ローマ人に仕えたとはいえ、ブリテン人にはなんら害をあたえておりません。ほかのだれも助けないにしても、この子だけは助けてやっていただきたい」

シンベリーン王は、瞳をこらして、自分の娘、イモジェンを見つめました。男装をしているので娘とは気づきませんでしたが、全能の自然の神が王の心の中でささやいたのでしょうか、王はこう言いました。

「たしかに、この少年には見覚えがある。顔は見慣れているような気がする。なぜか理由はわからぬが、少年よ、生きるがよい、と言いたくなる。たしかに、命を助けよう。なんなりとわしに願うがよい、それを叶えてつかわそう。そうだ、捕虜のうちでもっとも身分の高い者の命でもよいぞ」

「ありがとうございます、陛下」

と、イモジェンが言いました。

「願いごとを許す」というのは、その恩恵を受ける者が欲することなら、それが何であれ、ひとつだけ叶えてもらえるという約束と同じことでした。その場に居並ぶひとはみな、小姓が何を願うか、耳をそば立てていました。主人のルキウス将軍は、イモジェンに言いました。

「おい、わしの命請いをしてくれとは言わぬが、きっとおまえならそれを願うだろう」

「いいえ、残念ながら、違います、ご主人さま。ほかに大切なことがあるのです。あなたの命請いをするわけにはいきません」

ローマの将軍は、少年の恩知らずとも思えることばに、びっくりしました。

それから、イモジェンは、ジャキモーの顔を凝《じっ》と見つめて、ただひとつ、次のような願いごとをしました。それは、ジャキモーがいま指にはめている指輪をどこから手に入れたか、白状させてほしい、というものでした。

シンベリーン王は、この願いごとを聞きとどけ、ジャキモーに、どのようにして指にはめているダイヤの指輪を手に入れるようになったのか、白状しなければ拷問にかけるぞ、と脅しました。

ジャキモーは、そこで、自分がした悪行のすべてをすっかり認めました。さきに述べたように、ポスチュムスと賭けをしたこと、ばか正直なポスチュムスをやすやすとかついでやったことなどを話しました。

妻の無実がこのように証明されるのを聞いて、ポスチュムスがどのように感じたか、とてもことばで言い表すことはできません。ポスチュムスは、ただちに前へ進み出ると、自分が残酷にも、王女を殺せとピザーニオに命じたことを、シンベリーン王に告白しました。そして、狂わしげに叫びました。

「ああ、イモジェン、ぼくの女王、ぼくの命、ぼくの妻！　ああ、イモジェン、イモジェン、イモジェン！」

イモジェンは、最愛の夫がこのように嘆き苦しんでいるのを見るに忍びないので、とうとう、自分の正体を打ちあけました。ポスチュムスの喜びようときたら、筆舌に尽くせないくらいでした。それというのも、このように罪と苦悩の重荷を下ろしたばかりか、あれほど冷酷な仕打ちをした、いとしい妻の愛情をふたたび受けることができるようになったからでした。

シンベリーン王も、行方不明だった娘が、こんなにも不思議に戻ってきたので、ポスチュムスに負けないくらいに、欣喜雀躍《きんきじゃくやく》しました。そして、父親の愛情の中にむかしどおり迎え入れました。そして、夫のポスチュムスの命を助けただけでなく、娘の婿として受け入れることに同意したのでした。

ベラリウスは、この喜びと和解の時をえらんで、自分自身の告白をしました。ポリドールとキャドウォールを王に紹介して、かれらこそ王の行方不明だった二人の王子、ギデリウスとアービラグスです、と告げました。

シンベリーン王は、年老いたベラリウスの罪を赦しました。だれもかもが幸福にひたっているときに、ひとを罰する気になれる者が、どこにいるでしょうか？　娘は生きていたし、行方不明だった王子は、王を護ってあのように勇敢に戦って、王を救ってくれた若者だったとは、まったく思いがけない喜びでした！

イモジェンは、いまや思いのままに、むかしの主人である、ローマの将軍、ルキウスのために尽力することができるようになりました。イモジェンの父であるシンベリーン王は、イモジェンの願いを聞きいれて、快く将軍の命を助けました。そして、このルキウス将軍の仲介で、ローマ軍とブリテン軍とのあいだに和平が締結され、その条約は長年にわたって堅く守られたのでした。

シンベリーン王の腹黒い妃は、自分の計画を実現できなかった失望と、良心の呵責《かしゃく》のために病気になり、死んでしまいました。死ぬまえに、妃のばか息子のクローテンが、自分のしかけた喧嘩がもとで殺されたということを知りました。しかし、こういうことは、あまりにも悲惨なできごとなので、長々と書きつらねて、このめでたい結末のじゃまをするには及びますまい。

幸福になる資格のある者は、みな幸福になったと言えば、十分でしょう。そして、裏切り者のジャキモーさえ、その悪だくみが結局未遂に終わったことを考慮されて、罰せられることもなく、自由の身となったのでした。

リア王

ブリテンの国王、リアには三人の娘がありました。長女のゴネリルは、オールバニ公爵の妃《きさき》、次女のリーガンは、コーンウォール公爵の妃、末の娘のコーデリアは、うら若い乙女で、フランス王とバーガンディー公爵がそろって求婚していました。このときも、二人は、その目的でリア王の宮廷に滞在していました。

年老いた王は、寄る年波と政治の激務に疲れはてて(王は八十歳の高齢でした)、ここらで国事から手を引いて、若い世代の力にゆだね、自分はまもなく訪れる死を迎える準備をしようと決心しました。そういう意図で、三人の娘を呼び寄せ、めいめいの口から、だれがいちばん王を愛しているかを知ろうと決心しました。王に対する愛情の深さに比例して、三人に領土を分けあたえるつもりでした。

長女ゴネリルは、次のように言いました。

「おとうさま、わたくしは、ことばでは言い表せないほどおとうさまをお慕いしております。わたくし自身の目の光よりも大切でございます。命よりも、自由よりも、大切でございます」

ゴネリルは、このようなしらじらしいたわ言をたっぷり並べたてましたが、そういう口先だけのごまかしは、本当の愛情がない場合は、いともたやすいことでした。でも、このような場合は、実は、りっぱな言葉のひとことか、ふたこと、真心をこめて述べることこそ必要なのでした。

リア王は、長女自身の口から、このような愛の確証を聞いて大いに喜び、娘の心も本当にそのことばどおりなのだと信じこんで、甘い父親の情の赴くままに、広大な領土の三分の一をゴネリルとその夫に贈与してしまいました。

次に、次女を呼んで、そなたは何と申す、と尋ねました。リーガンも、姉に劣らず、真心のない、うわべだけの女でしたから、愛情の告白でも姉に一歩も引けをとることなく、こう断言しました。

「姉上の言われたことは、わたくしが陛下に対して抱いていると告白します愛情に少し足りません。わたくしが大事な王にして父であるおかたを愛する喜びに比べましたら、ほかの喜びなどすべて死んだも同然でございます」

リア王は、こんな親孝行な娘に恵まれているわしは幸せ者だ、と思いました。次女リーガンがこれほどすばらしい愛情の保証をしてくれた以上は、リーガンとその夫に、領土の三分の一、つまり、すでにゴネリルに譲った分と同じ広さの領土をあたえずにはいられませんでした。

それから、リア王は、〈わしの喜び〉と呼んでいる末娘のコーデリアのほうへ目を向けて、コーデリア、おまえの言い分はどうか、と尋ねました。リア王は、内心、きっとコーデリアも、二人の姉と同じように、愛情深いことばを言って、わしの耳を喜ばせてくれるだろう、いやむしろ、コーデリアは、日ごろからわしのお気に入りで、二人の姉のどちらよりも可愛がっているのだから、もっと力強いことばで愛情を誓ってくれるだろう、と期待していました。

ところが、コーデリアは、姉たちの心が口先とはまるでかけ離れていることを知っているので、二人のお世辞に嫌気がさしていたし、そのご機嫌とりのことばは、ただ、年老いた父王を口車に乗せて王の領土を奪い取り、王の生存中に自分たち夫妻で統治権を握ってしまおうという魂胆だと見抜いていたので、ただ、こう答えました。

「わたくしは、子として義務に従い、陛下をお慕いしています。それ以上でも、それ以下でもございません」

リア王は、お気に入りの子どもから、恩知らずとも思われるような、こんなことばを聞いてぎょっとして、コーデリアに命じました。

「もう一度ことばをよく吟味して、言い直すのだ。さもないと、おまえの財産は台なしになってしまうぞ」

するとコーデリアは、父王に答えました。

「おとうさまは、わが子としてわたくしを育て、慈《いつく》しんでくださいました。そのご恩に報いるのは当然の義務、おとうさまのお言いつけに従い、おとうさまを愛し、心から尊敬しております。けれども、わたくしは、お姉さまがたのように、大きなことを口にしたり、世の中でおとうさま以外はだれも愛さない、などと約束することはできません。もし、お姉さまがたがおっしゃるように、おとうさま以外のだれも愛さないのなら、どうしてお姉さまがたは夫君をお持ちになったのでしょうか？　わたくしがもし結婚するようなことになったら、契りを結ぶその主人は、わたくしの愛情を半分、心づかいと義務も半分、要求なさるでしょう。おとうさまだけを愛するというのであれば、わたくしは、お姉さまがたのように、決して結婚などいたしません」

コーデリアは、心底、父親を深く愛していました。それも、姉たちが大げさなことばで愛しているようなふりをしたのに負けないくらい愛していたので、ほかのときであったら、そういう多少無愛想に聞こえるようなことを言わないで、もっと娘らしい、愛情あふれることばで、はっきりとそう言ったことでしょう。しかし、いま二人の姉が悪賢いお世辞を言って、過分な褒美にありついたのを見たうえは、自分にできるいちばん立派なことは、愛していながら黙っていることだ、と思ったのでした。

これで、コーデリアの愛情が欲得ずくだと疑う余地はなくなりましたし、このことはまた、コーデリアは父を愛してはいるけれど、褒美がほしいためではないこと、その告白は、姉たちのほど大げさでないだけに、もっと真実と誠意がこもっていることを示していました。

リア王は、コーデリアの率直なことばを高慢だと言って、血相を変えて怒りました。この年老いた国主は、若い盛りには、いつもずいぶんと怒りっぽく、せっかちなところがありましたが、いまでは老年に付きものの耄碌《もうろく》によって、すっかり理性が曇ってしまって、真実とお世辞の区別もつかないし、派手に飾りたてたことばと真心から出たことばの見分けもつかなくなっていました。――そこで、王は、怒《いか》り狂って、コーデリアにあたえるつもりで残しておいた領土の三分の一を取り消して、二人の姉とその夫のオールバニ公とコーンウォール公に、それぞれ等分に分けあたえてしまいました。

それから、両公爵を呼び寄せ、廷臣の居並ぶまえで、王冠を両公爵の共有にし、すべての権力、歳入、政治の実権を両者共有のものとして譲りました。自分自身には、国王という名称だけを残し、あとのいっさいの王権を放棄してしまいました。ただし、王は、百人の騎士を供に連れて、一か月ごとに交替で、二人の娘の宮殿で世話をしてもらう、という条件をつけました。

　リア王の領土の処分は、非常識に、理性に導かれず、激情の赴くままに行なわれたので、廷臣たちはみな、驚きと悲しみに満たされました。しかし、そのうちのだれ一人として、この怒り狂っている王とその激怒のあいだを執りなす勇気のある者はいませんでした。ただ一人、ケント伯爵だけが、コーデリアの弁護をはじめようとしたとき、激昂したリア王は、

「やめろ、さもないと、命はないぞ」

と、怒鳴りました。

　けれども、忠実なケント伯は、そのまま引き下がりはしませんでした。ケント伯は、つねにリア王に忠義で、リアを王として尊敬し、父のように愛し、主人として従ってきました。自分の命などは、主君の敵に投げ出されたチェスの歩《ふ》同然と考えてきたし、王

の身を護るためとあらば、命を捨てることも恐れていませんでした。

また、リア王自身が王の最大の敵であるいま、この、王の忠臣は、むかしからの節操を曲げることなく、リア王によかれと思って、男らしく反対したのでした。また、リア王が理性を失っているからこそ、あえて無作法にふるまったのでした。ケント伯は、むかしから王のもっとも忠実な助言者でした。ケント伯は、王にこう懇願しました。

「陛下、陛下は、これまでも、重大なことがらをお決めになるとき、何度もわたしの意見をとりあげてくださいました。いまもどうか、わたしの考えをとりあげ、やはり、わたしの忠告に従ってください。とくとご考慮のうえ、この忌まわしい、軽率なご決定を撤回願います。一命を賭してわたしの判断を申しあげますが、末の姫君の孝心がいちばん末なのではありませんし、小さい声で話し、中身のないことを大声でがなり立てないからといって、そのひとの心が空《うつ》ろなわけではございません。

権力がへつらいに屈するときは、名誉を重んじる者は直言するほかございません。陛下は死刑にするぞ、と威嚇されましたが、もともと陛下のために命を捧げているわたしにとって、それが何だと言うのでしょう？　そんなことで、義務を重んじる者の発言を封じることはできませんぞ」

この忠実なケント伯の正直な直言は、なおさら王の怒りに油を注ぐ結果になったばかりでした。医者を殺して、自分の死病をいとおしむ逆上した病人のように、リア王は、この忠臣を追放し、出発の準備に五日の猶予しかあたえませんでした。もしも、六日目に、この憎らしいやつがブリテン国内で見つかれば、即刻死刑に処する、と宣言しました。ケント伯は、王に別れを告げて、言いました。

「陛下がかようなふるまいをなさる以上、この国にとどまるのは、追放されたと同様です」

それから、立ち去るまえに、かくも正しく考え、かくも思慮深く語った乙女、コーデリアに神々の加護を祈り、コーデリアの姉たちには、大げさなことばが愛の行為で裏打ちされるよう祈るのみです、と言いました。それから、伯爵のことばを借りれば、「慣れぬ国にあっても慣れ親しんだ生き方をつづける」ために、去っていきました。

それから、フランス王とバーガンディー公爵が呼び入れられて、リア王の末娘に関する決定を聞かされ、父の不興を買い、持参金としては自分の身のほかに何ひとつ財産もなくなったいまでも、なおコーデリアに求婚する気があるかどうか、尋ねられました。

すると、バーガンディー公は、結婚を断わり、そのような条件では、コーデリアを妻に迎えようとはしませんでした。

しかし、フランス王は、コーデリアが父の愛を失うことになった過ちがどういう性質のものであったか、つまり、それは、単に口が重かっただけのことで、二人の姉のようにことば巧みにお世辞が言えなかっただけだということを理解していたので、このうら若い乙女の手をとって、こう言いました。

「あなたの美徳は、王国にもまさる持参金です。さ、姉上と、それから冷たくされたとはいえ、父上にお別れのごあいさつをなさい。これからわたしといっしょにフランスへ行き、わたしの、そして美しいフランスの、妃となるのです。姉上たちより、もっと美しい領土を治めることになるのですよ」

それから、バーガンディー公爵を軽蔑して、水みたいな公爵どの、と呼びました。その心は、このうら若い乙女に対する公爵の愛は、一瞬にして、水のように流れ去ったからだというのでした。

それから、コーデリアは、涙ながらに二人の姉に別れを告げました。

「おとうさまに十分孝養を尽くしてください。お口でおっしゃったことを、ちゃんと実行なさってください」

二人の姉は、コーデリアに向かって不機嫌に言い返しました。

「わたしたちに指図するには及びませんよ。わたしたちは、子としての義務をちゃんとわきまえていますから」

それから、二人は、あざ笑うように言いました。

「そんなことより、ご主人の気に入られるように努めることね。運命の女神からの施し物だと思って、あなたを拾ってくれたおかただものね」

コーデリアは、重い心を抱いて立ち去りました。二人の姉のずる賢いことは百も承知していたので、いま自分が父を託していく姉たちよりももっとよいひとの手に、父を委《ゆだ》ねて行けたらなあ、と思ったからでした。

コーデリアが立ち去るやいなや、姉たちの悪魔のような性格が本性を現しはじめました。年老いた王は、長女ゴネリルとの約束で過ごすことになっていた最初の一か月が終わらないうちに、約束と履行とのあいだに食い違いがあるのに気づきました。

この恥知らずの女は、父からもらえるものは全部もらったうえ、王の頭から王冠まではぎとってしまうと、こんどは、老人が自分はまだ王であるという気休めを満足させるために残しておいた、わずかばかりの王の尊厳の名残すらあたえるのをしぶりはじめたのです。ゴネリルは、王や王の百人の騎士を見るのもがまんできなくなり、父と顔を合わすたびごとに、顔をしかめてみせました。老人が娘と話したいと言うと、仮病を使ったり、なんのかんのと口実を設けたりして、老人と会わないようにするのでした。

ゴネリルが、高齢の父を役に立たないお荷物とみなし、百人の騎士を無用な物入りだと見ているのは、明らかでした。ゴネリル自身が王への孝養をおろそかにするばかりか、ゴネリルの召使いまでが女主人を見習って、あるいは女主人の内々のさしがねによって(その懼《おそ》れがありました)、王を粗略に扱おうとして、王の命令に従わなかったり、もっと侮蔑をあらわにして、命令されても聞こえないふりをしたりするのでした。

リア王も、こうした娘の態度の変化に気づかずにはいられませんでしたが、できるだけ、この事実に目を閉じていました。というのも、通例、ひとびとは、自分自身の誤りと強情さがもたらした不愉快な結果を信じるのをいやがるものだからです。

虚偽と不誠実は、いくら厚遇されても赦せるものではないのと同様に、真実の愛と忠誠は、いくら冷遇されても損なわれるものではありません。このことは、忠義なケント伯の場合に、顕著に表れています。ケント伯は、リア王に追放され、もしブリテン国内で見つかれば、死刑に処せられることになっていたにもかかわらず、主君のリア王の役に立つチャンスがあるかぎりは、ブリテン国にとどまって、どのような結果をも甘受する覚悟でいました。

貧しい忠臣は、ときには卑しい策略や仮装に身を委ねざるをえないときがあるとしても、そうすることによって、受けた恩に報いることができるのであれば、卑劣とか、くだらないと思われるべきではありません。この善良な伯爵は、高貴な身分も、華やかな生活も擲《なげう》って、下男に変装し、リア王のために働きたいと申し出ました。リア王は、下男姿の男をケント伯とは気づかず、ケントが装った、王の問いに対する返答の飾りけのなさ、むしろ、ぶっきらぼうなところが気に入りました(それは、言行の一致しないゴネリルの態度に接して、つくづくうんざりしていた、あの耳ざわりのよい、なめらかなお世辞とはまるで異質のものでした)。そこで、話がすぐまとまりました。

リア王は、ケント伯が名乗ったカイアスという名前で、ケントを家来に取り立てましたが、その男が、かつては自分の大変なお気に入りだった、身分の高い権力者のケント伯であるとは夢にも思いませんでした。

このカイアスは、早速、王への忠節と愛を示す機会をつかみました。ちょうどその日、ゴネリルの執事がリア王に失礼な態度をとって、生意気な顔つきと口のきき方をしたので(むろん、女主人からそうするように密かに入れ知恵されていたのでした)、カイアスは、自分の主君に対する、かくもあからさまな侮辱を黙って聞いてはいられなかったので、少しも騒がず、すぐさま執事の足をすくって転がし、その不作法なやつを溝の中へ蹴り込んでしまいました。この親身な奉公ぶりが気に入って、リア王は、ますますカイアスを寵愛するようになりました。

リアの友は、ケント伯だけではありませんでした。リアがまだ宮廷をもっていたころ、哀れな道化が宮廷に所属していました。この道化は、こんな卑しい身分ながら、身分相応に、リアに愛情を寄せていました。当時の王族や貴族たちは、道化(と、そう呼ばれていました)を雇って、重要な仕事のあとで気をまぎらす習慣がありました。

このしがない道化は、リアが王冠を譲ったあともそばを離れず、気のきいた洒落《しゃれ》を言っては、リアの気を引き立てていました。しかし、ときには、リアが退位し、何もかも二人の娘に譲ってしまった軽率さをからかわずにはいられませんでした。そんなときには韻を踏んだ文句で、こう歌うのでした。

降ってわいた喜びに、娘たちはうれし泣き

だけど、おいらは泣くのさ、悲しくて
立派な王が「いないいないばあ」をして
　道化の仲間入りをするなんて

この愉快で正直な道化は、たっぷり持ち合わせている、そういう突飛な文句を並べたてたり、歌の切れはしを歌ったりして、自分の本心をぶちまけました。ゴネリル自身の面前でさえ、胸にギクリとくるような、痛烈な皮肉や冗談を言ってのけるのでした。たとえば、リア王を、カッコウの雛を大きくなるまで育てたので、その骨折り賃として、頭を雛にかみ切られた庭のスズメにたとえたり、車が馬を曳いていれば逆さまだって、ばかなロバでも知っている(リアの娘は、父のうしろに従うべきなのに、いまでは父王より位が上になっている)と皮肉ったり、さらに、あんたはリア王じゃない、リア王の影法師さ、と言ったりしました。そうした無遠慮なことばのために、道化は、一度か二度、むち打つぞ、と脅されました。

リアは、ゴネリルが自分に対して冷たくし、尊敬の念が減退していくのを感じはじめましたが、この愚かな、情に甘い父が親不孝な娘から受ける苦しみは、それだけではありませんでした。いまや娘は、あからさまに、父に文句を言うようになりました。

「おとうさまが百人の騎士を置くと言い張られるのでしたら、わたくしの宮殿においでいただくのは迷惑でございます。百人も置くのは無用ですし、経費もかさみます。あのひとたちは、わたくしの宮殿の中で、ただもう、ご馳走を食べて、ばか騒ぎをしているだけです。どうかお供の数を減らしてください。ご老齢にふさわしい、おとうさまくらいの年配の者だけをそばに置いてください」

リアは、最初、自分の目や耳が信じられませんでした。また、こんな不親切なことを言うのが、わが娘とは信じられませんでした。王冠を譲り受けた娘が、自分の供まわりを減らし、自分の高齢に対して当然払うべき尊敬を惜しむなんて信じることができませんでした。けれども、ゴネリルがあくまでも親不孝な要求を主張してやまないので、老人は、怒り狂って、ゴネリルのことを憎たらしいトンビめと呼び、嘘をつきおった、と言いました。

事実、ゴネリルは嘘をついたのでした。というのは、百人の騎士たちは、いずれも品行正しく、行ないの謹厳な、臣下の義務を逐一わきまえていて、ゴネリルの言うように、ばか騒ぎや飲み食いにふけるような者たちではなかったからです。

リアは、百人の騎士を連れて、もう一人の娘、リーガンのところへ行くから、馬に鞍《くら》を置け、と命じました。そして、忘恩について、こう語りました。

「忘恩は、心が石のような悪魔だ。忘恩が子どもの姿をとっていると、海の怪物よりおぞましい」

それから、聞くも恐ろしいほどの呪いのことばを長女ゴネリルに浴びせました。

「神よ、あの女には子どもを生ませないでください。もし生まれたら、その子が長じて、あの女がわたしに示した蔑《さげす》みと軽蔑をあの女にもあたえますように！　そして、恩知らずの子をもつことは、まむしの牙に嚙まれるよりも、もっと痛みを伴うものだということを悟らせてくださいますように！」

ゴネリルの夫、オールバニ公爵は、自分もこの親不孝に加担していると誤解されるのを懼《おそ》れて弁解しはじめましたが、リアは、オールバニ公爵の弁明を最後まで聞こうとはしないで、激怒に駆られて、馬に鞍を置けと命じ、べつの娘、リーガンの住まいへと家来を連れて出立しました。リアは、いまや心の中で、コーデリアの過ち――もしあれが過ちと言えるのなら――は、姉のに比べれば、なんと取るに足らぬ過ちだったことか、と思いました。そして、泣きました。それから、ゴネリルのような女が、大の男である自分を泣かすほどの力があることを恥ずかしく思いました。

リーガンと夫のコーンウォール公爵は、自分たちの宮殿で豪華絢爛《けんらん》たる宮廷を維持していました。リアは、召使いのカイアス(じつはケント伯爵)にリーガンのところへ手紙をもたせて、自分を迎える用意をしておくように、と知らせました。そして、自分と供まわりの者は、あとから行きました。

ところが、ゴネリルは、父の先まわりをして、自分もリーガンに手紙をとどけ、父はわがままで、気むずかしいと非難し、父が連れていくような、あんな大勢の供まわりを受け入れないように忠告したようでした。この手紙の使者は、カイアスと同時に到着したので、二人は顔を合わせてしまいました。使者は、ほかでもない、カイアスの旧敵の執事でした。以前、リア王に生意気な態度をとったので、足をすくって転がしてやった男です。カイアスは、その男の顔つきが気にくわないし、何の用事でここに来たのか、うすうす感づいたので、この男の悪口を言いはじめて、喧嘩を吹っかけました。男が喧嘩に応じないので、カイアスは義憤に駆られて、男をしたたか殴りつけました。

そんな、ひとの仲を裂くような、意地悪い手紙を持ってくるようなやつは、このくらい殴られて当然のことでした。そのことがリーガンとその夫の耳にはいったため、カイアスは、父王からの使者であるから、この上なく丁重にもてなすべきだったのに、さらし台につながれてしまいました。そんなわけで、リア王が城にはいったとき、最初に目に留まったのは、自分の忠義な家来のカイアスがさらし台にあいた二つの穴に両足を突っこんでいる、みっともない姿でした。

これは、これから先、リアが受ける待遇の不吉な前兆にすぎませんでした。その後、もっと悪いことが起こったのです。リアが娘とその夫に面会を求めると、二人は、ゆうべ、夜どおし旅を続けて、疲れているのでお会いできない、という返事でした。そこで、リアが断固として怒気を含んだ態度で二人に会わせろと言い張ると、ようやく二人があいさつに出てきましたが、二人といっしょに姿を見せたのは、だれあろう、あの憎いゴネリルではありませんか。ゴネリルは、自分に都合のいい話をして、妹にも父王に反感を抱かせるために、やって来ていたのでした。

この光景は、老人をひどく立腹させました。リーガンが姉の手をとって迎えたのを見ては、なおさらでした。リアは、ゴネリルに尋ねました。

「おまえは、年老いたわしのこの白いひげを見て、恥ずかしいとは思わんのか?」

すると、次女のリーガンが言いました。

「お姉さまのお屋敷にお戻りになって、供の者を半分に減らして、おとなしくお暮らしなさいませ。それから、お姉さまにお詫びなさいませ。おとうさまはお年を召して、思慮に欠けておいでですから、もっと思慮深いひとの指導と指図をお受けになるとよろしいですわ」

リアは、それに答えて言いました。

「自分自身の娘のまえにひざまずいて、どうか食い物と着るものをお恵みくださいと請うなんて、そんなばかげたことがあるものか。親が子に指図されるなんて、そんな不自然なことができるものか。ゴネリルの屋敷へなど、絶対戻らんぞ。ここで、リーガン、おまえのもとで暮らそう、百人の騎士もいっしょにな。おまえはよもや、わしが領土の半分を譲ったことを忘れてはおるまい。おまえの目は、ゴネリルのようにきつくなく、穏やかで優しい。

供まわりを半分にけずられて、ゴネリルの屋敷へ戻るくらいなら、いっそフランスへわたって、持参金もない末娘のコーデリアを娶《めと》ってくれたフランス王にすがって、みすぼらしい年金をくださいと言うほうが、まだましだ」

しかし、リーガンは、ゴネリルよりましな取り扱いをしてくれるだろうと期待したのは、リアのまちがいでした。リーガンは、親不孝にかけては、姉にひけを取るのはいやだと言わんばかりに、こう公言しました。

「おとうさまに傅《かしず》くのは、五十人の騎士でもまだ多すぎると思いますわ。二十五人でたくさんです」

　すると、リアは、胸も張り裂けんばかりの思いで、ゴネリルに向かって言いました。

「ゴネリル、おまえといっしょに帰ろう。おまえは五十人と言うから、二十五人の二倍だ。だから、おまえの愛情もリーガンの二倍だ」

　ところが、ゴネリルは、次のような言い訳をしました。

「なぜ二十五人も要るのですか。十人だって、いや、五人だって多すぎます。わたくしの召使いでも、妹の召使いでも、お世話することができるでしょうに」

　このようにして、この二人の不埒な娘どもは、自分たちにあんなに優しくしてくれた老いた父に対して、まるで、たがいに競い合って残酷にしているかのように、少しずつ供まわりの数を減らし、かつては王であったことを示すために残されていた(かつて一国を支配していた者にとっては、ごくわずかの)尊厳のすべてを奪っていきました！

豪勢な供まわりは、幸福にとって不可欠ではないけれど、王から乞食になり、百万人に号令していたのに、一人の従者もいなくなるというのは、いかにもつらい変わりようでした。

この哀れな王の胸を鋭く抉《えぐ》ったのは、供がいなくて不自由することよりも、ほかでもない、それを拒んだ娘の忘恩でした。それで、娘の二人がかりの虐待と、あんなに愚かにも王国を手放してしまったことに対する後悔で、リアの頭は狂いはじめ、自分でもわけのわからぬことを口走りながらも、あのひとでなしの鬼ばばどもにきっと復讐をしてやるぞ、世界じゅうが恐れおののくような見せしめをしてやるのだ、と誓いました！

こうしてリアが自分の細腕ではとても実行できないようなことをすると言って、虚《むな》しい脅しをしているあいだに夜がきて、雷と稲妻に雨をまじえた大あらしになりました。娘たちはなおも、王の従者は一人も許さない決心を翻さなかったので、リアは、怒鳴りました。

「馬を引け。こんな恩知らずの娘とひとつ屋根の下で暮らすくらいなら、外で荒れ狂うあらしに打たれたほうがよっぽどましだ」

娘たちは、意地っ張りのひとがみずから招いた災難は、当然受けるべき罰だと言って、リアがあらしの中へ出ていくのにまかせて、リアを閉め出してしまいました。

老人が暴風雨との闘いに勢いよく出ていったときには、風は強まり、雨もあらしもますます募っていましたが、娘たちの不親切に比べれば、まだしも穏やかなものでした。あたりには、何マイルにもわたって茂みひとつありません。闇夜にあらしの猛威に身をさらしながら荒野にさまよい出たリアは、風と雷鳴に挑戦しました。

「風よ吹け、大地を海の中まで吹きとばせ。さもなくば、海の波を膨らませて大地をおぼらせ、人間という恩知らずな動物など、跡形もなく消してしまえ！」

老いた王に付き添うのは、いまや、あの哀れな道化だけとなりました。道化は、まだ王のそばにとどまり、陽気な機知で不幸を笑いとばそうとしました。

「泳ぐのにゃ、まったくひどい夜だね。正直言って、王さまが屋敷に戻って、娘さんの祝福を受けるほうがましだよ」——

ちっちゃい知恵しかない者は
ヘイ、ホー、風と雨！
おのが運命《さだめ》に満足せにゃならぬ
たとい、雨が毎日降ったとて

それから、今夜は、女の高慢ちきを冷やすにはまったくすばらしい夜だ、と断言しました。

この、かつては偉大だった君主は、こんなしがないお供を連れてさまよっているところを、いつも変わりない忠義の臣、善良なケント伯爵に発見されました。いまは身をやつしてカイアスと名乗り、つねに王のそば近くに付き添っているのに、王はまだケント伯爵とは気づいていませんでした。カイアスは、言いました。

「ああ、あなたさまはこんなところにおられましたか。夜が好きな動物だって、こんな夜は好みませんよ。この恐ろしいあらしは、動物を隠れ場に追いこんでしまいました。人間の天性は、こういう苦しみや恐ろしさに耐えられるものではありません」

すると、リアは相手を叱責して、こう言いました。

「大きな病《やまい》にとりつかれているときには、こんな小さな災いなんぞ苦にならぬ。心が安らかなときには、からだに余裕ができて敏感になる。だが、わしの心の中ではあらしが荒れ狂っているので、胸の動悸のほかは、なんの感じもない。あの親不孝者め！　食物を口へ持っていってやったら、口がその手を引き裂くようなものだ。なぜなら、親は子どもの手だ、食物だ、そして、すべてなのだ」

しかし、善良なカイアスは、なおも王様に、戸外にとどまっていてはいけません、と懇願して、やっと荒野にある、小さなあばら屋にはいるように説得しました。最初に道化が小屋の中にはいりましたが、いきなり、ぎょっとしたように駆け戻って、

「幽霊がいた！」

と、叫びました。しかし、よく調べてみると、この幽霊というのは、ただの気の狂った乞食にすぎないことが判明しました。雨宿りにこのさびれた小屋にもぐりこんでいたのですが、悪魔の話などをして道化をこわがらせました。

当時は、本物のそうした哀れな狂人たちに中には、本物の狂人もいれば、狂人のふりをする者もいました。狂人のふりをすれば、情け深い田舎のひとびとから施しをかすり取るのに好都合だったからです。かれらは、田舎道を歩きまわって、自分のことを「哀れなトム」とか、「哀れなターリグッド」とか称して、「可哀そうなトムに何か恵んでくだせえ」と言いながら、ピンや釘やマンネンロウの棘《とげ》で、自分の腕を突き刺して血を流してみせる。祈りを唱えたり、狂気じみた呪いをはいたりしながら、こういう恐ろしいしぐさをして、無学な村人たちを同情させたりこわがらせたりして、施しを求めるので

した。

この哀れな男も、そういう仲間の一人でした。裸を隠すために腰に毛布をまとっているだけの、この乞食のそんなみじめなありさまを見て、リア王は、てっきり、この男は娘に全財産を譲って、自分はこんなみじめな状態になっている父親だ、と思いこんでしまいました。リアにとっては、男がこんなみじめな状態になるのは、親不孝な娘をもった場合しかありえないと信じこんでいたからです。

王が口走ったこのことや、それに類した多くの物狂わしいことばから、善良なケント伯爵は、

「ああ、王さまは正気ではない。娘たちに虐待されて、本当に気が狂ってしまわれた」

と、はっきりと気づきました。そして、いまや、この善良なケント伯爵の忠誠心が、これまで機会あるごとに行なってきた以上に、さらに重要な奉仕となって現れました。

現在もリア王に忠義な数人の家来の援助を得て、ケント伯爵は、夜明けとともに、リア王の身柄をドーバー城へ移しました。ケント伯爵の友人や家来たちは、おもにここを根城《ねじろ》にしていたのでした。伯爵自身は、フランスに向けて船出して、急いでコーデリアの宮廷へ行き、父王、リアの痛ましい現状を感動的なことばで訴え、二人の姉の不人情

な行為を目に見えるように語って聞かせたので、この親孝行な心優しい娘は、涙をはらはらとこぼして、夫のフランス王に懇願しました。

「どうかわたくしをブリテンへ船出させてください。あの残酷な姉たちとその夫を打ち負かして、年老いた父上をもう一度王位におつけするのに十分な軍勢を率いて行かせてください」

その願いが叶えられたので、コーデリアは出発し、王軍を率いてドーバーに上陸しました。

善良なケント伯爵は、狂人となったリアの世話をさせるために護衛をつけておきましたが、リアは、何かのはずみに、護衛の手を離れて、ドーバーの近くの野原をさまよっているところを、コーデリアの家来に発見されました。すっかり気が狂って、ひとり声高々と歌をうたい、麦畑で拾い集めた麦わらや、イラクサや、その他の雑草で作った王冠をかむり、見るもあわれな格好でした。

コーデリアは、父に会うことを熱望していたけれど、侍医らの助言で、ひとまずぐっすり眠って、侍医団が出した薬草の効き目があらわれて、もっと気が静まるまでは、父との面会を延期するように説き伏せられました。コーデリアは、年老いた王を正気に戻してくれたら、自分のもっているお金や宝石をすべてあたえる、と侍医団に約束しました。その腕のいい侍医団の助力の甲斐があって、リアは、まもなく娘に会ってもさしつかえない程度にまで回復しました。

この父と娘の対面は、いかにも涙ぐましい光景でした。この哀れな年老いた王が、かつて目に入れても痛くないほど可愛がっていた娘と再会した喜びと、あんなに些細な落ち度に腹を立てて捨て去った娘から、かくも孝心の厚い親切を受ける恥ずかしさとの葛藤を見るのは、痛ましいことでした。この二つの感情が、王のまだ治りきらない狂気と相争って、ときどき、半ば狂っている頭の中で、自分がどこにいるのかわからなくなったり、このように優しく口づけをし、話しかけてくれるひとはだれなのかわからなくなるのでした。それで、リアは、そばに立っているひとびとに頼むのでした。

「どうかわしのことを笑わないでくだされ。わしの思い違いでなければ、どうもこのひとは、わしの娘のコーデリアのように思えるのだが――」

それから、リア王は、ひざまずいて、自分の娘に赦しを求めました。この善良な女性は、そのあいだずっとひざまずいて、父の祝福を求めていました。

「ひざまずくなんて、おとうさまらしくございません。ひざまずくのは、わたくしの務めでございます。お父さまの娘ですもの。血を分けた、本当の娘のコーデリアですもの」

それから、父に口づけしながら、言いました。

「わたくしの口づけで、お姉さまたちの不親切をみんなぬぐい去ってさしあげたい。おひげも白くなっている、年老いた優しいおとうさまを寒空に追い出すなんて、お姉さまたちは恥ずかしくないのでしょうか。わたくしなら、あのようなあらしの夜は、たとい、わたくしに嚙みついた敵の犬だって(コーデリアは、巧みに表現しました)、わたくしの炉ばたに導いて、暖をとらせてあげるでしょうに」

それから、コーデリアは、自分は父を助ける目的でフランスから駆けつけました、と父王に語りました。すると、リアは、言いました。

「どうかむかしのことは忘れて赦しておくれ。わしは、老いぼれて、愚かな人間で、自分が何をしたのかもわからんのだ。だが、たしかに、そなたにはわしを憎む立派な理由があるはずだ。けれども、そなたの姉たちにはない」

「いいえ、おとうさまを憎む理由などあるはずがございません。お姉さまたちだって同様です」

二人の姉娘の残酷な仕打ちによって、あんなに乱暴に揺さぶられて、調子が狂い、タガがゆるんだようになっていたリア王の思考力を、コーデリアと侍医たちは、ついに睡眠と薬の力で引き締めるのに成功しました。この老王のことは、ひとまず、この愛情深い孝行娘にまかせておいて、話をあの残酷な姉娘たちのほうへ戻すことにしましょう。

この恩知らずの人非人《にんぴにん》どもは、老いた父親をあれほど裏切ったくらいだから、自分たちの夫に対して、親に対する以上に忠実であろうはずがありません。二人は、まもなく、夫に対して、貞淑で愛情深そうにとりつくろうのさえ飽きてしまい、ほかの男を愛していることを公然と明らかにするようになりました。

二人の不義の愛の対象は、偶然にも同じ男でした。それは、故グロスター伯爵の私生児エドマンドでした。エドマンドは、正当な世継ぎである兄エドガーの相続権を奪い、邪悪な策略によって、いまでは自分が伯爵になり澄ましていました。悪人で、ゴネリルやリーガンのような悪女の情けを受けるにふさわしい人間でした。

ちょうどそのころ、リーガンの夫コーンウォール公爵が死んだので、リーガンは、早速、このグロスター伯爵と再婚するという意志を表明しました。ところが、この悪伯爵は、リーガンと同様に、ゴネリルにも、たびたび愛を告白していたので、姉のゴネリルは、嫉妬をかきたてられることになり、ゴネリルは、手段をめぐらせて妹を毒殺してしまいました。

しかし、ゴネリルの悪だくみがばれて、妹を毒殺した罪と、夫の耳に達していたグロスター伯爵との不義の恋の科《とが》で、夫のオールバニ公に投獄されたため、ゴネリルは、失恋と憤怒《ふんぬ》のあまり、まもなく自殺してしまいました。このようにして、二人の邪悪な姉妹に天罰が下ったのでした。

世間のひとびとの目が、この事件に注がれ、悪人の当然の死に表れた神の裁きに感心している最中《さなか》に、その同じ目が、急にこの事件から逸《そ》らされて、若くて貞淑な娘、コーデリア姫の悲しい運命に示された、神の力の不可思議さに茫然としたのでした。姫の善行は、当然もっと幸運な結末が約束されてしかるべきだと思われたからでした。しかし、潔白と孝心が、この世で必ずしも成功しないということは、恐ろしい事実なのです。

フランス軍とブリテン軍の戦いで、ゴネリルとリーガンが派遣した、悪人のグロスター伯爵の指揮下にあるブリテン軍が勝利を収め、コーデリアは、この悪人の伯爵の策略によって捕えられ、獄舎で絶命しました。伯爵は、自分と王位とのあいだになんぴとも立ちふさがることを欲しなかったのです。

こうして、神は、コーデリアを親孝行の輝かしい鑑《かがみ》として世のひとに示したあとで、汚れのないコーデリアをまだうら若い身で天国にお召しになったのです。リア王は、この優しい娘の亡きあと、長くは生きていませんでした。

ケント伯爵は、娘たちの虐待の発端から、この悲しい没落の時期にいたるまで、つねに旧主に付き添っていましたが、リア王が亡くなるまえに、カイアスと名乗って王さまに付き従っていたのは、じつは自分だということを理解させようとしましたが、苦労に狂ってしまったリアの頭には、いったいなんのことやら、また、ケント伯とカイアスがなぜ同一人物なのやら、さっぱりのみこめませんでした。

そこで、ケントは、こんなときにあれこれ説明して、王をわずらわせるのは無益だ、と思いました。リア王が息を引き取ってまもなく、この王の忠臣も、寄る年波と老君主の苦悩を思う悲しみとで、王のあとを追いました。

では、悪人のグロスター伯爵には、どういう天の裁きが下ったのでしょうか。伯爵の謀反はあばかれ、正当な伯爵である兄のエドガーと一騎討ちをした末、グロスターは斃《たお》されてしまいました。ゴネリルの夫、オールバニ公爵は、コーデリア殺害には関与していなかったし、ゴネリルが父親を虐待したときも、一度も妻をけしかけたことがなかったので、リア王の亡きあとは、ブリテン国の王位につきました。

しかし、ここでそういう話を詳しく語る必要はありますまい。リア王も、三人の娘も、すべて死んでしまったからには、このひとたちの身に起こった数奇な運命のみが、この物語の本筋なのですから。

マクベス

柔和王ダンカンがスコットランドを治めていたころ、マクベスという偉い領主が住んでいました。このマクベスは、王の近親で、幾多の戦いでの武勇と軍功によって、宮廷で非常に尊敬されていました。その一例を挙げると、ごく最近も、ノルウェーの雲霞《うんか》のごとき大軍の援助を受けた反乱軍を敗北させたばかりでした。

スコットランド軍の二将軍、マクベスとバンクォーが、この大激戦に勝って凱旋《がいせん》する途中、枯れたヒースの荒野にさしかかったとき、不思議にも三人の人影が出現して、二人を呼び止めました。女のようですが、ひげをはやし、肌はしわだらけで、だらしない身なりをしているので、この世のものとも思えませんでした。

マクベスが、まず三人に声をかけますと、三人はどうやら気分を害したらしく、黙っていろという合図に、それぞれ、ひびの切れた指をしなびた唇にあてました。そのうちの一人がまず、

「マクベス、万歳、グラームズ*の領主さま」

と、あいさつしました。将軍は、このような老婆に自分の正体を知られているのに少な

からず驚きました。

＊　スコットランド東部のダンディー市の北方にある村。十一世紀に建造された美しいグラームズ城がある。

続いて第二の老婆が、

「マクベス、万歳、コーダー＊の領主さま」

と、あいさつしたのには、なおいっそう仰天しました。マクベスは、自分がそんな称号に値するなどとは自負していなかったからです。

＊　スコットランド北部ハイランド州にある村。

さらに、第三の老婆が、

「万歳、マクベス。いずれは国王となるおかた！」

と、言いました。こんな予言めいたあいさつに、マクベスが肝をつぶしたのも無理はありません。王の息子たちが生きているかぎり、自分が王位を継ぐ見込みはないことを承知していたからです。

次に、三人の老婆は、バンクォーのほうを向くと、謎めいた言い方で、こう言いました。

「マクベスよりも劣っているが、マクベスよりも偉大だ！　それほど幸運ではないが、はるかに幸運だ！　あんたは王権を握ることはないが、あんたの死後、息子らがスコットランド王になる」

　こう言い終わると、三人の老婆は、虚空に消え失せました。それで、二人の将軍は、三人の老婆が、運命をつかさどる三女神または魔女であることを覚りました。

　二人が佇《たたず》んでこの体験の不思議さを考えこんでいるところへ、国王からの使者が数人到着し、マクベスにコーダーの領主の栄誉を授けると伝えました。使者たちは、その権限を与えられていました。このできごとは、魔女たちの予言とあまりにもぴったり符合するので、マクベスは、驚きました。そこで、使者たちに返答することもできずに、茫然と立ち尽くしていました。その瞬間に、このぶんなら、三番目の魔女の予言も同様に実現するかもしれない。そして、いつの日か、おれはスコットランド王として君臨するのだ、という希望が、マクベスの心の中でみるみる膨らんできました。

　バンクォーのほうを向いて、マクベスはこう言いました。

「魔女がおれに約束したことがこんなに不思議にも実現したんだから、あんたも自分の子孫が王になればいいとは思わないか」

「そういう希望をもつと、無性に王冠がほしくなってくるかもしれないよ。しかし、ああいう暗闇の僕《しもべ》どもは、小さなことではわれわれに真実を語っておいて、いちばん肝心なところでわれわれを裏切ることが、ままあるからな」

と、バンクォー将軍が答えました。

しかし、魔女の邪悪な暗示は、マクベスの心にあまりにも深く食いこみ、善良なバンクォーの忠告に耳を貸す余裕がありませんでした。それからというもの、マクベスのすべての思いは、いかにしてスコットランドの王位を手に入れるか、ということにのみ注がれるようになりました。

マクベスには妻がありました。その妻に、運命の三女神の不思議な予言と、その一部が実現したことを話しました。妻は、悪女で野心家でしたから、夫と自分が高貴な地位にのぼるためには、手段を選びませんでした。彼女は、流血のことを考えて良心にとがめられて、とかく渋りがちなマクベスの決意に拍車をかけました。魔女の快い予言を実現するためには、王を殺すことが絶対に必要です、と主張してやみませんでした。

たまたまそのとき、ダンカン王がマクベスの屋敷を訪れました。王は、しばしば、おもだった貴族をねんごろに訪問する習わしでした。お供に、マルカムとドナルベインの二王子と、大勢の貴族や従者を引きつれて、マクベスの目覚ましい武勲に対して、さらなる名誉をあたえるために訪問したのでした。

マクベスの城は、気持ちのいい場所に建っていました。あたりの空気は馨《かぐわ》しく、澄んでいました。そのことは、城の突き出ている小壁や控え壁などの、巣作りに適していると思われるすべての場所に、イワツバメが巣を作っていることからも明らかでした。こういう鳥がいちばん好んで群がったり、巣ごもりしたりする場所は、空気がさわやかだ、とされているのです。

ダンカン王は、城にはいると、その場所も大いに気に入りましたし、同様に、尊敬すべき女主人役のマクベス夫人の心づかいと敬意にもいたく満足しました。なにしろ、マクベス夫人は、謀反の目的を微笑で隠す術《すべ》を心得ていましたし、また、内面は花の下に潜む毒ヘビでありながら、表面は可憐な花のように見せかけることもできたからです。

ダンカン王は、旅で疲れていたので、早く床につきました。王の寝室にあてられた大広間には、二人の侍従が(当時の習慣に従って)、王のわきに眠りました。王は、マクベス邸のもてなしぶりがことのほか気に入り、寝室に引き下がるまえに、マクベスのおもだった家来たちに贈り物をし、わけてもマクベス夫人には、こよなく親切な女主人役と呼びかけて、高価なダイヤモンドを贈りました。

　時は真夜中、地球の半分以上にわたって、万象《ものみな》死んだように思え、悪夢が眠っているひとの心を悩まし、オオカミと人殺ししか戸外をさまようものはいない時刻でした。この時刻に、マクベス夫人は、目を覚まして、ダンカン王殺害の計画を練っていました。夫人は、夫の性質があまりにも自然の人情にあふれすぎていて、計画どおり殺人を実行できそうもないという不安がなかったなら、女性にとってそれほど忌まわしい行為を企てたりしなかったでしょう。夫は、野心家ではあるが、同時に慎重な男で、大それた野心を抱けば、通例、とどのつまりは踏み切らなくてはならない、あの大罪を犯す覚悟ができていないのを夫人はよく知っていました。

　夫人は、夫に王殺しを承知させはしたものの、夫の決意のほどを疑っていました。根が優しい夫の性格(夫人より人間味のある)が邪魔になって、目的を遂げられないのではないか、と気がかりでした。

　そこで、夫人は、みずから短剣を手にとって、ダンカン王のベッドに近づいていきました。二人の侍従は、酒をしつこく勧めて酔いつぶしておいたので、王を護る責任はそっちのけで、前後不覚に眠りこけていました。ダンカン王も、旅の疲れでぐっすり寝入っていました。夫人は王の寝顔を凝《じっ》と見入っているうちに、王の顔がどこか自分の父親に似ているように思われたので、手を下す勇気が出ませんでした。

夫人は、夫と相談するために引き返しました。マクベスの決心は、ぐらつきはじめていました。王を殺してはならない強い理由がある、とマクベスは考えました。

——まず、おれはダンカン王の臣下というだけでなく、近い親族なのだ。次に、きょう、おれは王の主人役で、接待役だ。客をもてなす決まりから言えば、殺人者を防ぐために門を閉ざすのが務め、自分で剣を握るべきではない。それに、このダンカンは、国王として公正で慈悲深く、臣下の感情を傷つけることもなく、貴族たちに愛情を注いできた。わけても、おれには目をかけてくれた。

このような国王は、天から特別な加護を受けているのだから、その死に対しては、臣下は二重に復讐する義務があるのだ。おまけに、国王が引き立ててくれるからこそ、おれは、あるゆる階級のひとびとに重んじられている。こうした栄誉も、忌まわしい人殺しの評判によって汚されてしまうではないか！

マクベス夫人が戻ってきたとき、マクベスは、こうした心の葛藤のただ中でした。心は善のほうへ傾き、王殺害を思いとどまろう、と決心しているときでした。ところが、マクベス夫人は、そうやすやすと邪悪な目的を棄てるような女ではないので、夫人の邪悪な精神の一部を夫の心に吹きこむようなことばを、夫の耳に注ぎこみはじめました。そして、ひとたび着手した計画から尻ごみしてはいけない理由を、次から次へと挙げてみせるのでした。

「こんな仕事、わけないじゃありませんか。すぐけりがついてしまいますよ。短い一夜の行動で、こんご長い年月、わたしたちは王位について、特権を揮うことができるのですよ」

それから、こんどは夫が目的を変更したことを侮辱し、夫の移り気と臆病を責めました。それから、こう断言しました。

「わたしはね、赤んぼうに乳房を含ませたことがあるから、よく知っていますけど、乳房を含んでいる赤んぼうは、またとなく可愛いものです。でも、あなたがダンカン王殺害を誓ったように、わたしがやろうと誓った場合には、わたしの顔を見あげてニコニコ笑っている赤んぼうを自分の胸から引っぺがして、脳味噌をたたき出してみせるでしょうよ」

それから、殺害の罪をあの酔って眠っている二人の侍従になすりつけるのは、どんなに容易であるかということも、つけ加えました。そして、夫人は、勇ましい舌で、夫のぐずつく決心を鞭打ったので、マクベスは、もう一度勇気を奮い起こして、その血なまぐさい仕事をやる気になりました。

そこで、短剣を手に握って、マクベスは、暗闇の中を、ダンカン王が眠っている寝室へ、足音を殺して忍び寄りました。その途中で、空中にもう一本の短剣が、柄を自分のほうへ向け、刃にも切っ先にも血がしたたっているのを見たような気がしました。しかし、その短剣をつかもうとすると、それはただの空気にすぎませんでした。マクベス自身の熱しきった、苦悩する頭と、いま取りかかっている仕事が生んだ、単なる幻影にすぎなかったのでした。

この恐怖を振り払うと、マクベスは、ダンカン王の寝所へはいり、短剣でただひと突きして王を殺してしまいました。ちょうど殺人を犯したときに、王の寝所で寝ていた侍従の一人が眠りながらケラケラと笑い、もう一人が「人殺し！」と叫びました。その声で、二人とも目を覚ましましたが、短いお祈りをしました。一人が「神さま、お慈悲を！」と言うと、もう一人が「アーメン」と答えました。そして、またすぐ寝にかかりました。

立ちすくんで、二人の侍従のことばを聞いていたマクベスは、一人の侍従が「神さま、お慈悲を！」と言ったとき、自分も「アーメン」と言おうとしましたが、そのことばは喉《のど》につかえて、発音することができませんでした。マクベスこそ、神のお慈悲をいちばん必要としていたにもかかわらず、です。

マクベスは、またもや、どこかで、

「もう眠れないぞ。マクベスは眠りを殺してしまった。罪のない眠りを、命を養ってくれる眠りを！」

という叫びを聞いたような気がしました。なおも、その声は、家じゅうに聞こえるような声で叫びました。

「もう眠れないぞ。グラームズは眠りを殺した。だから、コーダーはもう眠れないぞ。マクベスは、もう眠れないぞ！」

こういう恐ろしい想像にとりつかれながら、マクベスの報告を聞こうとしている妻のもとへ戻りました。夫人は、夫が目的を達しそこなって、殺害もなぜか挫折《ざせつ》したのではないか、と考えはじめていたところでした。マクベスがひどく取り乱した様子で帰ってきたので、夫人は、男らしさが足りないと言って、夫をしかりつけ、両手にべっとりついた血糊を洗い流しに行かせました。一方、夫人は、マクベスの短剣を取ると、ダンカン王の侍従たちの罪であるように見せかけるために、侍従のほおに血を塗りつけに行きました。

夜が明けるとともに、王殺害が明るみに出ました。とても隠しおおせるものではありません。マクベス夫妻は、王の死を大いに悲しんでいるふうを装ったし、二人の侍従の容疑は十分に濃かった(かたわらからは血まみれの短剣が見つかったし、顔には血がべっとりとついていました)けれども、それでも、すべての疑惑は、マクベスの上にかけられました。王を殺害する動機は、こんな哀れで愚かな侍従よりも、マクベスのほうがはるかに強力だったからでした。ダンカンの二人の王子は、逃亡しました。長男のマルカムは、イングランド王の宮廷に助けを求め、次男のドナルベインは、アイルランドに逃げました。

王のあとを継ぐべき二人の王子が、こうして王位を空席にしてしまったので、次の継承者としてマクベスがスコットランド王となりました。こうして三人の魔女の予言は、文字どおり適中したのでした。

王位という高い地位についたにもかかわらず、マクベスとその王妃は、たといマクベスが王となっても、マクベスのあとを継いでスコットランド王となるのは、マクベスの子どもではなく、バンクォーの子どもたちであるという、魔女たちの、あの予言が忘れられませんでした。

二人は、手を血で汚し、あれほどの大罪を犯したのは、結局、バンクォーの子孫を王位につけるためであったのかという思いが、胸中に疼《うず》いていたので、バンクォーも子どもたちも殺して、魔女たちの予言を無効にしてやろうと決心しました。なにしろ、魔女たちの予言は、自分たちの場合には、ものの見事に適中したのですから。

この目的で、夫妻は、大宴会を催し、おもだった領主をすべて招きました。その中に、特別の賓客として、バンクォーとその息子のフリーアンスも招かれていました。夜、バンクォーがマクベスの宮殿へ赴くときに通るはずの道には、マクベスが指名した刺客が待ち伏せしていて、バンクォーを刺し殺しました。

けれども、フリーアンスは、その乱闘にまぎれて逃げおおせました。このフリーアンスの子孫が、のちに代々スコットランドの王位を継いで君主となり、最後にジェイムズ六世の治世に、スコットランドとイングランドの二つの王位が合体して、スコットランドのジェイムズ六世が、イングランドのジェイムズ一世となるわけです。

宴会の席上、王妃は、この上なくにこやかで威厳のある物腰で、女主人の役を優雅に、行きとどいた心づかいを示して務めたので、出席したすべてのひとが好感を抱きました。マクベス王も、領主や貴族たちと気楽に語り合いました。

「これで、わしの親友のバンクォーさえいてくれたら、この国の名士が一堂に会したことになるな。しかし、バンクォーに何か悪いことがあって嘆き悲しむよりは、わしの招待をおろそかにしたことを叱責するほうがいい」

ちょうどマクベス王がこう言ったとき、マクベスが殺させたバンクォーの亡霊が部屋へはいって来て、マクベスが腰かけようとしていた椅子にすわりました。マクベスは、肝の据わった男で、身ぶるいひとつせずに、悪魔にだって立ち向かえるような男でしたが、この恐ろしい光景を見ると、恐怖のあまり真っ青になり、目を亡霊に釘づけにしたまま、すっかりいくじなしになって、茫然と立ち尽くしていました。王妃も、すべての貴族たちも、何も見えないので、マクベス王が空《から》の椅子(と、かれらは思いました)を凝視しているのに気づいて、精神錯乱の発作でも起こしたのだ、と思いました。王妃は、小声でマクベスをたしなめました。

「ただの幻覚ですよ。あなたがダンカン王を殺そうとしたときにも、空中に短剣が見えたでしょう。あれと同じ幻覚ですよ」

　しかし、マクベスは、相変わらず亡霊が見えていたので、ひとびとの言うことにはいっさい耳をかさず、すっかり取り乱してはいるけれど、いかにも深い意味のこもったことばで亡霊に話しかけました。そこで、王妃は、あの恐ろしい秘密が漏れはしないかとはらはらして、マクベスのこの病気は、マクベスがよく苦しめられる持病だと言い訳して、大急ぎでお客を追い払ってしまいました。

　このような恐ろしい幻影に、マクベスは、悩まされるようになりました。王妃も、マクベスも、眠れば悪夢に魘《うな》されました。バンクォーの血も二人を苦しめましたが、それ以上に、息子のフリーアンスの逃亡が心配の種でした。二人は、いまや、フリーアンスこそ、自分たちの子孫を王座から追いのける、代々の王の祖先となるべき人物だとみなしていたからです。このような不幸な考えを抱いているため、二人は、心の平安を見いだすことができなくなりました。

　そこで、マクベスは、もう一度、運命の三女神を探し出して、最悪の事態を教えてもらおうと決心しました。

　マクベスは、魔女を捜し求めて、荒野の洞穴に赴きました。魔女たちは、マクベスが来るのを予知していたので、恐ろしいまじない薬を調合していました。それでもって、地獄の悪霊を呼び出して、未来を見せてもらう算段でした。魔女たちの忌まわしい薬の材料は、ヒキガエル、コウモリ、ヘビ、イモリの目玉、犬の舌、トカゲの足、フクロウの翼、竜のうろこ、オオカミの牙、貧欲なサメの胃、魔女のミイラ、毒ニンジンの根（これは暗闇で掘らなくては効き目がない）、ヤギの胆嚢《たんのう》、墓地に根を下ろしているイチイの小枝を添えたユダヤ人の肝臓、死んだ赤んぼうの指でした。

これらをすべて大釜に入れてグラグラ滾《たぎ》らせる。熱くなりすぎたとたんに、ヒヒの血で冷ます。それに子ブタを食った雌ブタの血を注ぎ込み、火炎の中へは、人殺しの絞首台からにじみ出た脂《あぶら》を投げ込みました。このようなまじない薬を使って、魔女たちは、地獄の悪霊が自分たちの質問に答えるように仕向けました。

魔女たちは、マクベスに聞きただしました。

「おまえは、わしたちに疑問を解いてもらいたいのかね。それとも、わしたちのお師匠さんである亡霊に解いてもらいたいのかね」

マクベスは、いままで見ていた魔女たちの恐ろしい儀式に少しも怖《おじ》けづくことなく、

「師匠とやらはどこにいるのだ。おれが会ってやる」

と、大胆に答えました。魔女たちは、亡霊を呼び出しました。三人いました。第一の亡霊は、兜《かぶと》をかぶった首の姿で現れました。

「マクベスよ、ファイフ*の領主に用心しろ」

＊　スコットランド東部の旧州。

その忠告に対して、マクベスは礼を言いました。ファイフの領主、マクダフを、かねてからマクベスは恐れていたからでした。

第二の亡霊は、血まみれの子どもの姿で現れました。

「マクベスよ、何も恐れることはない。人間の力など笑いとばしてやれ。女から生まれた者はだれ一人、おまえに害を加える力があるはずがないからだ。残酷に、大胆に、思い切ってやるのだ」

「それなら、マクダフ、生きておれ！」

と、マクベスが言いました。

「おれがおまえを恐れる理由がどこにある？　だが、念には念を入れることにしよう。やっぱり生かしちゃおかないぞ。顔青ざめた恐怖心に嘘をつけとしかりつけ、雷が鳴ってもぐっすりと眠れるようにするためにな」

第二の亡霊が姿を消すと、第三の亡霊が、王冠をかぶり、手に一本の木をもった子どもの姿で現れて、こう言いました。

「マクベスよ、陰謀など恐れることはない。バーナムの森*が、ダンシネーンの丘**に向かって攻め寄せて来ないかぎり、おまえは絶対に負けることはないのだから」

＊　スコットランドのパース州の町、ダンケルドの近くの村にある森。
＊＊　スコットランドのパース州にあるコラスの村の近くにある丘。

「ありがたい予言だ！　いいぞ！　しっかと大地に根をおろしている森を引っこ抜いて動かすなんて、だれにできようか。どうやら、おれは天寿を全うして、非業の死を遂げたりしないのだ。だが、もうひとつだけ知りたくて胸がドキドキする。もしおまえたちの魔力でわかるものなら教えてくれ、そもそも、バンクォーの子孫がこの国に君臨するようなことがあるのだろうか？」

マクベスがこう叫びますと、大釜は地中に沈み、音楽の響きが聞こえてきました。そして、王のような姿をした八つの人影がマクベスのわきを通りすぎました。行列の最後がバンクォーで、手に鏡をもっていて、それは、さらに多くの人影を映し出していました。バンクォーは、全身血まみれで、マクベスに笑いかけながら、鏡に映っている人影を指さしていました。マクベスは、この人影がバンクォーの子孫で、自分のあとを継いで、スコットランドの統治者となる者たちであることを覚りました。魔女たちは、静かな音楽の音とともに、しばらく踊ってみせて、マクベスに敬意と歓迎の意を表しながら、消えていきました。このときから、マクベスの思いは、すっかり残虐で恐ろしいものになってしまいました。

マクベスが魔女の洞穴から出て最初に聞いたことは、ファイフの領主、マクダフがイングランドへ逃亡し、故ダンカン王の長男、マルカムの指揮するマクベス討伐隊に加わり、マクベスを廃して、正当な王位継承者であるマルカム王子を王位につけることをもくろんでいるという知らせでした。マクベスは、激怒して、マクダフの居城を襲って、あとに残しておいたマクダフの妻子を斬り殺したうえ、マクダフに少しでも関係のある者は残らず虐殺してしまいました。

この行ないや、それに類した行ないのために、マクベスのおもだった貴族たちの心は、すべてマクベスから離れていきました。逃れられるものはみな逃れて、マルカムとマクダフの軍勢に加わりました。マルカムとマクダフは、いまや、イングランドで起こした強力な軍勢を率いて、マクベスの城に近づいていました。そのほかの者は、マクベスが怖くて積極的に参加することはできなくても、ひそかに反軍の勝利を祈っていました。

一方、マクベスの新兵募集は、遅々として進みませんでした。だれもがこの暴君を憎んでいましたし、だれ一人、敬愛するひともなく、みんなが国王殺害を疑っていました。マクベスは、自分が殺害し、いまは、墓の中で安らかに眠っているダンカンの身の上を羨ましくさえ思いはじめました。ダンカンへの反逆は、もっともまずい結果を招いてしまった一方、もはや、剣も、毒薬も、国内の悪意も、外国の軍隊も、ダンカンを傷つけることはできなくなったからです。

こうしたことが起こっている最中に、王妃が亡くなりました。王妃は、マクベスの悪事の唯一の加担者であり、夫妻がともども夜ごと苦しめられた恐ろしい悪夢から、束の間の慰めを求めてマクベスがその胸に顔をうずめた女性でした。王妃は、罪に対する良心のとがめと、国民の憎しみに耐えきれなくなって、自殺したものと考えられました。この事件により、マクベスは、独りぼっちになりました。だれ一人、愛してくれる者も、気を配ってくれる者もいないし、自分の邪悪な目的を打ちあけて相談する友もいなくなってしまいました。

マクベスは、命などどうでもいいと思うようになり、死を望むようになりました。しかし、マルカムの軍勢が間近くまで攻め寄せてきたのを知ると、マクベスのうちに残っていた、かつての勇気がかきたてられました。そして、マクベスは(そのことばによれば)、「甲冑《かっちゅう》を身につけて」死のうと決心しました。このほかにも、魔女たちの虚《むな》しい約束がマクベスに誤った自信をもたせていました。

また、亡霊たちの言った、「女から生まれた者はだれ一人としておまえに害を加えることはできない」とか、「バーナムの森が、ダンシネーンに移動してくるまでは、おまえは征服されることはない」とかいうことばも、覚えていました。森が攻め寄せてくるはずがない、とマクベスは考えていました。そこで、マクベスは、居城に立てこもりました。

この城は、難攻不落で、どんな城攻めをも物ともしないように思えました。この城に立てこもって、マクベスは、苦虫を嚙みつぶしたような顔つきでマルカム軍の接近を待ち受けました。

ある日のこと、一人の使者が恐怖のあまり、自分が見たことをまともに報告することもできないくらい、真っ青になり、ガタガタ震えながら、やって来ました。丘の見張り台に立っていたとき、バーナムのほうを見やると、森が動くような気がした、というのでした！

「嘘をつけ、この悪党め！」

と、マクベスは怒鳴りました。

「もし嘘だったら、おまえを近くの木に吊るして、餓死するまでほうっておくぞ。だが、もしおまえの言うことが真実なら、わしに同じことをしたって構わん」

いまや、マクベスの決意は揺らぎはじめ、亡霊どものあの曖昧なことばを疑いはじめました。バーナムの森が、ダンシネーンに移動してくるまでは恐れることはないはずなのに、いま森が動いているというのです！

「しかし、使者の証言が正しいとすると、さあ武器をとれ、出陣だ。もうここから逃げることも、ここにとどまることもできん。おれは陽の光がいやになってきた。いっそ死んでしまいたい」

こんな自暴自棄のことばとともに、マクベスは、すでに城まで攻め寄せてきた包囲軍に向かって出撃していきました。

さきほど森が動いていると使者に思わせた不思議な現象は、たやすく説明がつきます。包囲軍がバーナムの森を抜けて進軍するとき、マルカムは、いかにも熟練した将軍らしく、味方の軍勢の実数を隠すために、兵士にめいめい大枝を切らせ、その大枝をからだのまえにかざしながら進撃させたのです。こんなふうに大枝をかざして進撃する兵士たちは、遠くから見ると、例の使者をこわがらせたように、森全体が動くように見えたのでした。こうして、亡霊どものことばは、マクベスが理解していたのとは異なる意味で、実現したのでした。そこで、マクベスは、自信の大きな拠りどころをひとつ失ってしまいました。

いまや、激しい小競り合いが起こりました。その中で、マクベスは、味方と自称してはいるけれど、じつは、この暴君を憎み、マルカムとマクダフの軍に加わりたがっているひとたちの頼りない援助を受けながらも、それでも、極端な怒りと武勇をもって闘い、敵対する相手をばったばったとたたき斬りました。

やがて、マクダフが闘っているところに出くわしました。マクダフを見、そして「だれよりもマクダフを避けよ」と勧めた亡霊の警告を思い出して、踵《きびす》を返して逃げたいところでしたが、戦《いくさ》のあいだじゅう、マクベスを捜しもとめていたマクダフは、マクベスが逃げようとするのを引きとめたので、激しい闘いがはじまりました。

マクダフは、よくもおれの妻子を殺したな、とさんざん汚い非難のことばをマクベスに浴びせました。マクベスの心は、これまで流してきたマクダフ一族の血の重荷に耐えかねているので、やはり、この闘いはできることなら避けたかったのですが、マクダフは、マクベスのことを暴君だの、人殺しだの、地獄の番犬だの、悪党だのと言って、あくまでも闘いをいどみました。そのとき、マクベスは、例の亡霊の予言を思い出しました。「女から生まれた者はだれ一人マクベスを傷つけることはできない」という予言です。

マクベスは、自信たっぷりに、ニタリと笑いながら、マクダフに言いました。

「骨折り損だぞ、マクダフ。おれを傷つけられるくらいなら、手応えのない空気だって楽々と切れるだろうさ。おれの命には魔法がかかっているのだ。女から生まれた者には、おれは不死身だ」

「きさまの魔法はあきらめろ。きさまが仕えている、あの嘘つきの亡霊にお伺いを立ててるがいい。マクダフは、女から生まれた者ではないのだ。普通の人間のようにして生まれたのではないのだ。月足らずで、母親の腹を割いて生まれたのだ」

「そんなことをおれに告げる舌なんか、呪われてしまえ」

マクベスは、わなわな身震いしながら言いました。自信の最後の拠りどころが砕けるのを感じたからです。

「これからのひとびとは、魔女や亡霊の偽りの曖昧なことばを絶対に信じてはいけない。やつらは、二とおりの意味をもつことばで、われわれを欺くからだ。そして、文字どおりの意味では約束を守るが、べつの意味ではわれわれの期待を裏切るのだ。マクダフ、きさまとは闘わん」

「じゃあ、生きるがいい！」

と、マクダフは、あざけるように言いました。

「怪物を見せ物にするように、きさまを見せ物にしてやろう。絵看板を作って、その上に〈ここにいるは暴君なり！〉と書いてやろう」

「まっぴらご免だ」

絶望とともに、勇気が戻ってきたマクベスは、言いました。

「生きのびて、若造のマルカムの足もとの大地にキスして、やじ馬どもの罵詈《ばり》雑言《ぞうごん》でなぶられたりするものか。バーナムの森がダンシネーンに攻め寄せようと、女から生まれたのではないきさまが、おれに刃向かおうと、おれは最後まで戦うぞ」

こんな気違いじみたことばとともに、マクベスは、マクダフに襲いかかりました。マクダフは、激しい一騎討ちの末、ついにマクベスの首を刎《は》ねて、その首を、若い、正当な国王であるマルカムに捧げました。マルカムは、簒奪《さんだつ》者の陰謀によって長いあいだ奪われていた政権をとりもどし、貴族や国民の歓呼を浴びながら、柔和王ダンカンのあとを継いで、スコットランド王となりました。

解　説

イギリスの作家・エッセイスト、チャールズ・ラムとその姉のメアリー・アン・ラムは、共同で三冊の児童文学を書きました。そのうちで、ここに完訳した『シェイクスピア物語』(*Tales from Shakespeare*, 1807)は、いまはもう古典となり、世界じゅうのことばに訳されています。

イギリスの詩人、コールリッジは、シェイクスピア(一五六四―一六一六)のことを「千万の心をもてるわれらがシェイクスピア」(our myriad-minded Shakespeare)と呼んでいます。確かに、人間の多岐にわたる諸々の営みで、シェイクスピアが描写していないものはない、と言っても過言ではないくらいです。よしんば、地球から人類がいなくなったとしても、シェイクスピア全集一巻が残っているなら、人間という生き物が、おおよそ、どのようなものであったか、わかるのではないでしょうか。

『シェイクスピア物語』は、そのシェイクスピアの三十八編の戯曲(合作を含む)から、ラム姉弟が二十編を選んで物語に改作したもので、ロングセラーとして二百年以上にわたって、世界じゅうの少年少女と大人に喜びをあたえてきました。現在でも、イギリスのペンギン社からだけでも、三種の刊本が出ています。

チャールズ・ラムとメアリー・ラムの生涯と仕事

メアリー・アン・ラム(一七六四―一八四七)は、チャールズ(一七七五―一八三四)よりも十歳年上でした。二人は、ロンドンの四つの法曹学院のひとつ、テムズ河に臨むイナー・テンプルで生まれました。父親のジョンは、イナー・テンプルの評議員で、もと下院議員のサミュエル・ソールトの召使い兼秘書として、主人の屋敷内に住んでいました。ソールトは、ラム家の幼い姉弟の非凡な能力に気づいて、自分の広範囲にわたる蔵書を利用することを許しました(これは、二人の姉弟にとっては、大学教育に相当する意味をもっていたはずです)。

チャールズは、七歳のとき、奨学金を得て、パブリック・スクールのひとつ、クライスツ・ホスピタルに入学しました。この学校は、十六世紀にエドワード六世によって創設された、貧家の師弟を教育する慈善学校で、多くの有名人を輩出したことで知られています。三歳年上の同級生には、のちの大詩人、サミュエル・テイラー・コールリッジがいて、一生の交わりを結ぶことになります。

母親のエリザベスは、チャールズを溺愛し、メアリーにはほとんど愛情を示さなかったので、メアリーは、もっぱら弟のチャールズに愛情を注ぐようになりました。チャールズは、姉に頼ると同時に、私塾でしか学んでいない姉の知性を育てました。姉弟は、たがいに離れがたい友となりました。

幸せなことに、二人は、この上なく優しい愛情によって結ばれていただけではなく、強い共通の趣味と共感で結ばれていました。その趣味の中には、シェイクスピアおよびその他のエリザベス朝の劇作家への愛がありました。

クライスツ・ホスピタルの秀才は、当然、大学進学が約束されていました(現にコールリッジは、ケンブリッジに進学)が、チャールズは、家庭の経済事情のため、一七八九年、卒業(十四歳)と同時に、最初はロンドンの商人の事務員となり、一七九一年、十六歳のときに南海商会に移り、翌一七九二年、十七歳のとき、東インド会社に転職、以後五十歳までの三十三年間、下級書記(junior clerk)として、勤勉に帳簿をつけつづけて、少ない給料で一家を支えました。

メアリーは、縫い物を自宅で引き受けて、婦人用の外套を仕立てていましたが、このいやな仕事は大した収入にはならず、ぼけはじめた父親、病身で神経質な母親、さらに父方の伯母も同居している大家族と、貧困と、家事の重みに、押しつぶされそうになりました。チャールズが東インド会社に転職した一七九二年、父の雇い主ソールトが死亡し、一家は、主人の家を出なければならなくなり、以来、転居をくりかえしました。

ラムの家族は、精神的な不安定に陥る傾向があり、チャールズは、一七九五年、二十歳のとき、極度の神経衰弱のため、六週間、精神病院に入院します。その後も、一生涯、狂気の影におびえながら暮らしました。

翌一七九六年、こんどは、姉のメアリーが狂気の発作を起こして、父母をフォークで刺し、ついに、母親のほうは死んでしまいました。当時の法律では、狂人の判決を下された殺人者は、家族のだれかが保護を確約した場合は投獄されずに済みましたので、二十一歳のチャールズが、この重い責任を負うたのでした。チャールズは、その後の一生、姉の面倒を見ることになり、メアリーは、大いなる共感と親切でこれに報いました。チャールズもメアリーも、生涯、結婚しませんでした。チャールズは、一八三四年に五十九歳で死去、メアリーは、一八四七年、弟よりも十三年長生きして、八十二歳で死去し、弟の隣に埋葬されました。

チャールズ・ラムは、一七九〇年初頭(十五歳)から詩を書きはじめ、敬愛するコールリッジとともに『モーニング・ポスト』紙にソネットを寄稿しました。コールリッジとの交友関係から、チャールズとメアリーは、ワーズワス兄妹、サウジー、ハズリット、などの文学界の大物と知り合いになり、二人の家は、文人たちの集う重要なサロンになりました。

一七九八年、二十三歳のとき、チャールズは、友人のロイドとの共著『無韻詩集』を出版しました(この中に絶唱「なつかしい顔」が含まれています)。

チャールズは、戯曲にも手を染めましたが、成功せず、そのひとつ、笑劇『H氏』(一八〇六)は、ドルアリー・レーン劇場で上演されましたが、ひと晩で打ち切られました。

チャールズ・ラムのもっとも優れた仕事は、エッセイや批評および児童のための物語に見いだされます。一八〇五年、三十歳のとき、急進的な自由主義者のウィリアム・ゴッドウィンの出版社から、『マザー・グース童謡集』中の「ハートの女王」を敷衍《ふえん》した童謡物語『ハートの王さまと女王さま』を出版、続けてメアリーと共著の『シェイクスピア物語』(一八〇七)のほかに、チャップマン訳のホメーロス『オデュセイア』を子ども向きに改作した『ユリシーズの冒険』(一八〇八)、フランスのおとぎ話に基づく『美女と野獣』(一八一一)を書きました。

チャールズ三十三歳のときの力作、『イギリス劇詩人名作抄』(一八〇八)は、当時の文壇の一特色であるエリザベス、ジェイムズ両朝の劇作文学研究の先駆となりました。

一八二〇年、四十五歳のときに、エリアの筆名で、『ロンドン・マガジーン』にエッセイを寄稿しはじめました。これらのエッセイは、一八二三年、『エリア随筆集』として出版、好評を博しました。続編は、一八三三年に出版されました。

心の温かい、ひとに愛される性格のチャールズは、同時にすぐれた書簡作家でもあって、かれの最良の批評は、かれの書簡の中に見いだされると言われています。

メアリーは、『シェイクスピア物語』と『幼年詩集』(一八〇九)を弟と共作した以外に、『シェイクスピア物語』に次ぐ児童物語集『レスター先生の学校』(一八〇九)の大部分(二十話中十四話)を書き、コールリッジに激賞されました。

メアリーは、だれに聞いても、穏やかで、賢く、親切な女性で、寛大な友人、機知に富んだ、いや、才気縦横でさえある話し相手であった、と言われています。そして、これは正しいと思われます。なぜなら、女主人役《ホステス》がこのようなひとでないかぎり、チャールズの文学仲間が集まって、楽しいサロンを形成するはずがないからです。

『シェイクスピア物語』

この本(全二巻)は、有名な無政府主義者のウィリアム・ゴッドウィンが、一八〇五年、危機的なわが家の財政を立て直すために、夫人の示唆によって児童文学の出版をはじめたとき、チャールズに勧め、メアリーも加わって書いて、成功したものです。チャールズ三十二歳、メアリー四十二歳、作家として油の乗りきった時期の作品です。

チャールズは、一八〇六年五月十日づけの、親友マニング宛の私信に、次のように書いています。

「姉は、ゴッドウィンの出版社のために、シェイクスピアの戯曲二十編を子ども向きの物語に書き直しているところだ。六編は、すでに姉によって完成されている。すなわち、「あらし」、「冬物語」、「真夏の夜の夢」、「から騒ぎ」、「ベローナの二紳士」、および、「シンベリーン」だ。「ベニスの商人」には手こずっている。ぼくは「オセロー」、「マクベス」を済ませた。それから、悲劇を全部やるつもりだ。きっと子どもたちに受けるだろうし、また、金にもなる。六十ギニー*もらうことになっている。メアリーのは、すばらしい出来栄えだ。きみはそう思わないかもしれないが……」

＊　一ギニーは、現在の一・〇五ポンドに相当。

金銭的な動機があったことは確かでしょうが、二人は、使命感をもってこの仕事と取り組みました。チャールズの場合は、畏友コールリッジの驥尾《きび》に付して、子供たちの空想力(fantasy)を鼓舞すること、メアリーの場合は、少女の視界を広げることです。原著まえがきにもこの姿勢は鮮明に出ていますし、「あらし」のミランダも、「ペリクリーズ」のマリーナも、最高に教養ある女性たちです。メアリーは、彼女たちの父親との関係を理想的と考えて、それぞれ、『シェイクスピア物語』の冒頭と最後に配置したのだと思われます。

姉弟は、同じ部屋で、同じ時間に、いっしょに仕事をしました。メアリーは、そのことを友人のセアラ・ストダート宛の手紙に書いています。

「あなたは見たいと思うでしょう、わたしたちは、「真夏の夜の夢」のハーミアとヘレナみたいに(でも同じクッションじゃないけれど)、しょっちゅう、同じ机にすわって書いているのです。いや、それよりも、古いバラッドの仲のよい老夫婦みたいに、と言うべきでしょうか。……わたしは、嗅《か》ぎタバコを嗅ぎながら、かれは始終うんうん唸りながら、さっぱりわからんと言っています。いつもそう言いながら、いつのまにかちゃんと済ませているのです……」

一般に、悲劇のほうが喜劇よりも散文に直しやすいので、喜劇を担当したメアリーは、大変苦労したようです。特に、双子の話、女性が男装をする話が頻出するので、さすがの敬虔なシェイクスピア崇拝者のメアリーも我慢しきれなくなることがあったようで、『物語』を執筆中に、チャールズがワーズワスに宛てた手紙の中に、次のようなくだりが見いだされます。

「メアリーは、「終わりよければすべてよし」で、すっかり立ち往生している。彼女は、こんなに多くの女性に男装させなければならないのをこぼしている。彼女は、シェイクスピアは想像力が欠けていたのじゃないか、と考えはじめている」

チャールズは、『シェイクスピア物語』が出版されたあとの一八〇七年一月二十九日づけのワーズワス宛の私信で、次のように書いています。

「ぼくたちは、メアリーの「ペリクリーズ」、ぼくの「オセロー」がいちばんよく出来ていると考えているけれども、いずれもいいところがあることを願っている」

ちなみに、桂冠詩人のブランデンは「オセロー」が、決定版のラム全集の編者ルーカスは「アテネのタイモン」が、マスターピースであると言っています。

「ペリクリーズ」の種本は、十四世紀のイギリスの詩人、ジョン・ガワーの『恋人の告解』に収められている物語ですが、これとシェイクスピア(ひいてはメアリー)のペリクリーズとを読み比べると、両者のあたえる文学的インパクトに大きな違いがあるのがよくわかります。また、タイモンの徹底した人間嫌いには凄みを感じます。訳者個人としては、さらに、ロメオとジュリエットの後朝《きぬぎぬ》の別れのシーンも捨てがたいと思います。そこでは、一生の別れを予感する若い恋人同士の悲しみがひしひしと伝わってくるのではないでしょうか。

『シェイクスピア物語』の各物語は、五幕の原作を要約してあるので、一見読みやすく見えますが、ひとつひとつの物語が小さな宇宙であると言っていいほど濃い中身をもっているので、どうか一気に読み飛ばさないで、一話ずつ、じっくりと、嘗めるようにお読みになることを読者のみなさんにお奨めします。

『シェイクスピア物語』には、次のような、二十編の物語が所収されています（ローマ、イギリスなどの歴史物語を扱う史劇は除外されています）。ジャンル別に、シェイクスピア作品の発表年代順に挙げてみましょう。

喜　劇

「まちがいの喜劇」
「じゃじゃ馬ならし」
「ベローナの二紳士」
「真夏の夜の夢」
「ベニスの商人」
「から騒ぎ」
「お気に召すまま」
「十二夜」
「終わりよければすべてよし」
「しっぺい返し」

悲劇

「ロメオとジュリエット」
「ハムレット」
「オセロー」
「リア王」
「マクベス」
「アテネのタイモン」

ロマンス

「ペリクリーズ」
「シンベリーン」
「冬物語」
「あらし」

このうち、悲劇六編は、チャールズが書き、あとの十四編、および「まえがき」は、メアリーが書きました。心優しいチャールズは、精神の不安定な姉に殺人・陰謀など激烈、陰惨な場面の多い悲劇を担当させたくなかったのかもしれません。

＊　このうち「ハムレット」「オセロー」「リア王」「マクベス」がシェイクスピアの四大悲劇と呼ばれています。

なお、喜劇・悲劇というのは、ヨーロッパ文学の伝統では、はじめ不幸だった主役（プロタゴニスト）が最後に幸福になれば喜劇、＊はじめ幸福だった主役が不幸になって、通例死ぬ場合が悲劇です。そして、喜劇の中で特にいちじるしくロマンティックな特質をもったものにロマンスの名称があたえられています。

＊　詩人ウェルギリウスと恋人ベアトリーチェに導かれ、作者自身が地獄、煉獄を経て、天国に達するまでの、魂の救済と至福への道程を描いた、ダンテの『神曲』(*Divina Commedia*) の題名、すなわち、「神聖喜劇」も、この意味で使用されています。

テキストについて

本書の翻訳は、「ペンギン・クラシックス」所収の *Tales from Shakespeare* (2007) を底本としています。これは、原著第二刷に基づくもので、原著まえがきだけでも、数箇所の訂正があります。たとえば、初版で the writers となっていたところが、おそらく、姉と二人で書いたのに、表紙にも扉にもチャールズの名前しか載っていないため、「筆者たち」はまずいという反省から、「わたし」(I)に訂正されています。メアリーの名前が出るようになったのは、七刷からだったとされています。

本書の挿絵は、アメリカのアール・ヌーヴォーの巨匠ルイス・リード(一八五七―一九二六)がハーパー社の *Tales from Shakespeare* (1918)(お茶の水女子大学付属図書館所蔵)のために書いたものです。同図書館のご厚意に心から感謝する次第です。

末筆ながら、岩波書店の塩尻親雄氏には、企画の当初から出版にいたる全過程において、懇切なご配慮をいただきました。ここに記して、厚くお礼を申しあげます。

二〇〇八年四月　カエデの若葉のワイン色に映える日

安藤貞雄

シェイクスピア物語《ものがたり》（上）〔全2冊〕
チャールズ・ラム／メアリー・ラム作

2008年6月17日　第1刷発行
2013年5月15日　第4刷発行

訳　者　安藤貞雄《あんどうさだお》

発行者　山口昭男

発行所　株式会社　岩波書店
〒101-8002　東京都千代田区一ツ橋2-5-5

案内 03-5210-4000　販売部 03-5210-4111
文庫編集部 03-5210-4051
http://www.iwanami.co.jp/

印刷・精興社　製本・牧製本

ISBN 978-4-00-322232-4　Printed in Japan

読書子に寄す

——岩波文庫発刊に際して——

岩波茂雄

真理は万人によって求められることを自ら欲し、芸術は万人によって愛されることを自ら望む。かつては民を愚昧ならしめるために学芸が最も狭き堂宇に閉鎖されたことがあった。今や知識と美とを特権階級の独占より奪い返すことはつねに進取的なる民衆の切実なる要求である。岩波文庫はこの要求に応じそれに励まされて生まれた。それは生命ある不朽の書を少数者の書斎と研究室とより解放して街頭にくまなく立たしめ民衆に伍せしめるであろう。近時大量生産予約出版の流行を見る。その広告宣伝の狂態はしばらくおくも、後代にのこすと誇称する全集がその編集に万全の用意をなしたるか。千古の典籍の翻訳企図に敬虔の態度を欠かざりしか。さらに分売を許さず読者を繋縛して数十冊を強うるがごとき、はたしてその揚言する学芸解放のゆえんなりや。吾人は天下の名士の声に和してこれを推挙するに躊躇するものである。このときにあたって、岩波書店は自己の責務のいよいよ重大なるを思い、従来の方針の徹底を期するため、すでに十数年以前より志して来た計画を慎重審議この際断然実行することにした。吾人は範をかのレクラム文庫にとり、古今東西にわたって文芸・哲学・社会科学・自然科学等種類のいかんを問わず、いやしくも万人の必読すべき真に古典的価値ある書をきわめて簡易なる形式において逐次刊行し、あらゆる人間に須要なる生活向上の資料、生活批判の原理を提供せんと欲する。この文庫は予約出版の方法を排したるがゆえに、読者は自己の欲する時に自己の欲する書物を各個に自由に選択することができる。携帯に便にして価格の低きを最主とするがゆえに、外観を顧みざるも内容に至っては厳選最も力を尽くし、従来の岩波出版物の特色をますます発揮せしめようとする。この計画たるや世間の一時の投機的なるものと異なり、永遠の事業として吾人は微力を傾倒し、あらゆる犠牲を忍んで今後永久に継続発展せしめ、もって文庫の使命を遺憾なく果たさしめることを期する。芸術を愛し知識を求むる士の自ら進んでこの挙に参加し、希望と忠言とを寄せられることは吾人の熱望するところである。その性質上経済的には最も困難多きこの事業にあえて当たらんとする吾人の志を諒として、その達成のため世の読書子とのうるわしき共同を期待する。

昭和二年七月

《イギリス文学》

オシァン ―ケルト民族の古歌　中村徳三郎訳
ユートピア　トマス・モア　平井正穂訳
完訳カンタベリー物語 全三冊　チョーサー　桝井迪夫訳
ヴェニスの商人　シェイクスピア　中野好夫訳
ジュリアス・シーザー　シェイクスピア　中野好夫訳
お気に召すまま　シェイクスピア　阿部知二訳
十二夜　シェイクスピア　小津次郎訳
ハムレット　シェイクスピア　野島秀勝訳
オセロウ　シェイクスピア　菅泰男訳
リア王　シェイクスピア　野島秀勝訳
マクベス　シェイクスピア　木下順二訳
ソネット集　シェイクスピア　高松雄一訳
ロミオとジューリエット　シェイクスピア　平井正穂訳
リチャード三世　シェイクスピア　木下順二訳
対訳シエイクスピア詩集 ―イギリス詩人選(1)　柴田稔彦編
じゃじゃ馬馴らし　シェイクスピア　大場建治訳

失楽園 全二冊　ミルトン　平井正穂訳
天路歴程 全二冊　ジョン・バニヤン　竹友藻風訳
ロビンソン・クルーソー 全二冊　デフォー　平井正穂訳
モル・フランダーズ 全二冊　デフォー　伊澤龍雄訳
桶物語・書物戦争 他一篇　スウィフト　深町弘三訳
ガリヴァー旅行記　スウィフト　平井正穂訳
トム・ジョウンズ 全四冊　フィールディング　朱牟田夏雄訳
ジョウゼフ・アンドルーズ 全二冊　フィールディング　朱牟田夏雄訳
トリストラム・シャンディ 全三冊　ロレンス・スターン　朱牟田夏雄訳
ウェイクフィールドの牧師 ―むだばなし　ゴールドスミス　小野寺健訳
サミュエル・ヂョンスン伝 全三冊　ボズウェル　神吉三郎訳
幸福の探求 ―アビシニアの王子ラセラスの物語　サミュエル・ジョンソン　朱牟田夏雄訳
対訳バイロン詩集 ―イギリス詩人選(8)　笠原順路編
対訳ブレイク詩集 ―イギリス詩人選(4)　松島正一編
ワーズワース詩集　田部重治選訳
対訳ワーズワス詩集 ―イギリス詩人選(3)　山内久明編
高慢と偏見 全二冊　ジェーン・オースティン　富田彬訳

説きふせられて　ジェーン・オースティン　富田彬訳
エマ 全二冊　ジェーン・オースティン　工藤政司訳
ジェイン・オースティンの手紙　新井潤美編訳
シェイクスピア物語 全二冊　チャールズ・ラム　メアリー・ラム　安藤貞雄訳
イノック・アーデン　テニスン　入江直祐訳
イン・メモリアム　テニスン　入江直祐訳
対訳テニスン詩集 ―イギリス詩人選(5)　西前美巳編
虚栄の市 全四冊　サッカリー　中島賢二訳
デイヴィッド・コパフィールド 全五冊　ディケンズ　石塚裕子訳
ディケンズ短篇集　小池滋　石塚裕子訳
オリヴァ・ツウィスト 全二冊　ディケンズ　本多季子訳
ボズのスケッチ 全二冊　ディケンズ　藤岡啓介訳
アメリカ紀行 全二冊　ディケンズ　伊藤弘之　下笠徳次　隈元貞広訳
イタリアのおもかげ　ディケンズ　伊藤弘之　下笠徳次　隈元貞広訳
ジェイン・エア 全二冊　シャーロット・ブロンテ　遠藤寿子訳
嵐が丘 全二冊　エミリー・ブロンテ　河島弘美訳
エゴイスト 全二冊　メレディス　朱牟田夏雄訳

アンデス登攀記 全二冊　ウィンパー　大貫良夫訳
テス 全二冊　ハーディ　井上宗次・石田英二訳
緑の館 —熱帯林のロマンス　ハドソン　柏倉俊三訳
宝島　スティーヴンスン　阿部知二訳
ジーキル博士とハイド氏　スティーヴンスン　海保眞夫訳
旅は驢馬をつれて 他一篇　スティヴンソン　吉田健一訳
新アラビヤ夜話　スティーヴンスン　佐藤緑葉訳
バラントレーの若殿　スティーヴンスン　海保眞夫訳
マーカイム・壜の小鬼 他五篇　スティーヴンソン　高松雄一・高松禎子訳
トム・ブラウンの学校生活 全二冊　トマス・ヒューズ　前川俊一訳
怪談 —不思議なことの物語と研究　ラフカディオ・ハーン　平井呈一訳
心 —日本の内面生活の暗示と影響　ラフカディオ・ハーン　平井呈一訳
サロメ　オスカー・ワイルド　福田恆存訳
ヘンリ・ライクロフトの私記　ギッシング　平井正穂訳
南イタリア周遊記　ギッシング　小池滋訳
ギッシング短篇集　小池滋編訳
闇の奥　コンラッド　中野好夫訳

密偵　コンラッド　土岐恒二訳
コンラッド短篇集　中島賢二編訳
イエイツ詩抄　山宮允訳
対訳イエイツ詩集　高松雄一編
アラン島　シング　姉崎正見訳
月と六ペンス　モーム　行方昭夫訳
読書案内 —世界文学　W・S・モーム　西川正身訳
人間の絆 全三冊　モーム　行方昭夫訳
夫が多すぎて　モーム　海保眞夫訳
サミング・アップ　モーム　行方昭夫訳
モーム短篇選 全二冊　行方昭夫編訳
アシェンデン —英国情報部員のファイル　モーム　中島賢二・岡田久雄訳
お菓子とビール　モーム　行方昭夫訳
ダブリンの市民　ジョイス　結城英雄訳
若い芸術家の肖像　ジョイス　大澤正佳訳
ロレンス短篇集　河野一郎編訳
文芸批評論　T・S・エリオット　矢本貞幹訳

荒地　T・S・エリオット　岩崎宗治訳
四つの四重奏　T・S・エリオット　岩崎宗治訳
悪口学校　シェリダン　菅泰男訳
動物農場 —おとぎばなし　ジョージ・オーウェル　川端康雄訳
対訳キーツ詩集 —イギリス詩人選(10)　宮崎雄行編
女だけの町 (クランフォード)　ギャスケル　小池滋訳
阿片常用者の告白　ド・クインシー　野島秀勝訳
深き淵よりの嘆息 —『阿片常用者の告白』続篇　ド・クインシー　野島秀勝訳
りんごの木・人生の小春日和　ゴールズワージー　河野一郎訳
イギリス名詩選　平井正穂編
タイム・マシン 他九篇　H・G・ウエルズ　橋本槇矩訳
透明人間　H・G・ウエルズ　橋本槇矩訳
トーノ・バンゲイ 全二冊　ウェルズ　中西信太郎訳
大転落　イーヴリン・ウォー　富山太佳夫訳
回想のブライズヘッド 全二冊　イーヴリン・ウォー　小野寺健訳
イギリス民話集　河野一郎編訳
ナイティンゲール伝 他一篇　リットン・ストレイチー　橋口稔訳

- 対訳ジョン・ダン詩集 —イギリス詩人選(2)— 湯浅信之編
- 果てしなき旅 全二冊 E・M・フォースター 高橋和久訳
- フォースター評論集 小野寺健編訳
- 白衣の女 全三冊 ウィルキー・コリンズ 中島賢二訳
- 夢の女・恐怖のベッド 他六篇 ウィルキー・コリンズ 中島賢二訳
- さらば古きものよ 全二冊 ロバート・グレーヴズ 工藤政司訳
- 対訳ブラウニング詩集 —イギリス詩人選(6)— 富士川義之編
- 灯台へ ヴァージニア・ウルフ 御輿哲也訳
- 世の習い コングリーヴ 笹山隆訳
- 曖昧の七つの型 全二冊 ウィリアム・エンプソン 岩崎宗治訳
- 夜の来訪者 プリーストリー 安藤貞雄訳
- イングランド紀行 全二冊 プリーストリー 橋本槙矩訳
- アーネスト・ダウスン作品集 南條竹則編訳
- スコットランド紀行 エドウィン・ミュア 橋本槙矩訳
- 狐になった奥様 ガーネット 安藤貞雄訳
- ヘリック詩鈔 森亮訳
- フランク・オコナー短篇集 阿部公彦訳
- たいした問題じゃないが —イギリス・コラム傑作選— 行方昭夫編訳
- 真昼の暗黒 アーサー・ケストラー 中島賢二訳

《アメリカ文学》

- フランクリン自伝 松本慎一・西川正身訳
- アルハンブラ物語 全二冊 アーヴィング 平沼孝之訳
- ブレイスブリッジ邸 アーヴィング 齊藤昇訳
- 完訳 緋文字 ホーソーン 八木敏雄訳
- 黒猫・モルグ街の殺人事件 他五篇 ポオ 中野好夫訳
- 対訳ポー詩集 —アメリカ詩人選(1)— 加島祥造編
- 黄金虫・アッシャー家の崩壊 他九篇 ポオ 八木敏雄訳
- ユリイカ ポオ 八木敏雄訳
- ポオ評論集 八木敏雄編訳
- 森の生活(ウォールデン) 全二冊 ソロー 飯田実訳
- 白鯨 全三冊 メルヴィル 八木敏雄訳
- ビリー・バッド メルヴィル 坂下昇訳
- ホイットマン詩集 草の葉 全三冊 酒本雅之訳
- 対訳ホイットマン詩集 —アメリカ詩人選(2)— 木島始編
- 対訳ディキンソン詩集 —アメリカ詩人選(3)— 亀井俊介編
- 不思議な少年 マーク・トウェイン 中野好夫訳
- 王子と乞食 マーク・トウェーン 村岡花子訳
- 人間とは何か マーク・トウェイン 中野好夫訳
- ハックルベリー・フィンの冒険 全二冊 マーク・トウェイン 西田実訳
- バック・ファンショーの葬式 他十三篇 マーク・トウェイン 坂下昇訳
- 新編 悪魔の辞典 ビアス 西川正身編訳
- ビアス短篇集 大津栄一郎編訳
- ある婦人の肖像 全三冊 ヘンリー・ジェイムズ 行方昭夫訳
- アスパンの恋文 ヘンリー・ジェイムズ 行方昭夫訳
- ねじの回転・デイジー・ミラー ヘンリー・ジェイムズ 行方昭夫訳
- 大使たち 全二冊 ヘンリー・ジェイムズ 青木次生訳
- ワシントン・スクエア ヘンリー・ジェイムズ 河島弘美訳
- シカゴ詩集 サンドバーグ 安藤一郎訳
- 大地 全四冊 パール・バック 小野寺健訳
- シスター・キャリー 全二冊 ドライサー 村山淳彦訳
- 熊 他三篇 フォークナー 加島祥造訳

《ドイツ文学》

ニーベルンゲンの歌 全二冊　相良守峯訳
阿呆物語 全三冊　グリンメルスハウゼン　望月市恵訳
賢人ナータン　レッシング　篠田英雄訳
ミンナ・フォン・バルンヘルム　レッシング　小宮曠三訳
エミーリア・ガロッティ　ミス・サラ・サンプソン　レッシング　田邊玲子訳
若きウェルテルの悩み　ゲーテ　竹山道雄訳
ヴィルヘルム・マイスターの修業時代 全三冊　ゲーテ　山崎章甫訳
ヴィルヘルム・マイスターの遍歴時代 全三冊　ゲーテ　山崎章甫訳
イタリア紀行 全三冊　ゲーテ　相良守峯訳
ファウスト 全二冊　ゲーテ　相良守峯訳
西東詩集　ゲーテ　小牧健夫訳
タッソオ　ゲエテ　実吉捷郎訳
ゲーテとの対話 全三冊　エッカーマン　山下肇訳
たくみと恋　シラア　実吉捷郎訳
ヘルダーリン詩集　川村二郎訳
青い花　ノヴァーリス　青山隆夫訳

完訳グリム童話集 全五冊　金田鬼一訳
黄金の壺　ホフマン　神品芳夫訳
ホフマン短篇集　池内紀編訳
水妖記（ウンディーネ）　フーケー　柴田治三郎訳
ペンテジレーア　クライスト　吹田順助訳
影をなくした男　シャミッソー　池内紀訳
流刑の神々・精霊物語　ハイネ　小沢俊夫訳
ロマンツェーロー 全二冊　ハイネ　井汲越次訳
旅の日のモーツァルト　メーリケ　宮下健三訳
芸術と革命 他四篇　ワーグナア　北村義男訳
水晶 他三篇 ―石さまざま　シュティフター　手塚富雄・藤村宏訳
森の小道・二人の姉妹　シュティフター　山崎章甫訳
ブリギッタ・森の泉 他一篇　シュティフター　宇多五郎・高安国世訳
ウィーンの辻音楽師 他一篇　グリルパルツァー　福田宏年訳
みずうみ 他四篇　シュトルム　関泰祐訳
大学時代・広場のほとり 他四篇　シュトルム　関泰祐訳
白馬の騎手 他一篇　シュトルム　茅野蕭々訳

聖ユルゲンにて・後見人カルステン 他一篇　シュトルム　国松孝二訳
夢小説・闇への逃走 他一篇　シュニッツラー　池内紀・武村知子訳
花・死人に口なし 他七篇　シュニッツラー　番匠谷英一・山本有三訳
ゲオルゲ詩集　手塚富雄訳
マルテの手記　リルケ　望月市恵訳
リルケ詩集　高安国世訳
ドゥイノの悲歌　リルケ　手塚富雄訳
トオマス・マン短篇集　実吉捷郎訳
魔の山 全二冊　トーマス・マン　関泰祐・望月市恵訳
トニオ・クレエゲル　トオマス・マン　実吉捷郎訳
ヴェニスに死す　トオマス・マン　実吉捷郎訳
ワイマルのロッテ 全二冊　トーマス・マン　望月市恵訳
講演集 リヒァルト・ヴァーグナーの苦悩と偉大 他一篇　トーマス・マン　青木順三訳
車輪の下　ヘルマン・ヘッセ　実吉捷郎訳
デミアン　ヘルマン・ヘッセ　実吉捷郎訳
シッダルタ　ヘッセ　手塚富雄訳
マリー・アントワネット 全二冊　シュテファン・ツワイク　高橋禎二・秋山英夫訳

ジョゼフ・フーシェ ―ある政治的人間の肖像　シュテファン・ツワイク　高橋禎二・秋山英夫訳
変身・断食芸人　カフカ　山下肇・山下萬里訳
審判　カフカ　辻瑆訳
カフカ短篇集　池内紀編訳
カフカ寓話集　池内紀編訳
三文オペラ　ブレヒト　岩淵達治訳
天と地との間　オットー・ルートヴィヒ　黒川武敏訳
長靴をはいた牡猫　ティーク　大畑末吉訳
ドイツ炉辺ばなし集 ―カレンダーゲシヒテン　ヘーベル　木下康光編訳
憂愁夫人　ズーデルマン　相良守峯訳
芸術を愛する一修道僧の真情の披瀝　ヴァッケンローダー　江川英一訳
ハインリヒ・ベル短篇集　青木順三編訳
ティル・オイレンシュピーゲルの愉快ないたずら　阿部謹也訳
チャンドス卿の手紙 他十篇　ホフマンスタール　檜山哲彦訳
ホフマンスタール詩集　川村二郎訳
陽気なヴッツ先生 他一篇　ジャン・パウル　岩田行一訳
蜜蜂マアヤ　ボンゼルス　実吉捷郎訳

インド紀行 全二冊　ボンゼルス　実吉捷郎訳
ドイツ名詩選　生野幸吉　檜山哲彦編
果てしなき逃走　ヨーゼフ・ロート　平田達治訳
暴力批判論 他十篇 ―ベンヤミンの仕事1　ベンヤミン　野村修編訳
ボードレール 他五篇 ―ベンヤミンの仕事2　ベンヤミン　野村修編訳
罪なき罪 全二冊 ―エフィ・ブリースト　フォンターネ　加藤一郎訳
迷路　フォンターネ　伊藤武雄訳
聖者　マイエル　伊藤武雄訳

《フランス文学》

トリスタン・イズー物語　ベディエ編　佐藤輝夫訳
ヴィヨン全詩集　鈴木信太郎訳
日月両世界旅行記　シラノ・ド・ベルジュラック　赤木昭三訳
ラ・ロシュフコー箴言集　二宮フサ訳
フェードル・アンドロマック　ラシーヌ　渡辺守章訳
ブリタニキュス・ベレニス　ラシーヌ　渡辺守章訳
女房学校 他二篇　モリエール　辰野隆　鈴木力衛訳
タルチュフ　モリエール　鈴木力衛訳

ドン・ジュアン ―石像の宴　モリエール　鈴木力衛訳
孤客（ミザントロオプ）　モリエール　辰野隆訳
いやいやながら医者にされ　モリエール　鈴木力衛訳
町人貴族　モリエール　鈴木力衛訳
守銭奴　モリエール　鈴木力衛訳
スカパンの悪だくみ　モリエール　鈴木力衛訳
病は気から　モリエール　鈴木力衛訳
完訳 ペロー童話集　新倉朗子訳
ラ・フォンテーヌ寓話 全二冊　今野一雄訳
クレーヴの奥方 他二篇　ラファイエット夫人　生島遼一訳
カラクテール 全三冊 ―当世風俗誌　ラ・ブリュイエール　関根秀雄訳
偽りの告白　マリヴォー　鈴木力衛訳
贋の侍女・愛の勝利　マリヴォー　佐藤実枝　井村順一訳
カンディード 他五篇　ヴォルテール　植田祐次訳
哲学書簡　ヴォルテール　林達夫訳
マノン・レスコー　アベ・プレヴォ　河盛好蔵訳
孤独な散歩者の夢想　ルソー　今野一雄訳

ジル・ブラース物語 全四冊	ル・サージュ	杉 捷夫訳
フィガロの結婚	ボオマルシェエ	辰野 隆訳
セビーリャの理髪師	ボーマルシェ	鈴木康司訳
危険な関係 全二冊	ラクロ	伊吹武彦訳
美味礼讃 全二冊	ブリア・サヴァラン	関根秀雄・戸部松実訳
アドルフ	コンスタン	大塚幸男訳
赤と黒 全二冊	スタンダール	桑原武夫・生島遼一訳
パルムの僧院 全二冊	スタンダール	生島遼一訳
知られざる傑作 他五篇	バルザック	水野 亮訳
谷間のゆり	バルザック	宮崎嶺雄訳
「絶対」の探求	バルザック	水野 亮訳
ゴリオ爺さん 全二冊	バルザック	高山鉄男訳
ゴプセック・毬打つ猫の店	バルザック	芳川泰久訳
レ・ミゼラブル 全四冊	ユーゴー	豊島与志雄訳
死刑囚最後の日	ユーゴー	豊島与志雄訳
ライン河幻想紀行	ユーゴー	榊原晃三編訳
エルナニ	ユーゴー	稲垣直樹訳

モンテ・クリスト伯 全七冊	アレクサンドル・デュマ	山内義雄訳
三銃士 全二冊	デュマ	生島遼一訳
カルメン	メリメ	杉 捷夫訳
愛の妖精 (プチット・ファデット)	ジョルジュ・サンド	宮崎嶺雄訳
フランス田園伝説集	ジョルジュ・サンド	篠田知和基訳
ボオドレール 悪の華		鈴木信太郎訳
パリの憂愁	ボードレール	福永武彦訳
ボヴァリー夫人 全二冊	フローベール	伊吹武彦訳
感情教育 全二冊	フローベール	生島遼一訳
椿姫	デュマ・フィス	吉村正一郎訳
陽気なタルタラン ―タルタラン・ド・タラスコン	ドーデー	小川泰一訳
プチ・ショーズ ―ある少年の物語	ドーデー	原 千代海訳
大地 全三冊	エミール・ゾラ	田辺貞之助・河内清訳
制作 全二冊	エミール・ゾラ	清水正和訳
お菊さん	ピエル・ロチ	野上豊一郎訳
脂肪のかたまり	モーパッサン	高山鉄男訳
口髭・宝石 他五篇	モーパッサン	木村庄三郎訳

モーパッサン短篇選		高山鉄男編訳
地獄の季節	ランボオ	小林秀雄訳
にんじん	ルナアル	岸田国士訳
ぶどう畑のぶどう作り	ルナアル	岸田国士訳
ジャン・クリストフ 全四冊	ロマン・ローラン	豊島与志雄訳
ベートーヴェンの生涯	ロマン・ロラン	片山敏彦訳
散文詩 夜の歌	フランシス・ジャム	三好達治訳
フランシス・ジャム詩集		手塚伸一訳
三人の乙女たち	フランシス・ジャム	手塚伸一訳
狭き門	アンドレ・ジイド	川口 篤訳
コンゴ紀行	アンドレ・ジイド	河盛好蔵訳
続コンゴ紀行 ―チャド湖より還る	アンドレ・ジイド	杉 捷夫訳
ムッシュー・テスト	ポール・ヴァレリー	清水 徹訳
エウパリノス・魂と舞踏・樹についての対話	ポール・ヴァレリー	清水 徹訳
精神の危機 他十五篇	ポール・ヴァレリー	恒川邦夫訳
朝のコント	フィリップ	淀野隆三訳
シラノ・ド・ベルジュラック	ロスタン	辰野隆・鈴木信太郎訳

海の沈黙・星への歩み　ヴェルコール　河野与一・加藤周一訳
恐るべき子供たち　コクトー　鈴木力衛訳
人はすべて死す　全二冊　ボーヴォワール　川口篤・田中敬一訳
セヴィニェ夫人手紙抄　井上究一郎訳
地底旅行　ジュール・ヴェルヌ　朝比奈弘治訳
八十日間世界一周　ジュール・ヴェルヌ　鈴木啓二訳
海底二万里　全二冊　ジュール・ヴェルヌ　朝比奈美知子訳
結婚十五の歓び　新倉俊一訳
歌物語　オーカッサンとニコレット　川本茂雄訳
死霊の恋・ポンペイ夜話　他三篇　ゴーチエ　田辺貞之助訳
キャピテン・フラカス　全三冊　ゴーティエ　田辺貞之助訳
モーパン嬢　全二冊　ゴーティエ　井村実名子訳
死都ブリュージュ　ローデンバック　窪田般彌訳
十二の恋の物語　―マリー・ド・フランスのレー―　マリー・ド・フランス　月村辰雄訳
対訳　ペレアスとメリザンド　メーテルランク　杉本秀太郎訳
シェリ　コレット　工藤庸子訳
生きている過去　レニエ　窪田般彌訳

ノディエ幻想短篇集　篠田知和基編訳
夜のガスパール　―レンブラント、カロー風の幻想曲―　アロイジウス・ベルトラン　及川茂訳
シュルレアリスム宣言・溶ける魚　アンドレ・ブルトン　巖谷國士訳
ナジャ　アンドレ・ブルトン　巖谷國士訳
インカ帝国の滅亡　マルモンテル　湟野ゆり子訳
ヂェルミニィ・ラセルトゥウ　ゴンクウル兄弟　大西克和訳
ゴンクールの日記　全二冊　斎藤一郎編訳
短篇集　恋の罪　サド　植田祐次訳
とどめの一撃　ユルスナール　岩崎力訳
フランス名詩選　安藤元雄・入沢康夫・渋沢孝輔編
グラン・モーヌ　アラン＝フルニエ　天沢退二郎訳
狐物語　鈴木覚・福本直之・原野昇訳
繻子の靴　全二冊　ポール・クローデル　渡辺守章訳
幼なごころ　ヴァレリー・ラルボー　岩崎力訳
けものたち・死者の時　ピエール・ガスカール　渡辺一夫・佐藤朔・二宮敬訳
自由への道　全六冊　サルトル　海老坂武・澤田直訳
物質的恍惚　ル・クレジオ　豊崎光一訳

悪魔祓い　ル・クレジオ　高山鉄男訳
女中たち／バルコン　ジャン・ジュネ　渡辺守章訳
失われた時を求めて　全十四冊（既刊三冊）　プルースト　吉川一義訳

《歴史・地理》

- 新訂 魏志倭人伝・後漢書倭伝・宋書倭国伝・隋書倭国伝 —中国正史日本伝1　石原道博編訳
- 新訂 旧唐書倭国日本伝・宋史日本伝・元史日本伝 —中国正史日本伝2　石原道博編訳
- ヘロドトス 歴史 全三冊　松平千秋訳
- ガリア戦記　カエサル　近山金次訳
- タキトゥス ゲルマーニア　泉井久之助訳註
- タキトゥス 年代記 —ティベリウス帝からネロ帝へ 全二冊　国原吉之助訳
- ギボン自叙伝 —わが生涯と著作との思い出　村上至孝訳
- 元朝秘史 全二冊　小澤重男訳
- ランケ 世界史概観 —近世史の諸時代　鈴木成高・相原信作訳
- 古代への情熱 —シュリーマン自伝　村田数之亮訳
- 日本幽囚記 全三冊　ゴロヴニン　井上満訳
- 一外交官の見た明治維新 全二冊　アーネスト・サトウ　坂田精一訳
- インディアスの破壊についての簡潔な報告　ラス・カサス　染田秀藤訳
- ラス・カサス インディアス史 全七冊　長南実訳　石原保徳編
- コロンブス航海誌　林屋永吉訳
- コロンブス 全航海の報告　林屋永吉訳

- 偉大なる道 —朱徳の生涯とその時代 全二冊　アグネス・スメドレー　阿部知二訳
- 大森貝塚 —付 関連史料　E・S・モース　近藤義郎・佐原真編訳
- ナポレオン言行録　オクターヴ・オブリ編　大塚幸男訳
- 日本における近代国家の成立　E・H・ノーマン　大窪愿二訳
- 朝鮮・琉球航海記 —一八一六年アマースト使節団とともに　ベイジル・ホール　春名徹訳
- インカの反乱 —被征服者の声　ティトゥ・クシ・ユパンギ述　染田秀藤訳
- 北京年中行事記　敦崇編　小野勝年訳註
- 紫禁城の黄昏　R・F・ジョンストン　入江曜子・春名徹訳
- シルクロード 全二冊　ヘディン　福田宏年訳
- 老松堂日本行録 —朝鮮使節の見た中世日本　宋希璟　村井章介校注
- 崇高なる者 —十九世紀パリ民衆生活誌　ドニ・プロ　見富尚人訳
- 海東諸国紀 —朝鮮人の見た中世の日本と琉球　申叔舟　田中健夫訳注
- ヨーロッパ文化と日本文化　ルイス・フロイス　岡田章雄訳注
- ギリシア案内記 全二冊　パウサニアス　馬場恵二訳
- オデュッセウスの世界　M・I・フィンリー　下田立行訳
- 東京に暮す —一九二八〜一九三六　キャサリン・サンソム　大久保美春訳
- 増補 幕末百話　篠田鉱造

- 明治百話 全二冊　篠田鉱造
- 幕末明治 女百話 全二冊　篠田鉱造
- 徳川時代の宗教　R・N・ベラー　池田昭訳
- 革命的群衆　G・ルフェーヴル　二宮宏之訳
- 西洋事物起原 全四冊　ヨハン・ベックマン　特許庁内技術史研究会訳
- 日本滞在日記 —一八〇四—一八〇五　レザーノフ　大島幹雄訳
- 歴史序説 全四冊　イブン＝ハルドゥーン　森本公誠訳
- アレクサンドロス大王東征記 全二冊　アッリアノス　大牟田章訳
- クック 太平洋探検 全六冊　増田義郎訳
- ダンピア 最新世界周航記 全二冊　平野敬一訳
- 高麗史日本伝 —朝鮮正史日本伝2 全二冊　武田幸男編訳
- シエサ・デ・レオン インカ帝国地誌　増田義郎訳
- インカ皇統記 全四冊　インカ・ガルシラーソ・デ・ラ・ベーガ　牛島信明訳
- ローマ建国史 全三冊　リーウィウス　鈴木一州訳
- ヒュースケン日本日記 —1855〜61　青木枝朗訳
- フランス・プロテスタントの反乱 —カミザール戦争の記録　カヴァリエ　二宮フサ訳
- ニコライの日記 —ロシア人宣教師が生きた明治日本 全三冊　中村健之介編訳

岩波文庫の最新刊

ヨーゼフ・ロート／池内紀訳
聖なる酔っぱらいの伝説 他四篇

人生の喪失は、かくも軽やかに美しく語られる――放浪のユダヤ人作家ロート(一八九四―一九三九)が遺した、とっておきの大人の寓話。他に「蜘蛛の巣」など四篇を収録。
〔赤四六二―二〕 定価九八七円

ブッツァーティ／脇功訳
タタール人の砂漠

神秘的、幻想的な作風でカフカの再来と称される、現代イタリア文学の鬼才ディーノ・ブッツァーティ(一九〇六―七二)の代表作。二十世紀幻想文学の世界的古典。
〔赤七一九―一〕 定価八八二円

加藤郁乎編
荷風俳句集

荷風の俳句は、荷風文学の特質を最もよく伝える。江戸情趣を求めて、頽廃美、艶麗な情緒が詠まれている。俳句、狂歌、漢詩、江戸音曲を集成。(解題・注解＝池澤一郎)〔緑四二―一〇〕 定価九八七円

ハイデガー／熊野純彦訳
存在と時間 (一)

「存在すること」の意味はなにか――その鮮烈な問で哲学の地形を一変させた二〇世紀の古典。正確な訳文に、訳注・注解・梗概を付した画期的新訳。(全四冊)
〔青六五一―一〕 定価一三二三円

今月の重版再開

里見弴
文章の話
〔緑六〇―五〕 定価六三〇円

高津春繁訳
アリストパネース 雲
〔赤一〇八―二〕 定価五八八円

那珂太郎編
西脇順三郎詩集
〔緑一三〇―一〕 定価九八七円

ムージル／古井由吉訳
愛の完成・静かなヴェロニカの誘惑
〔赤四五〇―一〕 定価五六七円

岩波文庫の最新刊

堀口大學訳

訳詩集 月下の一群

上田敏の『海潮音』や永井荷風の『珊瑚集』と並び称される堀口大學(一八九二―一九八一)の訳詩集。大正十四年刊の初版(第一書房)に基づく初の文庫版。(解説＝安藤元雄)　〔緑一九三―一〕　**定価一二六〇円**

エウリーピデース／逸身喜一郎訳

バッカイ
—バッコスに憑かれた女たち—

木ヅタの冠に皮の衣、女たちは家を飛び出し山野を駆ける。陶酔をもたらす神と人間理性の直接対決がはじまる——ギリシャ三大悲劇詩人エウリーピデースの遺作。　〔赤一〇六―三〕　**定価六三〇円**

ナサニエル・ウェスト／丸谷才一訳

孤独な娘

新聞の身の上相談欄を担当する孤独な娘《ミス・ロンリーハーツ》は、投書者への回答に煩悶する。一九三〇年代のアメリカ。現代人の苦悩を描く孤高の作家の代表作。(解説＝富山太佳夫)　〔赤三三九―一〕　**定価五六七円**

ブッツァーティ／脇功訳

七人の使者・神を見た犬 他十三篇

不条理な世界の罠にからめとられた人間の不安と苦悩、人生という時の流れの残酷さなどを、象徴的・寓意的な手法で描いた十五の短篇。イタリア幻想文学の精華。　〔赤七一九―二〕　**定価七五六円**

プルースト／吉川一義訳

失われた時を求めて5
ゲルマントのほうI

オペラ座での上流社交界、公爵夫人の神秘の魅力、サン＝ルーとの友情の深まり。大貴族の世界へ引き寄せられる「私」を描く第三篇「ゲルマントのほう」。(全一四冊)　〔赤N五一一―五〕　**定価九四五円**

……今月の重版再開……

島崎藤村

家(上)(下)　**定価六三〇・六九三円**　〔緑二三―四・五〕

クザーヌス／八巻和彦訳

神を観ることについて 他二篇　**定価八四〇円**　〔青八二三―一〕

ジョージ・オーウェル／都築忠七訳

カタロニア讃歌　**定価九四五円**　〔赤二六二―三〕